梦鱼

Dream fish

II

源之国度

北京联合出版公司
Beijing United Publishing Co.,Ltd.

梦海聆 著

图书在版编目（CIP）数据

梦鱼.Ⅱ,源之国度 / 梦海聆著.--北京：北京联合出版公司，2018.6（2024.3重印）

ISBN 978-7-5596-1834-4

Ⅰ.①梦… Ⅱ.①梦… Ⅲ.①长篇小说-中国-当代 Ⅳ.①I247.5

中国版本图书馆CIP数据核字（2018）第052362号

梦鱼Ⅱ：源之国度

作　　者：梦海聆
出 品 人：赵红仕
责任编辑：夏应鹏
策划编辑：汪　婷
特约编辑：黄梦梦
特约监制：朱文平
封面设计：A BOOK STUDIO 萝卜 Design 1092801781

北京联合出版公司出版
（北京市西城区德外大街83号楼9层　100088）
三河市天润建兴印务有限公司印刷　新华书店经销
字数 192千字　900毫米×1280毫米　1/32　9印张
2018年6月第1版　2024年3月第2次印刷
ISBN 978-7-5596-1834-4
定价：39.80元

目录

梦鱼 II

CONTENTS

目录

梦鱼II

CONTENTS

第一章 潭底

也不知过了多久，余婳觉得天地间又重归寂静，耳畔甚至隐约传来了人的脚步声。余婳觉得仿佛又重新获得了身体的控制权，她缓缓睁开眼睛。

映入眼帘的，是闪耀着冰雪般质地的粼粼波光。这里是水晶的世界，剔透晶莹的柱子，剔透晶莹的墙壁，剔透晶莹的地面，这是一个小型体育馆大小的大厅，里面空荡荡的，只有她一人。

四面墙壁上都嵌着拳头大小的夜明珠，散发出柔和明亮的珠光。走近墙壁和柱子才发现，那上面精细地雕刻着繁复的花纹，如云，如澜，如鱼，如诗，如梦如幻。

眼前的景象陌生却又意外的熟悉，余婳想到了在育安水族馆，从回廊出来后见到的大厅，与眼前的倒是有七八分相像。然而眼前的大厅，水晶地面下方没有湛蓝的波光和五光十色的鱼儿，周围也没有一个个展览池，不过大厅正中有一个小小的平台，平台上是一组水晶雕塑，一条大鱼在波浪上跃动，一旁的礁石上坐着一个身材婉约、神情娴雅的长发美人，怀里抱着一张小小的样式奇特的琴。

余婳绕着雕像转了一圈，突然脸上露出古怪的神情，如果将这组雕像换成大理石的……她脑海中浮现出那组位于育安的著名景点——小琴岛上的琴女雕像。

她一时弄不清楚，为什么育安的琴女雕像会出现在这里。心里虽有种种疑惑，却一时理不清头绪。突然，她听到一个稚嫩的声音从角落处的一根柱子后方传来。

“咦——”

柱子后面冒出一个圆圆的小脑袋，梳着两个羊角辫，红润的苹果脸上一对黑葡萄一般的大眼睛，正好奇地打量着余婳。小女孩慢慢从柱子后面走出来，四五岁的模样，穿着红色圆波点的小连衣裙，她歪着脑袋有点儿迷惑地想着什么，突然眼中一亮，“大姐姐，是你吗？上次咱们在这里见过哦。”

余婳也想起来了，眼前的小女孩就是她曾在水族馆里见到的那个“羊角辫”。

“姐姐，我叫祝妍妍，你呢？”

“我叫余婳。”

“鱼——画——”祝妍妍一字一字地念着，她想了想，突然笑了起来，露出一颗颗扇贝柱般洁白可爱的牙齿，“这个名字真好听，姐姐本来就像画一样好看。”

“不是图画的‘画’，是女字旁的‘婳’哦。”余婳笑吟吟地纠正道。

“女字旁的‘画’？”祝妍妍歪着脑袋思索着，“那这个字是女孩子画画的意思吗？”

“是美好的意思。”

“哦，明白了。”祝妍妍似懂非懂地点点头，又继续打开了话匣子，“我今天跟爸爸一起来的，不过我可是偷偷跑到这个厅里来的哦。”

“为什么要偷偷跑过来？”

“爸爸说，这里不能随便来。”祝妍妍的眼中闪过困惑，“他说这里不安全，小孩子乱跑容易迷路。对了，婳姐姐你为什么会跑到这里？你是不是也迷路了？”

“嗯，算是吧，我也不知道自己为什么会在这里。”

祝妍妍不知想到了什么，眼珠一转，突然有些神秘兮兮又好奇心十足地问：“对了，婳姐姐，上次在这里看到你的时候，你后来去看那个展览了吗？就是那个‘古源界消失之谜与黑死禁术’的展览。”

“‘古源界消失之谜与黑死禁术’？”余婳有些迷糊，“那是什么？”

“咦——”祝妍妍有些诧异地看着余婳，“可是那天这里只有这一个特别展览呢。我其实对这个展览很好奇，可是没有邀请函，而且爸爸说，那个展览涉及的东西很邪门，不适合小孩子去。”

余婳有些明白了，难怪那时祝妍妍的爸爸听到自己要去那么“邪门”的特别展览，还说要去那里找人，脸上的表情会那么古怪。她又想到，难道自己那天在特别展馆里看到的各种稀奇诡异、本该早已灭绝的活生生的远古海洋猛兽，就是那个所谓的“古源界消失之谜与黑死禁术”特别展览……

这里不是育安水族馆！育安水族馆怎么可能会有“古源界消失之谜与黑死禁术”特别展览！

余婳心中一凛，忽然低头问祝妍妍：“妍妍，这里是源界吗？”

祝妍妍忽闪着大眼睛，有些奇怪地看着余婳，但还是用力地点了点头，“嗯。”

“是……什么样的源界？”余婳十分惊讶，她忽然想起空曾说过，地球上除了育安以外的其他地方，也存在着许许多多有生命繁衍的奇妙空间，自己眼下不知到了什么地方。看了看手腕上淡得接近月白的颜色，她有些苦恼，这种情况下该如何返回原先的地方？

“源界就是源界啊。”祝妍妍有些困惑地看着余婳，揉了揉鼻子。看到余婳略微走神的模样，祝妍妍的眼神跃跃欲试地亮了亮，旋即黯淡了下去，语气带着几分懊恼，“好遗憾，肯定很有趣。当时看到婳姐姐走着走着，突然朝着跟特别展览相反的方向走了过去，我和爸爸刚想出声提醒一声，就看到婳姐姐一下子消失了。”

“我有忽然消失吗？”余婳大感吃惊。如果真是这样，她当时为什么会出现在一个奇怪的展馆前？那个展馆，真的是祝妍妍提到的“古源界消失之谜与黑死禁术”特别展览吗？像是想到了什么，余婳问道：“那在我消失之前，你有没有看到我跟一个披着黑斗篷、脸上戴着面具的人说话？”

“没有呀。”祝妍妍有些迷茫地挠了挠头，语气有一丝不确定，“应该……没有吧。我当时也在低头吃东西来着。要不咱们去大厅问问我爸爸吧，他应该知道。”

“可是这里的路我不认识。”

“没关系，这里的路我知道，我带你出去吧。”祝妍妍一拍胸脯，自信满满地说道。

祝妍妍确实没有瞎说，她带着余婳，在几根柱子后东拐西拐，便来到了角落里的一扇门前。祝妍妍打开门，余婳有些失望，因为外面还是一座水晶闪耀的大厅，不过显然人多了起来，看起来有些热闹。不过，余婳现在并没有心思逛水族馆，她想及早返回，跟李圣和孔雷会合。

这里的大厅显然是她之前曾遇到过祝妍妍和她爸爸的地方，晶莹的地面下汪着湛蓝的海水，各色热带鱼在人们的脚下欢快地游动。人们三三两两地围在展览池的附近，交头接耳，似乎在谈论着什么。

这时，身边的祝妍妍拉着余婳的衣服，指着一个人头攒动的展览池，说道:“姐姐，你有求到珠吗？要不要去求一个？”

“求珠？”余婳好奇地问，“那是什么？”

“婳姐姐不知道吗？”祝妍妍有些吃惊地看了她一眼，突然想到了什么似的，“对了，爸爸和我说过，姐姐是从另一个地方来的。”

祝妍妍跟余婳解释了求珠。原来，求珠是这里的一项活动。人们对着许愿池说出自己的心愿或者默默祈福，然后，如果有鱼儿衔着一枚珠子游到许愿者或祈福者的面前，将珠子放到他的手中，那么，他的愿望便能实现。

“听起来似乎很神奇。”余婳说道。

“是呀，可灵了。”祝妍妍咯咯一笑，“而且，每个人求得的珠子都不一样哦，颜色、大小、珠子的样子，都不相同。比如，求财富的，求得的珠子可能是金色的；求平安的，求得的珠子可能是青色的。珠子越大，愿望实现的可能越大。不过，有一种珠子却不是越大越好，那种珠子很神奇，叫‘世界珠’。”

说着，祝妍妍从裙子的小口袋里翻出一颗小小的珠子，伸到余婳面前，“喏，这个就是世界珠，我这次求到了一个哦。”祝妍妍开心地笑着。

余婳接过珠子，拇指肚大小的透明圆珠子，摸起来有些像小时候玩的玻璃珠。“这个世界珠，不知有什么用呢？”

“可以拓印世界呀。”祝妍妍解释道，“我听爸爸和老师说，如果求到世界珠，带着它去蜃楼找影阁的师傅帮忙拓印，有希望得到一个属于自己的世界呢。没有被拓印的就是元珠，拓印出世界之后就是真正的世界珠啦。不过我也不知道那是什么样子的，我这颗其实也还是元珠呢。据说得到世界珠的人非常非常少，能拓印成功的人就更少了。我曾经看到过明哥哥的世界珠，里面好像有一片天空和一只火鸟，不过明哥哥说，他感应不到里面的世界，他还说如果感应不到里面的世界，世界珠就只能算是一件精美的玩具。对了对了！明哥哥还会弹竖琴呢，他弹得可好了，声音就像早上的露水落下来一样好听呢……”

明哥哥应该是祝妍妍的邻居家的孩子吧，余婳心想。

“婳姐姐，你要不要也去试试？今天是始鱼大人的还愿日，求珠的成功率比平时高呢。啊呀，那边的许愿池空出来了，咱们赶紧过去。”说着，祝妍妍就拉着余婳朝那里快步走去。

余婳其实很想问问“始鱼大人”是谁，但祝妍妍在前面跑得很快，她只得先追上她。

站在许愿池旁，周围只有稀稀落落一两个人在求珠。余婳看到清澈的池水中有几条叫不上名字的鱼儿游来游去，池边，一个中年女人专心致志地闭着眼睛，似乎在许愿，待她睁开眼，却没有看到有鱼儿游近，等了一会儿还是如此，她面上露出一丝苦笑，然后转身走了。

离着较近的一个许愿池，传来男子的欣喜若狂之声，原来，一个年轻男人成功求得一颗红色的珠子。据说是一条桃花色的美丽的鱼儿衔来的。

“每个许愿池里的鱼都不一样呢，通常围的人越多的许愿池，池里的鱼灵力越强，许愿成功的概率越高。”不过，这么说来，眼前两个人所在的许愿池，明显就是许愿成功率低的代表，只有两三个人在许愿。祝妍妍显然也想到这个，她有些不好意思，“我刚才看到这边人少，就想着先带姐姐过来看看。而且，其实每个许愿池都是通着的，鱼可以在每个许愿池自由地来往，甚至可以通到——”

说到这儿，祝妍妍的脸上流露出奇怪的表情。见她突然不吭声，余婳问：“通到哪里？”

“通到主许愿厅……”祝妍妍略一迟疑，低声跟余婳解释道，“其实除了大厅里这些许愿池以外，幽蓝殿还有一个主许愿厅，在那里，有一些拥有极其强大的灵力的鱼，据说里面甚至有始鱼大人的直系血脉。我记得老师说过，青碧之门的一位大人年轻时曾经在主许愿厅求珠成功，后来他拥有了强大的力量。大厅里的许愿池和主许愿厅的水系是相通的，所以理论上，主许愿厅的鱼也能游到这里，这里的鱼也能游到主许愿厅。不过这种可能性非常非常渺茫，我觉得。因为主许愿厅的鱼不会纡尊降贵主动游到这里，这里的鱼也不敢跑到主许愿厅冒犯那里的存在。更何况，因为前两天发生的那件事情，现在主许愿池已经不对公众开放了。”

祝妍妍所说的幽蓝殿、青碧之门，都让余婳觉得很新奇。“你说的幽蓝殿，是指育……是指这个场馆吗？”

“场馆？”祝妍妍歪着脑袋思索着这个词，“这里是幽蓝殿，六大守护一族的圣地之一。我还以为姐姐是来赶海市的呢。以前出现过一些跟姐姐来自同一个世界的人，他们会来我们这里赶海市。”

祝妍妍看了看余婳的表情，估计她对海市并不了解，于是耐心地解释道：“幽蓝殿所在的地方，每年都会举办海市，为期一周。海市上有很多好玩、稀奇的东西。来摆摊的不止幽蓝殿这边的人，其他地方的人也会在这里摆摊，很热闹哦，一会儿许完愿，我可以带婳姐姐过去转转。”

“也好。”余婳也对祝妍妍所说的海市很感兴趣，而且，她很想知道，这里究竟是一个什么样的地方。在祝妍妍断断续续的解说中，余婳大致弄清了这里的基本情况。

这个源界应该很大，主要的地域被分为六大板块，分别是天空城、沙漠谷、雪域峰、烈炎岛、青碧森林、幽蓝境。而余婳眼下所在的地方，正是幽蓝境。

这六个地方，分别有一扇门与地球上的某个地方连通，六扇大门分别被称作天空之门、沙漠之门、雪域之门、烈炎之门、青碧之门、幽蓝之门。每一扇大门，都有守护者，而只有守护一族的直系血脉拥有者，才能够通过其所守护的门，自由穿梭于源界和地球上其他地方。而联通这个入口的，是一条走廊，据说这条走廊十分神奇，它所在的位置，只有守护该入口的一族才知道。

源界的六大板块中，最神秘的莫过于天空城和幽蓝境。或许因为天和海都浩瀚无垠、充满神秘和未知的缘故。这两处除了天空之门和幽蓝之门外，相传还另有几处神秘的入口——天空城的涅槃之门和银河之门，以及幽蓝境的始鱼之门。

“始鱼之门……就是你刚才提到的始鱼吗？”余婳问，“它是什么样子的？”

始鱼，所有鱼类的始祖，余婳不禁想到了在海底见到的空棘鱼空，会是空棘鱼吗？

祝妍妍的眼中流露出困惑之色，只见她摇摇头，“我也不清楚，有关始鱼之门，我也是从爸爸和老师那里偷偷听到的。”

“只有守护一族的直系血脉，才能自由穿梭于其守护的门吗？”

“应该是吧。”祝妍妍想了想点头道。突然，她似乎想到了什么，又补充道：“好像还有一类人，在得到守护一族族长的认可后，也可以穿梭于其守护的门。那就是宣誓效忠于守护一族的族长的扈从。”

面对着许愿池中游来游去的鱼儿，余婳有些茫然。许愿啊，其实她也不知道许什么愿，她此刻最想赶快回到原先的地方，跟李圣、孔雷会合，解脱困境。之后呢，她希望弄明白刘安蓉做这一切的目的，希望帮到空，希望育安一切无恙，希望身边的人一切无恙。

再然后……余婳其实也不清楚。她扪心自问，自己内心最大的愿望，难道不是跟爸爸妈妈永远在一起，再不分离吗？不必在育安、京平两地分离，而是像从前那样，一家人团聚在一起。

她想要的，太多太多。虽然知道自己太过贪心，但她还是闭上眼睛，在心里默默许愿：希望一切能够好转起来。

待她睁开眼，却见许愿池中并没有鱼儿朝她游近，就连原本在她眼前游来游去的几条鱼也突然游得远远的。她面上微微泛起一个苦笑，不过没关系，她也没有指望自己能够“中彩”。“走吧。”余婳回头跟祝妍妍说道。她转身走出去几步，却没看到祝妍妍跟上来。转身一看，却看到祝妍妍盯着许愿池的深处，目光中流露出惊讶和沉思。

“怎么了？”余婳走到她身边蹲下身，轻声问道。

“好像有些不对劲儿。”祝妍妍微微摇摇头，“许愿池里的鱼，都跑到角落里躲起来了。为什么会这样？”

余婳一看，果真如祝妍妍所说，许愿池中的鱼仿佛受到惊吓般，一条条都缩在池中的角落处，不敢随意游动。

这是怎么回事？难道是她刚才许的愿望太过虚无缥缈，又或者太过庞大，连许愿池中的鱼儿都吃不消吗？看着受惊一般的鱼儿，余婳心头闪过一丝愧疚。

"啊，婳姐姐你快看——"祝妍妍在一旁突然用力地摇着她的手，语气激动。

只见许愿池的水面微微颤动着，泛起的涟漪一个接着一个，就连池中的鹅卵石和假山，都在微微颤动。其实余婳并没有看到，除了她所在的许愿池，大厅中的其余八个许愿池也在发生同样的情形。

池水动荡，群鱼避散，就好像，要迎接它们拥戴的君王。

当脑海中突然闪过这个念头时，余婳觉得有些不可思议，但紧接着，她眼前的许愿池深处，汩汩流淌的水浪中，突然出现一个硕大的白影。随着它的出现，池水如沸腾般剧烈翻涌，掀起一片片雪雾般的水花。"啊——"站在一旁的一个人不可置信地惊叫道，"那不是……"

循着他的视线，不少人聚拢过来。

余婳有些紧张地看着慢慢朝着她靠近的白影，她已经看清，那是一头浑身雪白的白鲸，却比她看到过的所有白鲸都更加美丽，琉璃般的眼瞳中闪烁着智慧的光芒，头上戴着一顶小巧的银冠，显得又美丽又神圣。白鲸优雅地游到余婳近前，昂起头，将口中衔着的一颗婴儿拳头大小的透明珠子放到余婳手上。

“谢谢。”余婳觉得手中的珠子轻飘飘的，如同一小团棉花在手掌上浮动。

白鲸朝着余婳缓缓点了点头，然后转身，沿着来时的方向游去。

待看不到白鲸的身影，大厅中的人这才回过神来。

“天哪，那是什么？怎么从没在许愿池看到过？”

“那好像是银冠白鲸，主许愿厅里仅次于那位大人的王者。”

“我听说主许愿厅的那位大人已经……”

“嘘，不要乱说，这件事幽蓝殿已经对外封锁……”

周围议论纷纷，大家的目光都集中在余婳身上。

余婳将珠子收了起来，被众人围观的感觉令她不太适应，她拉了拉祝妍妍，“要不咱们去你说的海市看看吧。”

“好。”祝妍妍还在晃神，刚才的场景显然令她也大为震撼。

两个人手拉手走出幽蓝殿，身后，几个隐在暗处的人默默地跟上她们。

一路上，祝妍妍的情绪还是很激动，“婳姐姐，你好厉害，刚才给你元珠的，好像是主许愿厅的一位了不得的王者。我能看看你的元珠是什么样子吗？”

不过刚说完，她自己又摇了摇头，“还是不要看了，现在人太多，一会儿去蜃楼再说吧。”

“蜃楼就是你提到的能够给元珠拓印世界的地方？”

“是呀。”祝妍妍说道，“蜃楼很好找的，就在海市的中间一段的位置。”

两个人说话间，已经走出了一段距离。余婳看到一条宽阔平整的蓝灰色街道，街道的两侧都是摊位，每个摊子上都摆得琳琅满目，有九种颜色的长长的鸟羽、五彩贝壳编缀而成的短裙、浅紫色的竹子雕成的笔筒……令余婳大开眼界。

祝妍妍提到的蜃楼，位于海市的中间地段，与幽蓝殿的梦幻华美不同，蜃楼是一座造型古朴独特的五层飞檐高阁，似楼似塔，雪墙绿瓦。以汉白玉雕栏围合的环廊上，三三两两地站着男男女女。

待走近，只见八角挑檐上画着鱼的头部，瓷板烧制的额仿和门楣上，围绕着勾画出的彩色的海洋生物图案，美轮美奂。只是，余婳总觉得莫名的眼熟，蜃楼似乎与观鱼山上的览潮阁颇为相似。

忽然，她觉得放在衣服口袋中的蓝色化石忽然变得灼热起来。她诧异地伸手摸出口袋中的蓝色化石，仔细打量，只见化石的颜色似乎浓郁了几分，定睛细看，化石表层下方，似乎有浅浅的纹路，如波澜般交汇在一起。她在寻到这块蓝色化石时，也曾留意到这些纹路，但并未放在心上。然而此时，她感应到这些纹路仿佛活过来一般，涓涓流淌，汇聚成澜，一股灼热感顺着纹路传递而来，似乎，内里有什么在呼唤着她。

是什么呢？

“咦，婳姐姐你怎么盯着一块石头发呆？”祝妍妍好奇地打量着余婳和她手中的蓝色化石，在她看来，这种普通的彩色石头随处可见，并不稀奇。

“哦，没什么。”余婳答道，但还是忍不住，继续打量着手中的蓝色化石。

她记起那次与李圣在海中的遭遇，集中精神看向事物，闭上眼睛放开心神去接近，就能看到想要寻找的本源。于是，她紧紧握住蓝色化石，闭上眼睛。

蓝色，无尽的蓝。似乎永远找寻不到边际。

她看到一大块石壁的碎片，泛着幽亮的银灰色；还有一大块圆盘般泛着蓝宝石光泽的铜片。

不对，铜片怎会有这样几近完美的圆润和自然？那分明是鱼的鳞片，带着最纯粹的海的气息，似曾相识。

“空棘鱼？”余婳脑海中浮现出空棘鱼空的样子，情不自禁地喃喃自语道。

但空的鳞片，却似乎比这块鳞片的颜色要深邃几分，仿佛在亿万年的星空中浸润而得；而眼前的鳞片，却纯净剔透到了极点，令人生出不忍亵渎的神圣感。

余婳正想得出神，突然头撞到什么东西上，她不由得脚步一晃。

“啊呀，你这人怎么走路的！”

第二章 蜃楼

一声不满的叫嚷，令余婳一下子回过神来。定睛一看，眼前摆着一盆足有一人高的小树模样的植物，自己方才就是撞到了上面。鞋子上似乎沾了一些泥土，一个碎成好几块的酱色花盆倒在脚旁，看来自己便是使得花盆碎裂的“肇事者”。

那个花盆摆在摊子的外侧，里面还密密麻麻地摆着几十盆叫不上名字的植物。

一个圆脸粗眉毛的中年男人正气哼哼地瞪着她，显然是摊主，他一脸不爽地嚷嚷道：“小丫头，你把我的花弄坏了，你说怎么办吧？”

“真不好意思，是我没留神。”余婳忙蹲下身，帮忙捧起花盆中散落出的泥土，泥土下压着一株碧油油的含羞草模样的植物。

粗眉摊主没好气地嘟囔着：“还愣着干什么，赔钱啊，五百。”

“啊？”余婳有些傻眼，她不好意思地垂下头，“我身上没带钱。”

的确，这趟从家里出门与李圣、孔雷会合，夜探观鱼山，她没有想到要带钱包。就算带了，想必在这个全新的世界，她携带的货币也无法流通的吧。粗眉摊主说的“五百”，显然不可能是五百元人民币。

“那……值钱的东西也行！”粗眉摊主有儿点不依不饶。

见状，余婳和祝妍妍都蹙起眉头。余婳脑海中突然闪过一个念头，这会不会是碰瓷的？

“我身上只带了一百块源石。”祝妍妍掏出自己的粉红色小钱包，忍不住小声嘟囔着，“这位大叔好凶啊。”

粗眉摊主一挑眉，“怎么着，你这个小丫头有什么意见不成？”

祝妍妍壮着胆子说道：“你的这株霓裳草并没有损坏，重新扶好便是。再说这个花盆，用的是枫山脚下泥塘里最普通的泥巴，根本值不了几个钱嘛。”

“值不了几个钱？有本事你们去烂泥塘里挖出泥来给我做个花盆试试？再说了，谁说这是霓裳草，小孩子家不识货，可别乱说。”粗眉摊主说道，“这是通灵草，非常罕见。它能够感应到周边的宝物，叶子的颜色会变成金色，并且指向宝物所在的方位。”

“听起来好神奇。”余婳好奇地盯着那株弱不禁风的“含羞草”，祝妍妍却有些不乐意地皱起眉头：“只听说过烈炎岛的寻宝兽能发现宝物，从没听过有能寻宝的植物，您不会是看我们是小孩子，诓我们的吧？”

见粗眉摊主神色古怪地讪笑，余婳哪里还猜不到其中有古怪，当即拉着祝妍妍就要走。粗眉摊主不由有些着急，忙说道："不止啊，这通灵草神奇着呢。将它带在身边，如果遇到危险的时候，这株通灵草的颜色就会变深，如果变成深灰色或者纯黑色嘛……"

像是吊着余婳和祝妍妍的胃口一样，粗眉摊主故作神秘地顿了顿。

"会怎么样？"祝妍妍虽然警惕，毕竟是小孩子心性，忍不住问道。

"那就要倒大霉喽。"粗眉摊主突然哈哈一笑，戏谑地看着二人。

余婳和祝妍妍意识到被戏弄，都有些不悦地看着他。

"我身上没带钱，也没有值钱的东西。"余婳皱着眉，"能不能先……"

"小摊本小利薄，概不赊账。"粗眉摊主打断余婳，不耐烦地说道，"小丫头，我看你的那块蓝色石头不错，要不用它抵债吧。"

"这个不行。"余婳赶忙摇头拒绝，这块蓝色化石很可能是帮助她和孔雷、李圣战胜刘安蓉的重要物品，她断然不能轻易舍弃。

等等！余婳忽然抬起头，看向粗眉摊主，他看到的化石的颜色也是蓝色！除了自己以外，他是唯一看到化石是蓝色的人。还没等她开口，只见粗眉摊主忽然压低声音，朝她说道：

“既然这么宝贝它，还不赶快把它收起来。”

“啊？”余婳有些摸不清他的意思，当听到粗眉摊主低声询问“你在那块石头里看到了什么”时，她更是惊讶地看向他。

最后，祝妍妍花了身上所有的钱——100个源石——那是一种亮晶晶的圆形小石子，才勉强让粗眉摊主点头。他随便找了一个看起来更丑的砖黄色泥盆，把那株所谓的通灵草连同泥土，像扔垃圾一样随手丢了进去，没好气地递给余婳。哭笑不得的余婳只得捧着一盆有些蔫儿的小草，继续和祝妍妍朝前走。

“妍妍，不好意思，害得你为我花掉了所有的钱。”余婳不好意思地跟祝妍妍说道，“下次我一定还你。”

虽然这么说，但余婳也不知道自己还有没有这个“下次”，能够再来到这里。

看到祝妍妍的小脸上一副若有所思的表情，余婳问道：“怎么了？在想什么呢？”

“我觉得有些奇怪。”祝妍妍说道，“通常摆摊卖花的人，不会把大株易倒的植物摆在最外面，因为这样很容易被路人碰到。这个摊主好奇怪。”

余婳默然。她突然想到那个摊主对她说的话。他竟然知道自己在蓝色化石中看到了东西，还叮嘱自己，去蜃楼的影阁的话，务必将蓝色化石深埋在通灵草的泥土中，否则一旦被察觉，很可能会引发意想不到的麻烦。

或许，粗眉摊主是故意拦住自己，叮嘱她这些的。想到这儿，余婳扭头看向方才路过的地方。远远地，原先粗眉摊主的花摊所在的位置，已然空荡荡的，再也寻不到踪影。

“到底该不该相信他的话呢？”余婳有些拿不定主意，想了想，她决定静观其变。

两个人走进蜃楼，立即有两个侍女模样的年轻女人接待她们。她们看起来训练有素，看到余婳捧着一株歪在劣质土盆里的蔫蔫的小草，脸上的神色没有丝毫变化。当听到二人要拓印世界珠时，侍女眼中的神色变得十分崇敬。

一个高个子侍女恭敬地说：“请二位出示元珠。”

祝妍妍毫不犹豫地拿出自己的那颗元珠，递交给对方。见状，余婳也依样行事。

另一名侍女带着元珠，返身走到前台，高个子侍女则陪同余婳和祝妍妍在一旁等待。余婳打量着蜃楼内的布局，只见墙壁上挂着丝织壁挂，上面画着海底世界，靠近楼梯口的地方，楼梯扶手上也精细雕刻着各种鱼的图案，她忍不住惊讶地问一旁的高个子侍女：“这里到处都雕着鱼的花纹和图案啊。”

高个子侍女微微一笑，回答道：“当然，海为鱼天地，云是鹤故乡。这里是幽蓝境，当然要雕鱼纹。”

前台一个戴眼镜的中年男人接过元珠，听了侍者的介绍，他抬了抬眼镜，有些诧异地打量着祝妍妍和余婳二人。不过他很快就检查完毕，亲自走上前。

“欢迎二位来到蜃楼，我这就带二位去影阁见影师傅。”中年男子说着，一边将元珠交还二人，一边在前方引路，带着二人沿着螺旋式的楼梯上楼。

“影师傅是谁？就是你说的能帮忙拓印世界珠的人吗？”余婳小声询问祝妍妍。

还没等祝妍妍开口，在前方带路的中年男子回过头来，跟二人详细解释道：“不是拓印世界珠，而是将内心的世界拓印到元珠中去。还没有拥有一个独立的世界的世界珠，通常称作元珠，它更像一个空的容器，里面什么都没有，却可以承载一切。”

祝妍妍和余婳似懂非懂地点了点头。余婳问道：“心里想到什么，就能拓印什么到元珠里面吗？”

中年男子微笑着点点头，“原则上是这样的。”

三人说话间，已然到了九楼的楼梯口。与之前不断有脚步声和交谈声传来的几个楼层不同，这个楼层格外安静。纱帘轻软繁复，一层层随风曼妙地婆娑着，笼着朦朦胧胧的鹅黄淡光的纸灯笼，在烟霞色的帘影中若隐若现，深处似乎有一间木屋。

中年男人说道：“二位可以直接进去见影师傅。”说完，他朝余婳和祝妍妍微微颔首致意，便下楼了。

余婳和祝妍妍你看看我，我看看你，眼神中都是激动、兴奋和淡淡的紧张。定了定神，余婳拉着祝妍妍的手，说：“咱们进去吧。”

两个人穿行在纱帘间，朝着小屋走去。祝妍妍突然好奇地抬手指着一盏纸灯笼，叫嚷道：“婳姐姐你看，那盏灯笼上面有画。”

“有画吗？”余婳好奇地抬起头，她并没太留意纸灯笼的模样，此时听祝妍妍这么一说，果然发现纸灯笼上画着锦鲤和云纹，随着灯影摇曳，鱼和云似乎也在流转一样。

“真好看。”余婳赞道。又听到祝妍妍兴奋地跑到一侧，指着几盏灯笼喊道，“这几盏上面也有画呢。”

果然，放眼看去，只见每盏纸灯笼上都画着不同的图案，有花鸟鱼虫，有山水田园，有亭台楼阁，有天地星辰，而且最神奇的是，但凡盯着纸灯笼仔细看一会儿，就会发现上面图案的颜色越发浓厚或灵动，有一种摄人心魄的魅力。

余婳别过头，定了定神，想了想，她对祝妍妍说：“妍妍，我觉得这些灯笼上的画好像有问题，咱们还是不要看了。”

两人于是继续前行，穿过一层层纱帘，站到一间古朴的木屋前，停下了脚步。透过窗户看去，屋子里黑漆漆的，屋外右手边地面上，有一小块沙地，里面堆着白色的沙砾。

“请问，影师傅在吗？我和我的朋友得到了元珠，特意来见您。”余婳提高声音，向着屋内的方向说道。

屋里依然漆黑一片，片刻之后，里面传来一个平静的声音：“站到那块白色的空地上，把你们的元珠贴到眉心处，集中精力观想你们内心最渴望的场景和画面。一个一个来。”

祝妍妍跃跃欲试，她兴奋地忽闪着眼睛，对余婳说：“婳姐姐，我想先试试。”

“好，你去吧。”余婳脸上不禁露出了微笑，摸了摸她的小辫，“加油哦！”

“嗯，放心吧！婳姐姐一会儿也要加油！”祝妍妍开心地笑道。她走到白色沙地前，小心地站到上面，然后将元珠贴到眉心，闭上眼睛一动不动，但她紧咬着嘴唇，显然有些紧张。

片刻后，祝妍妍的身子微微摇晃，不过很快又恢复平衡。她睁开眼，开心地发现手中的元珠里有了变化，“婳姐姐你快来看，我拓印成功啦！快来看我的世界珠！”

余婳看到祝妍妍的世界珠中有很多五颜六色、高低错落的小房子和设施，甚至还有青草地和喷泉池的轮廓，不由好奇地问:“这里面是什么？”

“里面是我一直想去的游乐园。”祝妍妍看了看自己的世界珠，开心地说，“你看，那是摩天轮，那是旋转木马……咦，为什么草地的颜色有一半是透明的？还有那些雾是什么？”

方才的那个声音再度响起：“因为你在拓印自己的世界时，脑海中掺杂了刚才在纸灯笼上看到的图案的幻想，精力稍微涣散了一会儿。”

“啊，那会不会有什么影响？”祝妍妍担心地问。

“会。你需要在以后慢慢补全世界珠中的缺失。”屋中人言简意赅地说，“好了，下一个。”

祝妍妍张口还想问什么，但屋中人淡漠的态度，却让她有些不知所措。余婳和祝妍妍正要说话，只听屋内人突然又说道：“拓印完的人，先下楼去。不必停留在这里。”

祝妍妍只得对余婳说:“婳姐姐，那我先下楼等你。祝你好运。”

“谢谢妍妍。”余婳点点头，“我一会儿下去跟你会合。”

祝妍妍乖巧地点点头，然后下楼了。

等到她的脚步声完全消失在楼梯间，屋内人才又开口：“你，站到白色空地上去。”

余婳依言站到白色空地上，并且按照屋内人所说，将元珠拿出来，贴到眉心处。她正要闭上眼睛，忽然听到屋内人轻轻地“咦”了一声。

“你手中的元珠，是从银冠雪鲸那儿获得的吗？”

“是的。”

“这么说你去了主许愿厅，你是守护一族的人？我在你身上感应到了一丝熟悉的气息。”

“我不是，我是在幽蓝殿的大厅里获得这枚元珠的。”

屋里突然亮起灯来，那个声音说道：“你进来。”

余婳有些紧张，她想起了粗眉摊主的话。莫非，那块蓝色化石真的被发现了？它到底有什么秘密？

来不及多想，余婳将口袋中的蓝色化石快速丢到空送给她的储物囊中。她心想，兴许放入储物囊中，就不容易被觉察到吧。

余婳轻轻推开门，不由有些惊讶。跟想象中的不同，屋里异乎寻常地宽敞，地上铺着图案精致、颜色艳丽的柔软地毯，两侧的墙壁上方，凭空悬浮着一些五颜六色的瓶瓶罐罐。余婳将目光从瓶罐上移开，朝着正前方看去。屋子深处的一张方桌前，坐着一个周身包裹在紫黑色华丽长袍之中的女人，半张脸被一张蔓着紫色妖异花纹的银灰色面具遮蔽，只露出白皙小巧的下颌和花瓣般殷红的嘴唇。她面前的桌上，香炉里的一炷香在缭绕。

余婳感觉到，一双仿佛能够探入灵魂深处的眼睛正透过面具，若有所思地凝视着自己，不禁暗自想道："这个人，就是影师傅吗？"

"坐。"影师傅指着桌前的凳子，对余婳示意。

余婳抱着那盆通灵草坐到影师傅对面，这才看清她身后有一个书架，架子上摆满了厚厚的书，上面的文字，她却一个也看不懂。视线顺着书架上移，看到墙上挂着的一幅画时，余婳的目光登时凝住。

第三章 影师傅

画上的场景是一座看上去很有东方特色的华丽宫殿，宫殿中的最光亮处，站着一个披着金丝银线织就的薄纱、周身缀着无数璀璨珠宝的曼妙女子，她的脚下是一大片殷红的色彩，撒落着花朵。女子微微仰头看向半空，那里飘浮着一个男子的头颅，发出珍珠般耀眼的光芒，正犀利而诡异地看着女子。一旁，色调沉闷的阴影中呆坐着几个人，漠然地看着女子。

奢华却缺乏生气的宫殿，美得像个幻象的异域女子，还有那阴森又圣洁的飘浮的头颅……好奇异的一幅画。余婳有些晃神地想道。

或许是错觉，余婳听到影师傅似乎轻轻“咦”了一声。她这才回过神来，看向影师傅。

“看到了吗……喜欢那幅画？”影师傅突然问道。

“画里的女人很美……很奇妙的一幅画……”余婳想了想，说道。

影师傅不置可否地抬手在桌上轻轻一叩，旋即两只雕刻着精美繁复的花纹的高脚酒杯凭空出现。“女人，有多美丽就有多危险。”她的声音似乎多了一分慵懒和随意。

一只酒杯飘到余婳面前，轻轻落在桌上。余婳瞥了一眼酒杯中像玛瑙一样深沉的玫瑰红色液体，没来由地想起那幅画，不由眉心一跳。

“谢谢，不过我不会喝酒。”余婳老老实实地说道。

影师傅不以为意地端起自己面前的酒杯，浅浅啜了一口，这才轻盈地站了起来，在身后的书架上翻了一会儿，捧出一盏巴掌大的古铜色油灯。她抬手轻轻一弹，油灯亮了起来，但里面跳动着的火苗却是淡紫色的。她朝着里面轻轻吹了一口气，只见细细密密的紫色光点飘了出来，在屋里流动，随着越来越多的紫色光点聚拢，屋内四壁和天花板上逐渐形成一层淡紫色的光膜，将屋内包裹起来。

余婳不明所以地看着影师傅，只听她说道："欢迎你，异界来客。现在你可以拓印了。刚才我已经说过了，将元珠放在眉心处，集中心神冥想你的世界。”

余婳伸手从储物囊中取元珠，突然神色一顿，不过她很快便回过神来，将元珠贴到眉心处，闭上眼睛。她的脑海中一片空明，连她自己也不知道自己在想什么，只觉得眉心与元珠相贴处微微发热，元珠和她的心神似乎有了一种玄妙的感应。

“好了。”影师傅淡淡说道。

余婳垂下手，仔细端详掌中的元珠。只见整个珠子变成了蓝色，或者应该说，珠子内变成了蓝色的世界，里面还有点点比芝麻粒还小的事物，有些看不真切。

“这是……海吗？”

沉默了片刻，影师傅说道：“恭喜你成功拓印，你的世界珠很罕见，或许，你的成长不可估量。”

“你试着感应一下世界珠。静下心来，聆听里面的世界。”

影师傅的声音带有一种安定人心的力量，余婳闭上眼睛，再次将眉心贴到世界珠上。

一片混沌的灰色。

再仔细看，灰色缓缓散开，眼前模模糊糊浮着一层蓝灰色的雾影。

蓝灰色，蓝色。

无边的蓝色。

这里有数不尽的鱼儿游来游去，五光十色的珊瑚礁，茂密的海藻森林婆娑起舞。

心神仿佛化成了海中的泡沫，在这方蓝色的天地中自由地徜徉，无拘无束。

不知道游了多久，突然前进不得。眼前似乎有一道无形的屏障，那里似乎耸立着一座城池，有无数巨大的鱼在城池的上空盘旋。

那是什么？

余婳想到了在储物囊中消失了踪影的蓝色化石，那块内里蕴藏着一块石壁碎片和一片鱼鳞的奇异化石。莫非……余婳脑海中突然冒出来一个奇异的想法：莫非那块蓝色化石自己跑到元珠里面去了？不仅如此，还化为元珠中的一部分，显现出来。

半晌，余婳从世界珠中退了出来。她睁开眼睛，却看到影师傅正一动不动地盯着自己。余婳觉得自己仿佛被那双深潭般的眼睛吸进去了。

“你感应到了什么？”

“我看到一片蓝色的大海，有很多鱼，还有各种海洋生物。”

影师傅半晌沉默不语，突然，她开口了：“你或许已经听祝家的小丫头提过，获得世界珠可以令你拥有一个属于自己的世界。你知道如何使用世界珠吗？”

余婳摇摇头。

影师傅继续说道：“成功拓印了心像世界的元珠，便称为世界珠。如果拥有世界珠的人能够感应到里面的世界，那么，随着他力量的增大，他便能够自由穿梭在里面的世界之中。世界珠也会随着主人力量的增大而不断变强。有朝一日，它甚至会破珠而出，形成一个真正的世界。”

说到这儿，影师傅突然放低声音，语气有一种说不出的蛊惑，“但有一种方法，能够令你完全获得世界珠中的力量，而且永远不会让世界珠脱离自己的掌控。”

见余婳一脸茫然，影师傅继续循循善诱：“我有办法，可以令你成为世界珠的宿主，你可以汲取世界珠里面的全部力量为己所用。”

这番话如同浸着甜美诱惑的红彤彤的苹果，余婳不禁问道：“我需要怎么做？”

“很简单，你只需要滴一滴血在你的世界珠上，就能将它收入你的体内。每次你的意识进入世界珠时，只需要用心神吟唱这段文字。”说着，影师傅从袖中拿出一张纸，递给余婳。

暗金色的纸张氤氲着淡淡的香气，余婳看到上面写了几行奇怪的符号，有些像甲骨文，又似乎并不是。不过，余婳觉得以前似乎在哪里见过类似的符号，究竟是哪里呢？

余婳抬起头，才发现影师傅正审视着她，那眼神令她莫名的心惊。定了定神，她有些不好意思地微微摇头，“可是，我看不懂上面写的东西。”

影师傅颇有深意地看了余婳一眼，忽然轻笑道：“看来她竟什么都没跟你说。”

余婳不明所以地看着影师傅，想知道她口中的“他（她）”究竟是谁。不过影师傅显然没有跟她解释的意思，而是扭头朝着书架的方向轻轻招手，登时，书架上的一本杏黄色封面的字典模样的大部头飞到她的手中。

“喏，先看看这个。”影师傅将书递给余婳，悠然道。

余婳接过厚厚的一本书，翻开一看，里面密密麻麻地写满了各种形态奇特、既像图案又像甲骨文的符号。她抬起头，有些手足无措地看向影师傅，很坦白地说：“我一个字都不认识。”

见余婳的脸颊微微泛红，影师傅的脸上露出好笑的表情，不过并没有为难她。“看来我得当一次启蒙老师了。”说着，她抬手在册子上轻轻一扣，“咚咚咚——”，仿佛敲击在坚硬的玉石表面一般，登时，册子哗啦啦地自行快速翻动着，上面的符号仿佛活了一般，在纸页上扭动起来，紧接着，一个个地凸了起来，从纸页上飘浮起来，一个个没入余婳的头脑中。

“别分心。”影师傅说道，“集中精神。”

余婳感觉到脑海中浮现出一个又一个那些奇怪的符号，它们的发音和意思随着符号本身的浮现瞬间印刻在脑海中。

真是奇特的“认字”方式，余婳不由暗自感叹着。忽然，她想起以前在哪里见过类似的符号了。

邱老头给的那张包地瓜的黄纸上，那些奇奇怪怪的符号，跟眼前这些颇为相似，却又有微妙的不同。起码如今她脑海中掌握的这些符号的信息，没有一个能够跟邱老头那张黄纸上的对上。

“都记下来了吗？”

“好像是。”余婳闭上眼睛，心神沉浸下来，认真地感应了一下脑海中漂浮着的一个个符号。奇怪，那么多符号，竟然瞬间就能印刻在记忆中，简直神奇。

“不错，孺子可教。”影师傅的语气似乎带着一丝满意和赞许，但当余婳睁开眼时，却看到影师傅正摩挲着下巴，似笑非笑地看着自己，似乎在盘算着什么。她不由得有些惊惶，影师傅给她的感觉，既神秘莫测又有些危险。

“不如，再试试那个吧。”影师傅像是打定了主意，不由分说地抬手在面前的虚空中一抓，登时，略微动荡的虚空中泛起涟漪般的波动，一本暗红色的古旧册子出现在影师傅的手中。

“这是什么？”余婳接过册子，觉得它简直轻得像一片树叶。翻开册子，发现里面不过寥寥数十页，每页上是一排排与方才的符号有些相似，却又有微妙不同的符号。余婳却神情大震，因为她发现，这本册子上的符号，与邱老头给她的那张黄纸上的几乎一模一样。

余婳张了张嘴，刚要开口，却见影师傅抬起手指放到嫣红的嘴唇上，微微摇首。“好学生上课时可不能分心。”说罢，她如同先前一般，伸出玉兰花般的手指轻轻叩击册子，一个个符号登时如潮水般升腾而出，余婳只得集中精神，将一个个符号记在心里。

半晌，她听到影师傅长吁一口气：“好了。”

余婳睁开眼睛，发现桌上的两本册子已经不见了踪影，只剩下那张暗金色的薄纸。影师傅轻轻拭去额角渗出的晶莹汗珠，她指着那张薄纸，勾唇浅笑：“现在，不妨试着读一下这张纸上的内容吧。”

余婳试着解读上面的文字，字意大致为：

当心灵的潮水汹涌汇集
在你神秘的岸边徐步逡巡

她在心里将这些符号默默地读了一遍，突然发现，这两句话的发音似乎与曾经在育安水族馆外听到的李圣的笛声的前半段有些相似。听到李圣的笛声，水族馆里的鱼儿纷纷游了出来。那么，她如果在自己的世界珠里吟唱这段音符，会发生什么呢？余婳觉得似乎有哪里不对劲。

“怎么样,是不是很不错？”影师傅在她耳畔循循善诱,“要不要现在就试试？”

不知是不是错觉，余婳发现桌上的那盆通灵草，叶片的颜色似乎深了一些，由原先的碧绿色，变成了较深的蓝灰色，她登时心中一凛。

“还是先不要了。”余婳摇摇头。

“奇怪的小姑娘。”影师傅显然有些意外，她似乎并没有留意桌上那盆不起眼的小草。她咯咯一笑，“你刚才在想什么？要不要我来猜一下？”

余婳对这个会“读心术”的影师傅并没有太多好感，她摇了摇头，“你不必猜了。我能看懂你写的符号的意思。”

“哦？”影师傅抱着胳膊，很感兴趣地看着余婳。

“我觉得这段符号传达出来的意思是‘复苏’。”余婳缓缓说道，她看到影师傅眼中一闪而过的诧异，知道自己说对了，“而你让我在世界珠上滴血，将它收入眉心，这总让我觉得像是玄幻故事里的滴血认主，在认了主的世界珠里，我吟唱着有复苏意义的符号，会引来什么？”

“聪明的小姑娘。”影师傅赞许地看着余婳。

“你究竟是谁？”余婳问道。

“你现在只需要知道我是蜃楼影阁的影师傅就可以了。”影师傅说道，她突然站起身，“你或许已经从祝家的小丫头那里知道了这里的一些情况。那么她有没有跟你讲过，这里的六扇传送之门以及守护一族的事情？”

余婳点了点头，“妍妍还跟我提到涅槃之门、银河之门和始鱼之门。”

当提到“始鱼之门”时，余婳留意到影师傅的眼中闪过一抹玩味之色。

“想不到那个小丫头知道得还不少。”影师傅深深地看了余婳一眼，“那你可知道，始鱼之门通往这里的什么地方？”

“既然是幽蓝境的传送门，自然是通往幽蓝境吧。”余婳答道。

“你只答对了一半儿。”影师傅说道，“幽蓝境地域广阔。始鱼之门，是由鱼类始祖——空棘鱼通过时空穿梭开辟出的一扇通道，不仅可以通往源界，甚至有可能通往源界的过去和未来，因此，相传始鱼之门能够通往整片源界中最为神秘的地方——消失的古源界。”

“消失的古源界？”余婳眉心一跳，想到了祝妍妍提到的古源界，以及……

“没错。眼下你我所在的源界，不过是在古源界消失后重建的世界。而萃聚了无上智慧和瑰奇的古源界，在一次大灾难之中，消失在了深海之中。相传，始鱼之门能够将拥有幽蓝境的守护一族的直系血脉的人，传送到消失的古源界所在的地方。”

余婳的心头没来由地狂跳起来，“那么，你们已经找到古源界了吗？”

“未曾。”影师傅淡淡瞥了她一眼，“一来，幽蓝境的守护一族的直系血脉极少，二来——”

说到这儿，她顿了顿：“幽蓝境的守护一族的族长，某一天突然消失了。”

“消失了？那他去了哪里？”

“刚才我提到过，始鱼之门能够穿梭时空，去往过去和未来。”

“你的意思是，那位族长去了消失的古源界？”

“也有可能去了你所在世界的过去或者未来。”影师傅嫣然一笑，“其实，更多的人相信，幽蓝境的守护一族的族长，找到了古源界末代君王的指环——荆棘指环。”

“荆棘指环？”

影师傅盯着余婳的眼睛，点了点头，缓缓说道：“荆棘指环拥有无与伦比的强大力量。在古源界神秘消失的时候，古源界的末代君王也下落不明，连同他的那枚含有古源界秘密的神秘指环，也失去了踪影。一千多年后，当时的幽蓝境守护一族的族长在一处荒凉海域的深海废墟中，找到了传说中的荆棘指环，然而不知出了什么意外，指环碎裂，上面镶嵌的七枚宝石以及指环本身，都四散流离，下落不明。有人说那七枚宝石埋葬在最深的不为人知的海底，也有人说它们化成了流星消失在最遥远的苍穹，还有人说它们已经从这个世界上消失。”

余婳觉察了影师傅话中的深意，不由问道：“难道，还有其他的说法吗？”

影师傅突然一笑，说道：“那七枚宝石来源于荆棘指环，倘若离开指环，它们的形体难以持久，兴许会化成能量体，比如光、比如水、比如气、比如风，散到世界上的任何一个可能的角落。但它们本是同根，彼此之间有所感应，并且荆棘指环本身，对这七枚宝石也有强烈的召唤之力。因此，如果有人能找到荆棘指环，那么它便能指引着持有指环的人找到那七枚宝石。”

“这荆棘指环和上面的七枚宝石，究竟有什么作用？”余婳听得入神，不禁好奇地问。

影师傅抬手在二人面前的虚空中一点，星星点点的萤火般的光幕缓缓展开，上面出现了一只银白色戒身、上面镶嵌了七枚璀璨宝石的指环。一颗蓝色的宝石居中，两侧各有三颗略小的宝石，五光十色的宝石色泽潋滟，戒身上隐隐有柔腻的波纹旋动。

影师傅指着光幕，说道：

“相传古源界诞生于海中，因此，这颗蓝色宝石汲取了海水的精魄凝聚而成。这七枚宝石，蓝色的宝石，拥有永恒之光；白色的宝石，拥有净世之光；绿色的宝石，拥有造物之光；红色的宝石，拥有涅槃之光；黑色的宝石，拥有毁灭之光；紫色的宝石，拥有欲念之光；金色的宝石，拥有智慧之光。而那枚戒指本身，拥有召唤这七种能量的力量。

“有趣的是，或许正因为古源界诞生于海中的缘故，这荆棘指环似乎与幽蓝境的守护一族有着不解之缘。一千多年前，幽蓝境守护一族的族长发现了荆棘指环，却因此在海底深渊失去了踪影；一百多年前，新任的族长，也就是老族长的女儿，某天也突然从源界中失去了踪影，有人说她去寻找荆棘指环了，也有人说她同样也陷落在海底深渊之中。”

“失去所有宝石的荆棘指环，也变成了能量体吗？”

“或许吧。”影师傅眼神微眯，指尖轻轻地叩在椅背上。见余婳似乎还想问些什么，她微微挑眉：“怎么，你有什么想问的吗？”

“黑死禁术是什么？它跟古源界的消失究竟有什么关联？”

“这个说来话就长了，等有机会，我会慢慢给你讲这个故事。”影师傅神色平静地看着余婳，慵懒地斜靠在椅背上，徐徐说道，“不过眼下，你似乎遇到了困难，恐怕不便在这里久留吧。”

说着，她抬手指着余婳的右手腕。余婳这才发现，原本进入这里后消失了的蓝色光环纹路，再次出现了，而显示的剩余时间已然不多。

“我可以帮你离开这里，但你要答应我一个条件。”影师傅定定地看着余婳，唇角仍挂着淡淡的笑意。

第四章 离去

弯腰小心翼翼地从洞穴中走出来，登时沐浴在一片清新葱郁的光辉中。许是不适应突如其来的亮光，余婳眯起眼睛，再缓缓睁开，映入眼帘的，是两张熟悉的面孔。

“这么快就出来了！怎么样，还顺利吗？”李圣问道。

“那块蓝色化石找到了吧？”一旁的孔雷也关切地问道。

余婳垂下眼眸，小心地掩饰住内心的情绪，“已经找到了，你们放心吧。”

沉默了一下，她看向李圣，“对了，你刚才说，我就进去了一会儿？”

李圣点头，“是啊，才转眼的工夫。”

“哦。”余婳沉吟着，她看了看面带浅浅笑意的孔雷，“你……什么时候出来的？”

“什么时候出来……你是说这个洞穴吗？”孔雷面上浮现出古怪的神色，“我和李圣一直在这儿等你，没有进去。”

余婳抬起头，惊讶地看向孔雷：“你是说，你没有跟我一起进去？可是……那陪我进洞穴的人是谁？”

她的声音越来越低，尾音竟已低沉得如同梦呓，然而，许是山林中空旷多风的缘故，这渐渐转弱、惊疑不定的声音，在呜咽的山风中竟盘旋萦绕，久久不散。

“是谁？”

“是谁？”

“是谁？”

…………

究竟是谁？那个跟孔雷一模一样，在洞穴中陪同自己寻找蓝色石头，并在潭底举止诡异的人，究竟是谁？

余婳陷入了沉思。

然而，孔雷显然比余婳还要惊骇，他张大了嘴，“你的意思是，你在洞穴里看到一个跟我一模一样的人？”

见余婳缓缓点头，他的眼中闪过惊骇莫名的神色，“怎么会这样？”

“孔雷一直和我在一起等你，我们确实想跟你一起进去帮忙寻找，但古怪的是……”李圣像是回忆起什么，面上闪过古怪的神色，“你进洞后，洞穴的入口突然越变越小，过了几分钟，却又缓缓变大，最后恢复成了最初的模样，我们都大吃一惊，很担心你的安危，刚打算进洞找你，结果你就出来了。”

“这个洞穴，说不定有什么古怪。”孔雷走到近前，凝神看着洞穴入口。

余婳和李圣也一齐点头，然而看了看手腕上越发黯淡、几近透明的蓝环纹路，意识到时间已经不多，他们来不及多想，只得急匆匆赶去刘安蓉那里，与她会合。

山路陡峭，孔雷一向谨慎小心，他慢慢地走在最后。李圣走在最前面，身后是余婳。

余婳察觉到李圣似乎放慢了脚步，刻意在等自己一般，不由问道：“怎么了？”

“有些事想跟你说……”李圣沉吟着，似乎拿不定主意该不该说。

这时，李圣左掌中突然微微一亮，一道黑色的光一晃而过，没入余婳的储物囊中。

“嗯？那是阿玄吗？”余婳问道。

“是阿玄，不过它怎么钻到你的储物囊里面去了？”李圣有些奇怪，“它一向最讨厌狭小的空间。”

余婳突然想到放在储物囊中的世界珠，阿玄不会是……

她赶忙伸手到储物囊里，顿时面上露出精彩的表情。

果然，储物囊里寻不到阿玄的踪影，只有一颗世界珠和一个速写本静静地躺在里面。阿玄总不可能钻到速写本里，那么就只可能是那颗还摸不清情况的世界珠了。

不知要对李圣从何讲起世界珠的来历，余婳迟疑着，不觉间孔雷已然喘着粗气走到他们的身后，她只得打住。

孔雷气喘吁吁地说道：“你们走得太快了，我都……都跟不上了。”

“是你走得慢嘛。”余婳笑道。

孔雷有些不好意思，“没办法，台阶有些滑，而且……有时候会冒出小虫子……”

想到孔雷怕小虫子，余婳有些无奈。三人加快了脚步，匆匆赶往刘安蓉所在的地方。

灰雾缭绕之中，刘安蓉坐在一棵树下，抱着调色盘，手握画笔，正神情专注地画着什么。听到余婳三人的脚步声，她仍头也不抬地继续作画。

余婳刚想出声，李圣拉住她，示意静观其变。

半晌，刘安蓉放下画笔，满意地看着画板微微点头。她的目光在画板的每个角落逡巡，突然，微微蹙起眉头，又提笔在上面描画了几笔，看了看，这才重又满意地放下手中的笔。

她抬头看向余婳三人，“看样子你们已经完成了任务？”

“没错。希望你信守承诺。”余婳说道。

刘安蓉神情不变，“那是自然。你们可以看看你们的手腕。”

余婳低头看向手腕，果然，那个蓝色的光环纹路已经消失了。她不由心中一喜，悬着的一颗心总算放下。

“现在，游戏正式开始。”刘安蓉说着，将画板上的画纸抽下来，随手丢在脚下。

余婳看到，那上面画着一只外形奇怪的蜥蜴——不，不是蜥蜴。脑海中光影变幻，她想起来了，她曾跟李圣一起，在刘安蓉的密室里见过画上的事物。

幻龙！没错，早已灭绝的远古海洋猛兽——幻龙。

刘安蓉的脚下，混沌的灰色雾气仿佛有了生命般，朝着画纸缓缓聚拢、缭绕。顷刻间，就将画纸湮没。灰雾浓郁得犹如实质，像云霭般不断蒸腾、弥漫开来。

空气中弥漫着一种气息，带着沛然水意，却与山林的草木气息格格不入。然而余婳心头却猛地震颤。

如此熟悉，她怎能忘记。即使在离开的三千多个日日夜夜，仍时时在她耳畔潮起潮落，在魂梦中呢喃细语。

是海的气息。故乡育安的气息。

不！似乎更加浩瀚悠远，带着亘古的气息。

不知何时，余婳已然闭上了眼睛，仿佛睡去。然而头脑中，却如在天地间翱翔的海鸥，盘旋不定。

她突然睁开眼睛。

刘安蓉究竟想做什么？

灰色雾气中，一个三四米长的模糊暗影逐渐生成。

余婳和李圣、孔雷紧张地盯着雾气，他们看到一条灰雾凝聚成的幻龙，身躯模糊，眼瞳的位置跃动着两团灰色的雾气，有一种说不出的阴霾。

“好了，催动你们找到的化石，看看有没有谁能与它一战。”刘安蓉走到灰雾幻化的幻龙一旁，眼瞳深处隐隐闪烁着一丝莫名的兴奋和期待。

“怎么催动？”孔雷小心翼翼地问。

刘安蓉似笑非笑地看了孔雷一眼，“要么滴一滴血在上面，要么也将它抛到雾气中。当然，有源力的也可以用源力催动。”

“我真的好期待。这荒魇古境中的化石，可是有灵性的。你们能寻到，冥冥中有什么渊源也说不定……”她的目光在余婳三人面上扫过。

“我先来吧。”李圣略一思忖，走上前一步说道，“我们若能取胜，希望你说出你的一切布局的目的。”

“还有，放孔雷自由。”余婳在一旁补充道。

孔雷感激地看了她一眼，嚅动着嘴唇，好像要说什么，可是话还未出口，又迟疑着缩了回去。

李圣将他所寻到的化石放到掌心，一团柔和的白光升腾而起，瞬间包裹住化石。白光如同旋涡般绕着化石旋转，旋涡越来越小，化石却越发晶莹剔透。里面，似乎氤氲着一团乳白色的云雾。化石突然碎裂成星星点点的白色光点，在半空中缓缓凝聚。

“似乎有些像海豚。”孔雷看着半空中的白色光影，有些不确定地跟余婳说道。

“嗯，是有些像。”余婳点点头，她看到那团海豚模样的白色光团在半空中缓缓动了起来，甚至摇了摇尾巴，十分灵动。

“不错。不过似乎弱了些。”刘安蓉说道，“你们俩也可以一起，兴许人多力量大呢。”

余婳听出刘安蓉话语里的戏谑之意，却不敢掉以轻心。

“孔雷，我现在还调动不出自己的源力。”余婳有些不好意思地说道，“你应该可以的吧？”

孔雷有些不好意思地挠挠头，“应该可以，我试试。”

说着，他拿出他的化石，握在手中，似雾似光的淡灰色氤氲中，似乎有什么在酝酿着。下一刻，原本还雀跃憧憬的余婳突然傻了眼，“这……这是什么？”

只见孔雷面前的浅灰色氤氲之中，一小团巴掌大的影像缓缓幻化、凝形。有些像乌龟，又有些像偏口鱼，模样颇有些滑稽古怪。

孔雷有些歉意地挠挠头，“我的源力用得还不太熟练。”

李圣的表情也有些诧异，刘安蓉仍是老神在在的模样。

“没关系，我和孔雷先来应付他们。”李圣对余婳说道，“到时候我和孔雷配合，夹击刘安蓉幻化的幻龙。我的光可以驱散雾霾，孔雷的光应该也可以。”

余婳略一迟疑，“其实，我也能帮上忙，我……”

“没关系，若我们应付不了，你再从旁协助我们吧。”李圣说道。

余婳略一迟疑，方才缓缓点头，她的手已然伸到钥匙链上挂着的储物囊处，又缓缓放下。

只见李圣和孔雷幻化的海豚光影和“海龟”光影，在二人的指示下，朝着刘安蓉幻化出的灰雾幻龙冲去。海豚光影敏捷地攻击灰雾幻龙的细长脖颈，“海龟”光影则在灰雾幻龙的脚旁逡巡。

“咦？”

一丝细微得几乎无法察觉的疑惑声飘过耳畔。余婳扭头望去，在刘安蓉的面上看到一抹惊诧，循着她的目光望去，却只见到与灰雾幻龙缠斗在一起的海豚光影和“海龟”光影。

可喜的是，灰雾幻龙的体表颜色，似乎比先前淡了一些，而李圣的海豚光影虽然不及灰雾幻龙的体形大，却灵巧敏捷，如一颗耀眼的星；孔雷的“海龟”光影则笼着一层光，紧紧缠住灰雾幻龙的四肢。

然而好景不长，灰雾幻龙很快又再次夺回优势。只见它的身躯突然分裂出数个与原先相同大小的幻龙，只不过身体的颜色更加浅淡，如同蒙着一层薄薄的烟幕。数量上陡然增多，气势也陡然暴增的灰雾幻龙，将海豚光影和“海龟”光影团团围住。

幻龙怎能分化？这不是真正的幻龙。

余婳在心底嘀咕着。

但如果眼前的不是幻龙，又是什么呢？

眼见形势不妙，余婳不再迟疑，忙从腰间的储物囊中探手取出一柄巴掌大小的白色小旗，抬手迎风一摇。

风似乎慢了下来，又像是酝酿着什么。四面八方的土壤中、草木上，甚至空气中，有什么力量在萌发。

“哗啦啦——”

一道道无形的水波在余婳周围涌动，不多时，只见一条条身躯透明、形态各异的鱼儿，在半空中缓缓浮现，随着余婳手中的小旗一挥，便朝着灰雾幻龙缠斗的方向飞去。

一条条鱼儿将灰雾幻龙包笼，似乎有规律地回旋游动着，速度越来越快，如同走马灯般，又像是要掀起惊涛骇浪。

李圣和孔雷感到压力大大减轻，不由松了一口气，继续操控着海豚光影和“海龟”光影，与灰雾幻龙缠斗。

余婳手中看似不起眼的神奇小旗，是从源界的影师傅那里得来的。临别前，她答应再回到源界时，会帮助影师傅做一件她力所能及，又不违背道德伦理的事情，影师傅才答应将她送回来时的洞穴之中。这柄小旗，也是影师傅所赠，据她说，这柄小旗是一件源界水系法宝，可以召唤附近所有诞生于海洋的高等生命的魂魄。对于幻术类的作战，十分有效。

但最令余婳震撼的，是影师傅表示，这柄小旗不过是一件灵宝的仿品。那件灵宝随着古源界的消失而一并失去了踪影。相传那件灵宝能够召唤来自远古的高贵血脉的幻影，虽然不过是海市蜃楼，但能够发挥出幻影本体的二成实力。

那件灵宝，影师傅说叫作鱼龙舞。

余婳的加入，令李圣和孔雷身上的压力一轻，他们打起精神，继续战斗。灰雾幻龙的力量逐渐削弱，余婳三人扭转了战局。

然而余婳并没有松一口气，相反，面对颜色逐渐淡了下来的灰雾幻龙，她的心里总有一种不踏实的感觉，这条灰雾幻龙的体内，似乎有某种令她深感忌惮的诡异力量，仿佛黑洞一般。

这时，只见刘安蓉面无表情地抬手朝着奄奄一息的灰雾幻龙一抹，登时，灰雾幻龙化成一抹轻烟，在空中缓缓升腾、消散。这时，她的身后突然出现一扇耀眼的蓝色的门。

那道门散发的气息有些熟悉，“那是……”余婳仿佛出了神，喃喃低语。

“你先别走！”见刘安蓉转身要走进那扇凭空出现的蓝色光门之中，李圣急忙出声，“究竟是不是你，导致育安近些年出现的异状？你的目的是什么？”

刘安蓉重又转身，看向李圣，面上竟挂着令人捉摸不透的浅淡笑意。她抬起手指在虚空中画出一个奇怪的符号，然后朝着孔雷一点，符号飞快没入孔雷的体内。

谁也不曾料到刘安蓉会突然出手，孔雷的面色惨淡，竟似被人大力推了一把，脚下一个踉跄。

“你对孔雷做了什么？”余婳忙上前扶住孔雷，朝刘安蓉急声问道。

“你不是要我放这小子自由吗？”刘安蓉无奈地摊开手。

余婳闻言，心中一喜，“你的意思是，以后孔雷便不用再受你控制？那么，他就可以和家人团聚了？”

“这小子虽然自由了，但未必能回得了家吧。”刘安蓉不以为然地轻笑着，“被那个力量缠上的人，怎么能轻易脱身？”

见余婳不解地看着她，刘安蓉却并不着恼，反倒耐心地解释道：“你想想，要是谁家失踪了那么多年的孩子，突然有一天自己回来了，模样还是和当年失踪时一个样，谁会不害怕，心里一点儿芥蒂都没有？”

顿了顿，她嗤笑道：“这样的人，还算是人吗？”

闻言，不仅孔雷，李圣的面色霎时也黯淡得退去了血色。

“事在人为，爸爸妈妈怎么会认不出自己的孩子。我相信只要跟他们解释清楚，他们会理解的。”余婳说道。

“除非时光能够倒流，回到他们被源界摄走心神之前。你以为现在的他们，还能回归正常人的世界吗？”刘安蓉似乎意识到什么，突然停顿下来，她微微侧头，黑色的袍袖下露出一截纤细白皙的手腕，上面紧裹着一只半旧的泛着斑驳金光、表盘小得出奇的古董表。

余婳紧紧盯着刘安蓉，只听她有点儿不耐烦地说道：“好了，你们几个小鬼好自为之吧。即使知道我就是你们要找的人，你们又能奈我何？”

不知是不是错觉，刘安蓉身后的那扇蓝色光门的颜色似乎淡了几分，不仅如此，那蓝色的光芒如同星斗跳动般闪烁起来，忽明忽暗。

余婳的一颗心怦怦跳着，眼见刘安蓉的半个身子没入蓝色光门，整个人笼罩在一层朦朦胧胧的波光之中，她突然走上前几步，急切地问道：“你要去的地方，是源界的幽蓝境对吗？你是不是——”

话还未说完，一股无形的力量突然扼住她的喉咙，令她窒息得无法发声，她的身体亦不受控制地缓缓地浮起来，并且朝着刘安蓉的方向飞去。

余婳很想喊“救命”，然而她无法开口发出一丝声音，只能眼睁睁看着刘安荣的脸慢慢放大、清晰起来，离得越来越近。恍惚中，她听到身后传来李圣和孔雷惊怒交加的喊声以及打斗的声音，那些声响越来越远，远得几乎快要听不见，眼前和周遭的景象开始模糊，脑海中只有粼粼波光和无限的蓝。

余婳再也支持不住，眼睛缓缓地就要合上。

突然，余婳眉心中闪过一抹亮光，旋即，一团巨大的黑影笼罩了视线。

“阿玄……”余婳模模糊糊地看到阿玄，头脑登时如一道电流划过般，恢复了清明。

自从它莫名地钻入世界珠里面不肯出来，这还是它第一次自行现身。想必是看到自己遇到危难，现身相救吧。余婳听到刘安蓉的一声惊叫，她看到刘安蓉面上露出惊恐和凄惶的表情，但她很快恢复过来，一摆手，快速走入蓝色光门之中。

她还会再回来吗？

还是说，就此还育安一个清宁？

余婳的心头闪过无数个念头，然而始终无解，她无法理解刘安蓉的所作所为，也始终想不明白她做这一切的目的，只是迷惑地看着她，似乎想要在她从这方世界消失的最后一刻，看清她的心思。

似乎感应到余婳的目光，身影即将随着蓝色光门完全消失的刘安蓉，突然转过身来，看向余婳，单薄的嘴唇突然扬起一抹意味深长的笑意。

余婳还未来得及开口，刘安蓉与蓝色光门已然彻底消失。

“你没事吧？”孔雷和李圣赶上前，关切地问道。不过，孔雷显然对突然出现，模样又十分怪异的阿玄感到害怕，他缩在李圣身后，眼神有些受惊地打量着阿玄。阿玄感应到他的目光，故意不怀好意地朝他咧了咧嘴，吓得他连连后退，远远地站在一旁，大气都不敢出。

“我没事。”余婳神情恍惚地摆摆手。

“真没想到，这个刘安蓉临走之际，还想把你挟持走。她到底想干什么？”孔雷愤愤地说道，“对了，刚才你拿出来的那面小旗是什么法宝？好厉害！”

“那个啊，是一件适用于幻术类作战的小法宝。”余婳答应了影师傅不得对任何人透露鱼龙舞的来历，只得含含糊糊地解释道。

好在，孔雷似乎没有想要追问的意思，他的脸上流露出羡慕之情，“不过好在，要是她就此再不出现，那么育安的困境就解开了。”

李圣沉吟不语，半晌，他忽然开口道：“你们真的觉得，刘安蓉就是这一切的幕后黑手吗？”

第五章 捉迷藏

“难道不是吗？可是她自己不是承认了吗？”孔雷诧异地看着李圣。

余婳已然回过神来，只是面色依旧不太好看，她若有所思地看着李圣，轻声问道：“你是不是有什么猜测？”

“不知为何，我总觉得整件事透着古怪。”李圣的眼中闪过困惑之色。

“不是吧，难道忙了一场，又回到了原点吗？”孔雷叹了一口气，一屁股坐下，有些泄气地说，“最可疑的目标人物被排除了，上哪儿再找新线索？育安这么大，光凭咱们三个人，那不是大海捞针吗？”

余婳也很是烦恼，其实她心里对于此事还有一点儿疑惑：“你们觉不觉得，今晚在这里遇到的事情，有些古怪。”

孔雷立刻瞪大眼睛，看着余婳，等她说下去。

“刘安蓉看到我们时一点儿也不意外，就好像知道我们要来似的。”余婳说道，“不但如此，她还让我们按她的要求去玩什么‘寻宝游戏’，用找到的‘宝物’跟她变出来的幻龙斗法，最后她当着我们的面就这么消失了……”

说着说着，余婳再次陷入深思。

事情的发展环环相扣，他们三个完全被刘安蓉牵着鼻子走，即使最后刘安蓉消失，也没有令她心里感到太多安慰。

“没错，她明明有能力对付我们，却并没有继续与我们为难……”李圣若有所思地说道。

“要不，咱们先离开这儿再说吧。”孔雷有些后怕地环顾了四周，颤巍巍地建议道。

“也对。”余婳点了点头。

借助传送之符的力量，三人瞬间再次来到大杂院二楼，捡了处干净的木箱子坐下。

余婳摸了摸重新化为巴掌大小、伏在李圣肩头的阿玄，“阿玄，谢谢你。这次真的多亏你了。”

阿玄傲娇地扭过头，没有理睬余婳，不过似乎心情颇为愉快地吐着泡泡。

“对了阿玄，我记得刘安蓉脸上的表情……你肯定看到了她内心最大的恐惧是吧？”余婳突然想到了什么，蹲下身讨好地看着阿玄，循循善诱道。

阿玄攫取的梦魇，不但能看到当时的具体影像，还能身临其境地感受到当事人的内心起伏，她的所思所想，听到的声音，闻到的气味。

阿玄摆了摆尾巴，爱搭不理。

最后，耐不住余婳的软磨硬泡，阿玄悲愤地吐出一团乌蒙蒙的几近黑色的光影，然后扭过头，决定再也不理睬她。不过余婳并未在意，她有些紧张又有些期待地拉着李圣，以及有点儿不明所以的孔雷一起，盯着那团在眼前缓缓散开，形成一幅光幕的影像上看去。

乌云密布的夜晚，灰墙红瓦的院落沐浴在一片寂静之中，只家家户户的窗前晕出点点灯光，将笼罩着院落的夜色渲染上一丝暖色。

看天色，约莫晚上八九点的光景。偌大的院内却少有人走动，偶尔有出来的人，也都是行色匆匆。一面灰砖垒的墙后，突然冒出一个十一二岁的女孩，她冲到几处墙壁和自认为隐蔽又可藏人的角落查看了一番，脸上露出失望的表情。

“真烦人，那两个小丫头究竟藏到哪里去了？”她噘起嘴巴，有些焦躁地跺了跺脚，“都快九点了，得赶紧回家，要不然被奶奶看到，肯定又要唠叨个没完。”

她像是想到了什么事情，面上露出惊恐而又迷惑的表情，想了想，又有些好笑地摇了摇头，喃喃自语道：“说什么有妖怪潜伏在院子里，专抓晚上捉迷藏的小孩，简直可笑。这世上哪来的妖怪？而且贺雪说如果能找到她，就把新买的‘小金鹿’借我骑一天……”

说到这儿，院子里突然旋起一阵风，冷飕飕地从她身旁刮过，她不由打了个哆嗦，面色有些发白，“算了，我还是赶紧回家吧。”

她抬起手，尽量大声地朝着周围喊道：“贺雪、刘安蓉，你们别藏了，快出来吧，我不玩了，我要回家了！”

她的回音在空旷寂静的院子里回荡着，抬起头，浓稠漆黑的乌云遮住了淡薄的月光，她的回音听起来有一种被压抑的感觉。

她又叫了两遍，仍然没有回应，只得咬咬牙，顾不得其他，自己跑回家去了。

许久，拐弯处的一个堆满木料的角落深处，突然传来一个细弱得几不可闻的声音：“真的走了？”似乎很是不能相信。接着，高高的木料堆后面，绕出一个八九岁光景、头戴粉色蝴蝶结发夹的女孩，瓜子脸、素净如白瓷的皮肤，五官依稀能看出几分刘安蓉的影子。

“会不会是想诓我们出来？”她将信将疑地喃喃自语道，探头朝前方一侧墙壁的棚子后的阴影处打量了一下，那里蜷缩着一个小女孩，“贺雪也没出来……那还是再等等吧。”

这一等，就不知又过去了多久。戴蝴蝶发夹的女孩只觉得胳膊腿儿，全身都酸麻难耐，此时不由暗自懊恼，这样逞强，还不如早早出去，被李明娇抓住算了。她探头又朝着贺雪所在的位置看了一眼，见对方仍一动不动地保持一个蜷缩的姿势，蹲坐在暗影之中，不由感叹对方果然好耐力。突然，她转念一想：“不对啊，这么久都没换姿势，说不通啊，难道睡着了？”

想到这儿，她不由又好气又好笑，再次将目光投向贺雪。狭小的空间，一个抱着膝盖蜷曲着坐在地上，头斜斜地倚靠在膝盖上的娇小身影，如雕塑一般静寂无声。无边的夜色夹杂着几抹黯淡的灯影洒在地上，形成斑驳嶙峋的暗影。

没来由地，戴蝴蝶发夹的女孩心中憋闷得发慌，一种说不清道不明的情绪在她的身体内蔓延，泛着淡淡的凉意。

她突然屏住呼吸，一动不动地僵坐在地上，脑海中响起张奶奶的嘱咐："晚上别在院子里乱跑，更别跟那些皮孩子玩什么捉迷藏。院子里最近不太平，总有晚上偷偷从家里溜出来捉迷藏的小孩丢了。上个月楼下住大门洞的那户人家的小男孩就丢了，现在都没找到……"

她当时还理直气壮地反驳张奶奶："不是说失踪的都是从小在院子里长大的当地的小孩吗？我又不是这里的人。"

张奶奶当时一脸恨铁不成钢地点点她的额头："总要以防万一啊。你既然来到这儿，就要守这里的规矩。"

如果不守规矩，会怎么样？

她脑海中突然没来由地冒出一个念头："不要晚上在院子里玩捉迷藏，会死。"

她回过神来，猛地瞪大眼睛，惊惶之下，一股力量突然游走全身，她想站起身去贺雪那里，叫醒她一起回家，赶快回家去。

如果，她还能醒来的话。

就在这时，一阵奇特的声音响了起来，她要站起身的动作顿时僵硬住。

沙沙沙——

似乎是轻盈的脚步踏在青砖石板上的声音，又像是吐着鲜红芯子的蛇在墙角的潮湿草丛中蜿蜒滑过的声音。

不，还不止这些。

风吹动衣袂、布料在空气中摩擦的声音，

小巧的铃铛丁零零在风中吟唱的空灵飘忽的声音，

规律得如同潮起潮落的轻缓呼吸声，

芳香得几近甜腻的香皂气味，如同猩红的花瓣汩汩地涌出甘泽。

“咦——”余婳心底突然升腾起一个古怪的念头，这样的脚步声和香气，似曾相识。不过眼下来不及细想，她继续死死地盯着光幕。

这些气息和声响，忽而远忽而近，似乎萦绕在空气之中。

戴粉色蝴蝶发夹的女孩下意识地握紧拳头，脸色霎时雪白。

有人！除了她和贺雪之外，这里还有第三个人！

在她的眼前不远处，贺雪藏身的位置，突然出现一个高高的黑影，那是一个周身笼罩在黑色斗篷里的人，看不清模样。

黑袍人背对着她，她从自己藏身的位置，刚好可以看到黑袍人的一举一动。她很想赶紧趴下，将自己藏得更低更深，然而一种莫名的恐惧攫住她的身躯，令她一动都不敢动。她只能惊恐地瞪大眼睛屏住呼吸，盯着黑袍人的一举一动。

只见黑袍人俯下身，一把抱起蹲坐在地上、一动不动的贺雪——她始终不曾动一下，似乎沉沉睡去。黑袍人从容起身，抱着贺雪迈步离去。

戴粉色蝴蝶发夹的女孩惊骇欲绝地看着眼前发生的一切，心中又怕又急，同时隐隐的又有几分庆幸。

她很想追上去救回玩伴，但心里却也清楚，这么做无济于事，反而会将自己也置于危险的境地。与此同时，看到黑袍人转身离去，她心里突然松了一口气，庆幸黑袍人并没有发现自己。

就在这时，一阵阴风吹过，吹得木板格格作响，黑袍人突然扭头，目光投向戴粉色蝴蝶发夹的女孩藏身的地方。风掀起了黑袍人的帽子的一角，露出一抹雪白精致的下巴，朱红的嘴唇微微弯曲、上扬，勾起一个诡异的弧度。紧接着，那人微微抬起头。

突然，戴粉色蝴蝶发夹的女孩脸上，露出惊骇到了极点的表情。

光幕上的影像如被风吹散的烟雾般渐渐散去。余婳、李圣和孔雷都陷入深思。

“你们的意思是，刚才我们看到的画面，是隐藏在刘安蓉内心最深的恐惧？”孔雷若有所思地说，“她小时候玩捉迷藏，亲眼看到玩伴被神秘的黑袍人抱走，对小孩子来说，确实是个很可怕的打击。不过，她最后的表情……”孔雷的眼中流露出些许困惑。

也难怪，画面上的刘安蓉与黑袍人对视时的神情，显然是惊恐到了极点。她当时究竟看到了什么?

然而影像中的黑袍人与刘安蓉对视时，是背对着大家的，余婳他们也不知道黑袍人的模样。不过刘安蓉这桩童年最大的阴影，与后来育安发生的一系列事情，想来应该没有多大关联。

余婳此时的表情却十分难看，她的手抑制不住地轻微颤抖着，被李圣看在眼里，“你怎么了？是不是想到了什么？”

余婳轻咬嘴唇，眼神仍直直地停留在光幕消散的虚无之中，她轻轻叹息着，幽幽说道:“那上面的地方是我现在住的那个院儿。”

孔雷显然也想到了什么:“是啊，刘安蓉一家自南方搬来以后一直居住在那里。不过，这也不至于令你这么震惊吧？”

“你说，这个黑袍人，会不会也是咱们院里的？或者说，曾经生活在这个院里？”余婳迟疑了一下，开口说道。

第六章 旧时光

在荒魇古境，刘安蓉钻入突然出现的蓝色光门中消失了踪影。

刘安蓉童年的梦魇中，那在夜色中如鬼魅般穿行于里院，抱走捉迷藏的孩童的黑袍人。

刘安蓉的消失，似乎并未昭示着事情的终结，反而留下了更多的疑点。

余婳总觉得，她似乎在大杂院中的哪里见过那个神秘黑袍人，绞尽脑汁却又想不出具体的印象。

一切都越发扑朔迷离。

她在荒魇古境的一个奇怪的洞穴之中，发现一个水潭，潭底有一条与育安水族馆的回廊莫名相像的通道，通道中的一扇门，通往源界的幽蓝境。

冥冥中似乎有一双无形的手，在推动这一切。

想到这里，余婳悚然一惊。

算了，既然想不通，不如翻翻刘安蓉的速写本吧。

余婳将意识探入储物囊之中，看到角落里的一小堆各色各样的海螺，这才想起自己还没来得及告诉李圣，在荒魇古境的洞穴深潭里找到一些海螺的事情。余婳打量着这些海螺，大大小小，灰色的、褐色的、白色的，形态各异。究竟哪个会是李圣可能要找的呢？

余婳的视线在其中逡巡不定，最终落到一枚冰糖橘大小、外形如螺旋式楼梯的白底暗黄细纹的海螺。

“这是什么海螺？”余婳略带好奇地掂起海螺，仔细地上下打量着。这枚海螺的壳儿很薄，侧面看起来如同层层放大的宝塔，又像是在海中一层层旋转的舞裙，螺层从“宝塔”尖尖的壳尾螺旋递进，各层上半如平台般，边缘略微上翘，下方露出十分宽深的瓷白色螺口。倘若说之前在深海中看到的菊石幽丽深邃，那么这枚海螺则是灵动美妙，如同深海中优雅的精灵。

似乎，在哪里见过这种海螺……

余婳盯着这枚海螺，努力在记忆里搜寻它的影像……啊，想起来了！她眼中一亮，旋梯螺！表姐王晓琪的手机上有这种海螺的照片，就是在育安水族馆的特别展区里拍的。难道，李圣要寻找的就是这枚旋梯螺吗？

想了半天，却理不出头绪，余婳索性将这枚海螺和其他海螺一起收回储物囊中，她决心有机会当面问一下李圣。

定了定神，余婳又从储物囊中取出在潭底的密室中发现的速写本，随手翻开，忽然轻“咦”了一声。

速写本里画了些果盘、花瓶等景物，还有一些街道、行人的速写。似乎跟之前看到过的那本不太一样，难道自己发现的不是同一本速写本吗？

余婳兴致缺缺地匆匆翻了几页，并没有发现什么特别的内容。不过其中的一张图引起了她的注意。

那是整本速写本里唯一一幅完整的画，其余的大都是寥寥几笔速写，只有这幅画细腻完整地勾勒出许许多多高矮错落、掩映在花草树木间的漂亮小洋房，那些小洋房似乎不是在平地上，而是像积木一样，高低错落地摆放在坡度极大的螺旋蜿蜒的山坡上。

山坡上似乎并排开着几家店铺，看铺面似乎有甜品店、杂货铺什么的，这些店铺画得十分细腻，但唯独其中一间店铺，店门口的招牌上写着字——雨滴时光，似乎是这家店的名字。

余婳脑中忽然灵光一闪：其他的店铺包括整条街道，以及其他画上的街道和店铺，从没有出现过具体的名字，只有这间店例外。

余婳眼中流露出思索的神情，这雨滴时光她并不了解，但这条街道，却是每个育安人都不会陌生的。

雨山路。

这是一条充满魅力的老街，位于观鱼山山脚下，离观鱼山不到一公里的一条山路。这条街上不仅分布着许许多多有名的院子和建筑，而且每一条纵横交错的街道上都蕴藏着丰富的老育安故事。在那里，几乎每个院子里，都有可以写成书的故事；几乎每座楼宇间，都曾留下岛城名人的足迹。

雨山路离余婳现在的学校并不远，所以第二天中午，她利用午休时间来到雨山路，寻找刘安蓉画中的那间雨滴时光咖啡馆。

或许是中午的缘故，过往的车辆很少，林木在微风中婆娑轻舞，余婳沿着马路，边走边留意四周的建筑。上了马路牙子，走在青灰色的石砖路上，她突然止住脚步。

前方不远处，一间小小的门脸映入眼帘，那上面挂着一块招牌——雨滴时光。

余婳一推开店门，就闻到一股浓浓的咖啡香气，店内放着柔和悦耳的轻音乐，不过三五张桌椅，客人寥寥。一位神态可亲的中年妇人走过来，和气地招呼她。

“欢迎光临，里面坐。”

找了一处靠窗的小桌坐下，余婳打量了一下周围：每张桌子上都有一个竹编的长条形小篮子，里面放着几张五光十色的明信片，还有一本厚厚的笔记本；靠窗的一侧，窗台上摆着几盆花叶秀美的绿植，清新柔和的阳光洒在米白色的桌布上，泛出柔和无比的光晕。

刚才的中年妇人端着一杯柠檬水和一份菜单，走到她跟前。

“先喝杯水吧，这是小店的菜单，看看有什么需要的。”

余婳确实有点儿饿了，因为担心时间不够用，一打下课铃她就跑来这里，本想着了解清楚情况，再回学校门口的烧饼店买两个馅饼，但此时，看着中年妇人富有感染力的热情笑容，她不禁有点儿骑虎难下。

“咖啡馆里的东西，应该不便宜吧。”没办法，余婳只好硬着头皮，翻开了菜单。除了饮品类，这里还提供套餐，价格确实略为小贵，不过看图片，似乎非常丰盛。不过最让余婳感到意外的是，有的套餐还提供诸如凉拌冻粉、辣海带丝、大葱拌八带蛸、海螺拌黄瓜之类的小菜，有的套餐的配汤竟是蛏子豆腐汤。不但如此，还有诸如盐烤带鱼、熏鲅鱼、香辣鱿鱼条等正宗的育安特色菜。

见余婳脸上微微的恍惚，中年妇人微微一笑，清声道："是不是觉得咖啡馆里竟然有中式菜，还都是海货，有点儿奇怪？"

被中年妇人看出心事，余婳有点儿不好意思，她轻轻"嗯"了一声。

"靠山吃山，靠海吃海嘛。我家靠着赶海园那边挺近的，平时经常进一些新鲜海货，想着这么好的海鲜，还是咱们育安的做法最地道，就忍不住改良了一下菜单。小姑娘你要不要试试？"

"嗯，那我就要这个咖喱猪排套餐吧。配汤要蛏子豆腐汤。"

"那小菜呢？"

"嗯……那就凉拌冻粉吧。"

"好的，稍等。"

等饭的时候，余婳随手拿起竹篮中的明信片翻了翻，都是育安的知名景点：栈桥、金沙滩、风和日丽广场、八大关……她又拿起那本笔记本，好奇地翻开，里面已经写了厚厚的半本，有的上面还有客人的涂鸦和在育安拍的照片，旁边配了一些心情文字。余婳随手翻了几页：

我想和你互相浪费
一起虚度短的沉默，长的无意义
一起消磨精致而苍老的宇宙
比如靠在栏杆上，低头看水的镜子
直到所有被虚度的事物
在我们身后，长出薄薄的翅膀

当夜色降临
我站在台阶上倾听；
星星蜂拥在花园里
而我站在黑暗中。
听，一颗星星落地作响！
你别赤脚在这草地上散步，
我的花园里到处是星星的碎片。

余婳随意打量着咖啡馆内的摆设。忽然，她看到墙上挂着几幅画着育安风景的素描画，不禁一怔。

刘安蓉的画！

这几幅画跟她在荒魇古境里发现的那本速写本里的很像。

这个发现令她精神一振，这间咖啡馆确实与刘安蓉有关联，起码她曾经来过这里，还留下了几幅素描。

正想着，她点的套餐已然端上桌，热气腾腾的精美饭菜引得她食指大动。新鲜的蛏子和清爽的冻粉，满满的都是海的味道，故乡的食物，总是百吃不厌。

饭后结账的时候，余婳忍不住问那名中年妇人："您认识一个叫刘安蓉的人吗？"

中年妇人显然吃了一惊，她仔细地打量了一下余婳，有些迟疑地问道："你是……安蓉亲戚家的孩子？"

"不是的。"余婳连忙摇头，说道，"我是她的邻居……我在她的速写本里看到了一幅画，上面画着这里，有些好奇，所以就过来看看。"

"原来是这样。"中年妇人露出恍然大悟的表情，脸上重又绽放出从容淡定的微笑，"哦对了，她有东西落在这里，要不你带回去给她吧。"

"这……"余婳刚想拒绝，突然转念一想，不妨看看是什么东西，于是她点了点头。

"东西在楼上，不如跟我一起上楼吧，二楼有个大阳台，景色很不错，要是你不赶时间，可以坐在那儿看看风景。"中年妇人笑眯眯地说道。

"这里还有二楼？"余婳这才注意到，不显眼的拐角处，有一座旋转楼梯。她跟着中年妇人上到二楼，不禁眼前一亮。

二楼陈设了一排排书架，书架上整齐地码着一本本书。靠南的方向还有一个敞开式的阳台，阳台上摆着一张藤桌和一把藤椅。

"原来这家咖啡馆里还有书店。"余婳心想。

中年妇人交代了几句，就返身进了休息室。

余婳在书架前转了转，不觉间走到阳台上。这里原本距海不远，此时登高远眺，能够望到远方的一汪纯得透亮的湛蓝。而这里没有人来人往的喧嚣，真适合诗人发发呆，写几行惊艳而深沉的诗句。

不多时，中年妇人手中捧着个小小的白色雕像走了出来，交给余婳。

余婳接过雕像，只见它约莫有保温瓶的大小，白色的石膏散发出清凉和润的气息。主体雕的是一条跃出海面的海豚，底座被雕成层层浪花，无论是浪花还是海豚都栩栩如生，质朴清新中透着一股自然的生动。余婳却有些恍然地想到，在荒魔古境洞穴的潭底发现的那本速写本，里面似乎有这件雕塑的素描图。看来刘安蓉不仅爱画那些狰狞奇异的远古海洋猛兽，还喜欢做些萌态十足的小雕塑，真是一个矛盾的怪人。

中年妇人似乎对余婳很好奇，她拉了余婳到阳台的藤椅上坐下，热络地问道："你们现在还住在海泊路那边的里院吗？我记得那边说是要拆迁了。"

"嗯，好像是要拆迁。"余婳想起妈妈提过的拆迁一事，于是点头应道。

"哦。"中年妇人点点头，像是陷入了回忆，"又要少一处里院了，唉。我小时候也是在里院长大的，那时的时光真是难忘啊。转眼的工夫，育安发展得这么快，市里的里院都被拆得七七八八，快寻不到踪影了。"

中年妇人的话引起了余婳的好奇，"您以前也住在里院吗？"

“是啊。”中年妇人笑眯眯地点了点头，干脆坐到余婳对面，继续说道，“我小时候住在红岛那边，那里当时也有不少里院。我们那一代人，几乎都是在里院成长的，真怀念那些旧时光啊。育安的市区当时有很多里院，但不住在里院的人，大多分不清这个和那个里院的区别，一样的红瓦泥墙，一样的寻常生活，只有久居其间的人们才能知道，每幢房子和每个邻居的故事。”

余婳不禁想到了自己居住的大杂院，想到了斑驳的墙皮、脱落的砖瓦和青苔丛生的石砖路面，怎么也难以将这些跟诗意联系到一起。她想到刘安蓉的事情，于是开口问道：“我看您墙上挂的一些素描，应该是刘阿姨画的吧。”

“是的，这些画是安蓉好些年前画的，她是美院毕业的，你知道吧。我一直跟她说，以她的才华，当初留在美院当老师，真是再好不过，又稳定，待遇又好，可她不知怎么想的，非要回到这里。”中年妇人轻叹一声，陷入了回忆，“那会儿她一有空，就会到我这里坐一会儿，有时候帮我画些装饰画，或者设计一些小摆件，有时候一个人待在二楼的休息室里做雕塑。”

“对了，您是怎么认识刘阿姨的？”

“我上初中时，周末上绘画辅导班的时候认识的安蓉。她性子静，下得了苦功，而且很有绘画天赋，当时她的画经常得到辅导老师的表扬，说她以后完全可以在绘画这个方向上有一番发展。我嘛，三分钟热度，学了也就一年，就丢开手，没再去上过课了。不过，我跟安蓉的关系不错，这么多年，一直断断续续都有联系。”中年妇人说到这儿，眼神不经意间流露出一丝迷惑，“不过近些年，再没看到她过来，只偶尔短信联络，但她说起话来总觉得跟以前不太一样，会不会……是跟那个人有关？”

“什么那个人？是有什么人来找过刘阿姨的麻烦吗？”

“是不是找麻烦，我就不知道了。反正当时看她俩吵了几句，安蓉回来的时候，脸色有些难看。”中年妇人回忆道，“我记得那大约是七年前的事情，那个人是个二十来岁的年轻女人，她第一次到对面的马路等安蓉的时候，我曾远远瞧见她的模样，长头发，穿一身浅蓝色连衣裙，真是难得一见的美人。咱们育安出美女，不过像她那样独特的美人，倒是罕见。”

“她很独特吗？”余婳被中年妇人的话勾起了几分好奇。

“是啊，她的美令人感觉如沐春风，又格外光彩照人。”中年妇人回忆着。她像是想起了什么，不由将目光投到余婳脸上，忽然抿嘴笑道，“不过说起来，你跟那个人的模样倒是有几分像呢，看来漂亮的人总是有些相似。”

余婳有些不好意思地微微垂下眼帘，心里想着：“长发蓝裙的倾城美人，会是谁呢？这个人跟自己要了解的事情，不知道有没有关联。”

“那个人是刘阿姨的朋友吧？”

“应该是吧。”中年妇人点点头，她仔细回忆了一下，又补充道，“她俩肯定认识，不过安蓉看到她，似乎有些吃惊。不过我看她俩后来聊得似乎还不错，也没多想，谁知道，还没过多久，这两人竟然大晚上的吵了起来。”

“啊？您是说刘安蓉和那个女人晚上吵架？”

“是啊。我记得在那之后大约过了半个多月，那天安蓉来我店里帮忙，还帮着设计了几款小工艺品，一直忙到打烊。我本想留她吃晚饭，结果她说有事，就先走了。我一个人在店里收拾了一会儿，又核对了一下上个月的账目，等到忙完的时候，看了看墙上的表，已经快九点了。我背着包锁好店门，就沿着马路牙子往下走，准备去大路上坐公交车。谁知道……”中年妇人顿了顿，似乎想起什么令她不好意思的事情，“谁知道在马路牙子上下到一半，突然看到有只黑猫蹲在马路牙子最下面的台阶上，正一眨不眨地盯着我，那双晶亮的眼睛里好像有火光跳动。我从小就害怕这些黑猫啊什么的，虽然当时路灯挺亮的，但我还是有些迈不开步。想了想，我又转身沿着来时的路，走回了台阶。”

“您又回这里了吗？”余婳问道。

“没有，我女儿还在家等着我呢，但我又不敢下那个马路牙子，那时我突然想到另一条能够通往大马路的近道。那条道在这咖啡馆的后面，是我当年和安蓉上绘画辅导班的时候发现的。忘了告诉你，我们以前上的绘画辅导班，就在离这里一条街的地方。我记得那条小道两侧长满了银杏树，到了秋天时美极了，但因为附近没有住家，所以人很少。我和安蓉当时偶然发现了那条小道，简直开心极了，我在铺满金色银杏叶的路上奔跑，安蓉还是跟以前一样，静静地坐下来，拿出随身带着的速写本写生。后来我不学画画了，也再没机会来这里。谁想到很多年过去了，机缘巧合，我竟回到这里，还开了一家咖啡馆。这条街真的跟我有缘。

“那天晚上，我突然想到了儿时的这条近道，为了不再跟那只黑猫狭路相逢，我便决定从那条近道抄到大马路上。没想到，我从主路上刚拐到那条街的入口处，看到两棵熟悉的银杏树，突然隐约听到有人的说话声，其中一个声音还很耳熟，似乎是安蓉。

“这么晚了，早已离去的安蓉为什么会出现在这里？我有些摸不着头脑。听声音，她似乎在跟一个女人说话。两个人的语气似乎都不太平静。

“是在吵架吗？我拿不定主意，就更不敢贸然现身惊扰她们，以免弄得更尴尬，但又实在不愿意再折返回去，这么一来，我进退两难地站在那里，一时竟没了主意。

“她俩的对话虽然语气颇不和平，但都压低了声音，我一句也没有听清。最后，忍不住好奇，我站在银杏树后，微微侧了侧头，看到稍远处，安蓉和一个女人站在路边，似乎在争论着什么。

“隔得远，加上被树枝掩映，我只模模糊糊看到那个女人的侧影。她留着披肩长发，侧脸的线条生动优美，似乎是前阵子曾经来找过安蓉的那个美貌女人。”

两次到刘安蓉打工的地方找到她，还曾发生争执，这个女人会否与整件事有什么关联呢？

余婳心神不定地想着心事。

“您知道那个女人的名字吗？”

“不清楚。我每次也只是远远看到，并没有机会跟她交谈。”

“那么，她有什么特别的地方吗？”

“特别的地方……”中年妇人想了想，“我记得那天晚上，我躲在树后的时候，好像远远地闻到一种特别的香味。”

“您怎么知道那个香味是那个女人的，而不是刘阿姨的？”

中年妇人笑了笑，颇有些自豪地说：“我是开咖啡馆的，店里的咖啡大多是我亲手研磨、烹煮的，我对于气味可以说比常人要敏感不少。安蓉与我相识多年，她身上的气味我怎会不熟悉？而我当时闻到的香味，是一种令人心神摇曳的浓郁又飘忽的甜香……”

余婳脑海中乌云笼罩的谜团，突然划过一道闪电。只听中年妇人继续说道：

“但不知怎的，当时闻到那个气味，我隐约觉得有些心悸，心里没来由地发慌，嗓子也痒痒的，我忍不住打了个喷嚏。”

“啊？那她们都听到了吧？”

“应该是。”中年妇人微微一笑，“我一打完喷嚏，也觉得不妙，忙探头一看，却见原先二人所在的地方，静悄悄的没了人影。后来过了几日，安蓉再来的时候，我隐晦地向她提起这件事，她却含含糊糊，言辞闪烁。但我一向记性颇好，自认没有出现幻觉，安蓉显然不愿就此事多谈，又不是什么要事，我索性就不再提。现在想想，我是不是疏忽了什么？”

第七章 雨滴小巷

告别了中年妇人，离开雨滴时光咖啡馆，余婳沿着马路牙子边走边想着心事。

两次来找刘安蓉的神秘美人、在夜幕笼罩的大杂院抱走捉迷藏的小孩的黑袍人，两个风马牛不相及的形象，却同样带着古怪的香味。

若仅凭身上的香气，说这两个人是同一个人，或许有些牵强附会。但在目前有限的线索里，只有这两个人，曾与刘安蓉有交集。但真的这样推想，又似乎有些说不通。按照中年妇人的说法，那个神秘长发美人非常年轻，而黑袍人是在近二十年前出现在大杂院中。这两个人，隔着二十年的光阴，怎么看都不会是同一个人。

除非时间在她的身上停止流转。

余婳忽然停住脚步，对啊，自己怎么没想到这一点。

那个黑袍人，也就是神秘的长发美人，很可能也拥有源力，而且还是能够在白日也现身的超级源力拥有者。

这样一个人，为什么会与刘安蓉有交集？这个人现在会在哪里？想到黑袍人有可能曾是大杂院中的居民，余婳不由心里一颤，会不会，还留在这个大杂院里呢？

她一时理不清头绪，弄得下午无心上课。等到放学回到家，吃完晚饭后，余婳迫不及待地回到自己的卧室，从书包里掏出那尊海豚雕像，放到书桌上端详起来。可是左看右看，却难以从中发现端倪，她不由有些泄气，索性拉开抽屉，将雕像塞了进去。

“嗯？”余婳无意间瞥见，雕像的底座似乎歪了一点儿，难道是自己力气太大的缘故？她忙拿起雕像，只见底座确实比方才稍微有了一点儿偏移。她心里忽然冒出一个奇怪的想法：为什么不试试呢？

于是，她试着沿着底座歪曲的方向，又轻轻地拧了一下，果然，底座又偏移了一些，露出似乎是中空的底座里部。当余婳探手从里面捏出一卷叠得四四方方、密密地写着字的小纸块时，不由得有些发怔。同时，心头生出一股难以抑制的雀跃和好奇。

里面写的究竟会是什么呢？

带着强烈的好奇和期待，余婳小心翼翼地一点点展开纸块。

亲爱的陌生人：

你好，当你看到这封信的时候，想必我已经离开。你不必为此感到困扰，不妨听一听我的故事。

我自小生活在美丽的水乡，小学时随着家人一起搬到了育安，爸爸说，那里曾经有他的根，他的曾祖曾经在育安生活过。我们一家租住在海泊路的这处里院中。里院不仅是老育安人遮风避雨的居所，更是育安历史的见证，这里的一砖一瓦都带着一百年前雨水的味道。父母忙着做生意，经常不在家，还好隔壁的张奶奶很热心，有时候看到我一个人在家，还会让我到自己家中吃饭、看电视。有一次，我的父母到外地进货，好几天不在家，我一个人闷在家里，晚饭后趴在二楼的木扶栏上朝下看，看到几个小孩在一楼的院子里玩，其中有两个小孩我认识，还曾一起玩过积木。想了想，我也忍不住跑下楼，跟他们一起玩藏毛猴。

藏毛猴是育安方言，其实就是捉迷藏的意思。捉的人被称为“毛猴”，负责找到藏起来的人。这个游戏最有趣的地方就在于表面上的沉寂不断被打破。想想看，当你充当“毛猴”的时候，一阵急促的响动后，将隐藏在暗处的小伙伴找出来，大呼胜利的那种欢欣鼓舞，比解开最难的谜题还要有成就感；当你充当“隐藏者”，就又是另一种美妙的滋味：巧妙躲藏，眼看着时间一点点流逝，成功一点点接近的紧张感和雀跃感，突然被一只温热有力的手抓住胳膊，将自己从暗处找出来时的那种懊恼感和紧张感，都值得玩味。

我还记得那天，我和一个叫贺雪的女孩藏得比较偏，最后扮“毛猴”的女孩失了耐心，又惦记着早些回家，便先行离开了。剩下我和贺雪，因不知对方是不是想诈我俩出来，索性按兵不动。

天色越来越晚，随之而来的，是越来越微妙的气氛。风声带着一种古怪的呜咽，仿佛带着夜的深沉，在寂静的院子里低低地呼啸、盘旋，我的心却被一股前所未有的恐惧感紧紧攫住，一股寒意在我的身体里迅速渗透，我下意识地紧紧抱住膝盖蜷坐着，一动都不敢动。我尽量调整着自己的呼吸，让自己的手心不要发抖，总觉得有危险在迫近。不能让他们抓住我！不能让他们抓住我！我在脑子里不断告诫自己。

然而最后，我眼睁睁看着贺雪被一个披着黑袍子的人抱走，那个人临走前似乎发现了我的存在，竟回头朝着我所在的方位咧嘴一笑，径自离去。

我惊恐万分，因为我在一瞬间看清了黑袍人的面容，那张脸一半像天使，一半却像魔鬼，令人毛骨悚然。联想到张奶奶提过院子里有不少孩子晚上玩捉迷藏的时候失踪了，我不禁想到，或许这个黑袍人便是那个恶人。

我当时鬼使神差，竟做了一个令我后悔不已的决定——跟踪那个黑袍人，看她究竟要把贺雪带到哪里。

没想到，黑袍人并未走远。我在院子里东转西转，转入一间屋子，亮起灯，又很快熄了灯。

原来黑袍人竟然也住在这里，我被这个认知所震惊。第二天，我隐晦地跟张奶奶打听那间屋子里住的人。张奶奶想了想，说那里以前住着祖孙俩，爷爷叫孙敬烨，年轻时曾经在育安水族馆工作过，后来不知为什么下了岗，没几天因病去世。他有个孙女叫孙淑华，算起来到现在应该四五十岁的年纪。平时在院子里很少能看到她出现。

这番话让我惊恐万分，如果我看到的是孙淑华，她为什么会如此年轻？我十分恐惧，但又不敢对任何人提起。但我没有想到，这不过是噩梦的开始。

一天晚上，我做了一个梦。我梦到披着黑袍的孙淑华推开门，走到我的床前，静静地审视着我。她的眼神幽深又平静，仿佛在凝视着一个死人，又好像在通过我，缅怀另一个人。

隐隐约约，我听到她幽幽地说着："怪不得我，谁让你是他的后人……"她的手很冰，抚摸着我的额头，我却一动都不敢动。

这样的梦持续了好几次，我变得焦躁、没有安全感，前所未有地畏惧黑夜的来临，恨不得插上翅膀，逃离这里。从此，除了上学和必要的活动，我轻易不出门。然而这样的日子已然难挨，终于等到高考，我如愿考取了一所外地的高校，如愿远离了这方里院。

然而噩梦还是如影随形，我每晚都会梦到大片大片的血迹，如打翻的红颜料般漫延到每个角落，我瑟瑟发抖地蜷坐在渐渐干涸的红黑色血海之中，一股噙着恶意的戏谑在我耳畔反反复复地响着。抬起头时，我看到孙淑华就那么站在角落里，平静而冰冷地审视着我："这是你家的人欠我爷爷的……"

她的声音低缓得近乎沉重，却如同海啸般在脑海中席卷，我感觉到自己的意识渐渐模糊。

最后，我无可奈何，还是回到了这里。孙淑华上门找到了我，她知道我的专业是美术，于是让我帮她画一些画，一些海洋生物的画。其实我并不太擅长壁画，我更喜欢雕塑。但是她的要求如同魔咒一般，我不敢，也无法拒绝。我知道，即使我不会画画，她依然会使出一切手段，将我召唤到她的身边，一点点地折磨我。

可是我做梦也没有想到，她竟要求我画那样奇怪的东西。如果仅仅是出于变态的审美，想要画那些东西的巨型壁画，虽然尚可理解，却也足够震撼。但我的直觉告诉我，她要那些画绝不是为了欣赏。

我能感受得到，她恨我，但她噙着复仇的快意盯着我的眼睛时，我却从她的眼眸深处看到了一抹缅怀和伤感。我很想知道她恨我的原因，而且我总感觉，她似乎在隐隐期待着我主动提出这个问题，我甚至感觉，若我哪一天开口相问，她会开怀地笑着为我将各种秘密娓娓道来，但谜底揭晓的同时，她也会心满意足地杀掉我。我宁愿装傻，装作什么也没有猜到。

或许我实在不适合演戏，总觉得孙淑华已然对我起疑，我的时间或许已经不多了，我将我所知道的写了下来，藏在这尊雕像里，希望有朝一日，能有人发现它。

余婳放下信，表情变幻不定。

“孙淑华是谁？”

如果说这个叫孙淑华的人就是黑袍人，是在背后控制着刘安蓉的真正幕后黑手。那么，她布局这一切究竟是想做什么？

余婳闭上眼睛，整理现有的头绪。

观鱼山、游乐场、鬼屋、荒魇古境……

刘安蓉、孙淑华、灰夜……

等等，孙淑华、灰夜……

一道亮光从余婳脑海中闪过，她猛然坐直身子。

会不会，孙淑华其实就是灰夜？如果这样的话——

突然，余婳脑海中冒出一个古怪的念头：孙淑华胁迫刘安蓉画人像，然后用这些人像制成人皮皮囊，里面放入灵魂体，比如周蕊蕊和徐菲。从空那里骗走能量珠，攫取海洋能量，引发自然灾害。后来变本加厉，将刘安蓉画的远古海洋猛兽变成活物，将它们放入海中。

孙淑华究竟想做什么？

然而似乎又有哪里不对，上次在海里见到的那些蛇颈龙等，总觉得跟刘安蓉画在墙壁上的不同，究竟是哪里呢？

余婳的心里存有诸多疑惑，但因为刘安蓉在信里的提示，她不敢贸然将心中的疑惑和猜测告诉李圣和孔雷。

刘安蓉说自己不是那个神秘的幕后真凶，那么，那个叫灰夜的女人，也就是孙淑华，她的真实身份究竟是什么？此时会在哪里？还有，她做的这一切，究竟为的是什么？

然而，余婳此时的各种推测，却被周四晚饭时妈妈突然提出的话题猛地打散。

那天晚饭后，妈妈洗完碗回到客厅，坐到余婳旁边的沙发上，翻起报纸。余婳则拿着遥控，漫无目的地换着台。随意找了个节目停下，她的眼睛盯着屏幕，心思却有些涣散，想着最近发生的种种不可思议的事情，以及背后扑朔迷离的谜团。这时，一旁的妈妈突然说话了：

“再过一个月就放暑假了吧。”

余婳“嗯”了一声，有些不明所以地看了妈妈一眼，然而妈妈的下一句话，令她瞪大了眼睛：

“暑假我送你回京平。”

妈妈要跟自己一起回京平！

余婳的脑中有片刻的晃神，旋即是几乎抑制不住的狂喜。她要带着妈妈去京平的家里，那个她和爸爸精心布置的家里，那里位于市中心，虽然有些嘈杂，但推开窗就能看到一个很美的街心花园。她以前经常周末时和爸爸在公园里散步，那时她曾偷偷幻想过和妈妈三人一起的场景，然而每次想到妈妈的冷漠和无视，她都忍不住暗自伤心。

许是余婳眼中的光芒太过灼热，妈妈有些不自然地移开视线，淡淡补充道：“上完这学期，你就回京平吧……”

妈妈柔润的嘴唇还在继续翕动，然而余婳却仿佛听不到其他声音，她满脑子里只回荡着妈妈方才的那句话。

回京平，原来，妈妈要让自己回京平。

希望的线，扑哧地断了。余婳眼中的亮光瞬间黯淡下来。

妈妈仍兀自说着：“毕竟快要升初三了，育安的教学条件没法跟京平比，你还是在原来的学校继续上学比较好。我知道你爸现在还在国外，京平那边没有其他人照顾，不过算算时间，再有几个月他就回来了，而且你的学校好像离着家不远，平时上学放学注意点安全就可以。吃饭的话，这次我送你回去时，会留意一下你家附近有没有条件比较好的饭店，有的话可以在那里长期订餐……”

“知道了。”余婳霍然起身，紧紧抿住嘴唇，神色淡淡，“我还有点作业没写完，我先回卧室里。”

说完，她背过身强忍住要扑簌簌掉下来的眼泪，头也不回地径自回了卧室。

夜里，余婳躺在床上，无论如何也无法入睡，本以为经过这些日子的相处，和妈妈的关系已经逐渐缓和，她甚至想试着敞开心扉，跟妈妈好好谈一谈，然而……果然是自己想多了。

余婳的嘴角溢出一丝苦笑。罢了，离放假还有时间，这段时间应该足够她知道最近遇到的这一系列奇异事件的真相吧，到时候回京平也没什么不好。她这么想着，刻意不去顾虑心底的那抹怅然。

头脑中想着最近发生的一系列奇异事件。突然，她脑中冒出一个大胆的念头：自己是不是可以用传送之符找到孙淑华？不过转念一想，连无心与他们为敌的刘安蓉都这般棘手，曾胁迫过刘安蓉，让她为自己做事的孙淑华，就更不容小觑。

等等，若是她看不到自己呢？

余婳心念一动，从储物囊中取出隐形斗篷。对啊，她可以披着隐形斗篷传送过去，这样就不会被对方发现。不过，为防万一，还是得跟目标人物留出一些距离。这样想着，余婳披上隐形斗篷，手拿传送之符，默默念出心中的诉求。

一层五彩斑斓的光壁从两侧漫延，周围的影像开始扭曲、旋转，余婳赶紧闭上眼睛：别离得太近，别让她一眼能看到我，但最好我能看到她。

但眩晕感消散后，余婳缓缓睁开眼，愣愣地张大嘴巴，露出一个哭笑不得的表情。因为此时，她站在家门口的木门前，隔着绿纱网糊的门窗，外面是茫茫夜色，哪里窥得见半个人影？

难道，传送之符失效了吗？还是说，孙淑华所在的地方，就连传送之符的力量也无法渗透？那样的话，想要找到孙淑华，岂不是难如登天？

余婳闷闷地摇摇头，转身走回屋内。坐在床上，她拿出最后一张传送之符，有些犹豫不决。若是贸贸然将这最后的希望浪费掉，还不如去跟李圣和孔雷商量，即使他们俩之中有一个人有问题，现在也还无法判断是谁。而且，刘安蓉的话，是否真的可信，现在还无法肯定。

去，还是不去？余婳陷入纠结。

然而再多的纠结，也抵挡不住睡意来袭。余婳的眼睛缓缓合上，手里却还攥着那张传送之符。

睁开眼睛，余婳发现自己站在一条明亮而寂静的街道上。地面泛着淡淡的水泽，映着月光清亮明润的影子，仰望天空，星星多得惊人，散布在宝蓝色的夜空中。

这里是哪里？

走在街道上，仿佛鱼儿游过光的河流，一步一步，深深浅浅。

昏黄的路灯如同海上的点点渔火，为航海者指示方向。街道两侧有很多店铺，鞋子店、绸缎铺、眼镜店、饭馆，甚至还有卖鸡蛋糕、烤鱿鱼、海凉粉的摊子，不过此时都已打烊。稍远一些的地方，还能看到高低错落的房屋，静静地睡在温柔的月色里。

这个地方，似乎有些熟悉，却又一时想不起。

街道两侧无论是货摊、小店，还是大一些的电影院、百货大厦，都流淌着一种独特的味道。明明没有高楼大厦的非凡气派，也没有精品店的琳琅满目和精致花哨，甚至门口连醒目的海报和陈设都没有，却让人有一种莫名的震撼和向往。

瑞蚨祥、谦祥益、盛锡福、宏仁堂、亨得利、华德泰百货店、洪兴德绸布百货店、春和楼……余婳边走边看着周边店铺的牌子，那些名字映在眼中，浮出恍惚的倒影，她没来由地觉得，这每个名字的背后，必然有着一段段动人又悠远的故事。

驻足在春和楼的十字路口，前方的宽敞马路微微起伏，风从身后吹向远处，往回吹的时候带来一阵熟悉的气息。

啊，是海！

左右两侧各有一条细长的石板路蜿蜿蜒蜒，路两旁绿树灰墙，隐隐能看到一片片浸着月华、错落起伏的红色瓦片。

里院、海、春和楼……余婳闭上眼睛，却只依稀想到童年回忆里的故乡，没落的里院、寂寥的春和楼以及游客如云、人满为患、被各类垃圾浸染的海。

这里是育安吗？是很久很久以前的育安，还是梦中育安的模样？

想不明白。但余婳知道，此时里院中的人家，一定已枕着涛声入梦。石板路依旧，只是走在上面的人心里泛起涟漪。

我要回家！

可是，家在哪里？

余婳闭上眼睛侧耳倾听，前方通往海的国度，那么，家就在附近了。像做梦似的，一步又一步，沿着某个方向走着，即使闭上眼睛，仿佛也能想到脚下哪块石板低，哪块石板高。脚下雨润过的石板凉爽又温柔，月光的倒影氤氲，不是记忆中沉淀着灰败、裹着青苔的颓样。一直走一直走，余婳看到一个个或高或低、或宽或窄的拱形门洞，有的一眼望到底，有的蜿蜒绵长。好奇怪！原来这里有这样多的里院，可是分明看不到斑驳的墙壁、褪色的门窗、锈迹斑斑的扶栏、布满青苔的墙脚门槛，点点线线层层面面地沐浴在海风中，流淌在诗意的梦乡。

这里，真的有自己曾经居住的大杂院吗？

余婳踌躇地站在一个满月形状的大门洞前，或许连她也说不清楚，是不是近乡情怯。

许是刚下完雨的缘故，沿着门洞而下的一级级石砌台阶上略微有些湿滑，空灵的月色下，淅沥沥的雨滴声缭绕在耳畔。院子里稀稀落落亮着几盏灯，如同浮在海中的点点星光，其中一点星光，却攫取了余婳的心神。她愣愣地站在台阶上，竟似凝固了一般，动弹不得。

那里，是她的家，是她和爸爸妈妈一起生活的地方。

会是谁，究竟会是谁，住在那里呢？

想到这儿，她浑身突然冒出一股冲动，疾步走下台阶，循着那点星光走去。

红漆大门敞开着，屋里只掩着一扇糊着新鲜绿纱网的木门。明亮柔和的橘黄色灯光下，女子修长动人的背影，令余婳没来由地心中一动，天地间所有的声音在那一刻都陷入静寂。

那个人，会是妈妈吗？

海藻般浓密亮丽的长发、泡沫般轻盈灵动的步伐，周身仿佛镀了一层柔和而明润的光晕。魂梦中的女子，正拿着扫帚，专心致志地扫地，她终于慢慢转向余婳所在的方向。

终于，余婳看到了妈妈的脸。那张与记忆和现实重合，无数次在梦中微微含笑，向她张开双臂的脸庞。

“妈妈——”余婳怔怔地站在不远处，望着屋里灯光下的人影。

那是多少年里她心心念念，却只能在梦中相见的妈妈啊，真想再多看一眼，哪怕远远的一眼，也好。

可是，这一定是梦吧。余婳抬起的胳膊突然无力地缓缓垂下，只能在心底默默地唤着“妈妈——妈妈——”

“妈妈——”余婳从床上翻身坐起，回答她的只有空气。

余婳自嘲似的苦笑，看来果然又是做梦。

她的那个温馨的家，早已经不在了，爸爸带着她去了京平，妈妈独自留在了育安。就算真的能够扭转时空，回到过去，自己也不可能改变这样的结局吧。

心念一动，余婳从储物囊中取出一枚红宝石般的美丽海螺，正是孔雷送她的梦幻宝螺。轻轻摩挲着那枚梦幻宝螺，余婳想起孔雷说过的话——从梦幻宝螺中可以听到最关心的人的声音。

若是可以，她是不是能够再次听到妈妈一如当初那温柔的声音呢？哪怕是在梦里也好啊。余婳捧起梦幻宝螺放到枕边，将它凑到耳畔，似乎，有波浪的声响从深处徐徐泛起。

第八章 危梦

余婳发现，自己又来到了前海沿儿。

抬头望了眼天空，墨色弥漫，没有星光，只有一团若隐若现的朦胧的淡黄光影。远远地，可以看到一排排松树和护栏的轮廓。

“这……是在做梦吧？”余婳低下头，看了看自己光裸的脚丫和身上熊黄色的睡衣，不由得有些困惑地抬手揉了揉鼻子，“嗯？这是什么？”

右手的手掌心里，紧紧地攥着一串小小的细细的链子，银灰色的链子上坠着一颗亮亮的海螺，上面的花纹并没有因为光线暗淡而沉寂，反而浮现出一种深邃、优雅的美妙光晕，令人眼前一亮。

将项链揣进睡衣口袋里，余婳踌躇起来，既然是梦里，要不要走回家呢？还是，去海边看看呢？

余婳朝着栈桥的方向探了探头，很快，她的脚步率先替她做了决定。

“啊，海呢？”当走到护栏前，想要凭栏远眺时，余婳才发现，看不到海的踪影，非但海，就连沙滩，也仿佛被从一张黑色的幕布上剪掉一般，只剩下一大块黑压压的空洞。可是，她明明听得到海潮起伏的声音，嗅得到带着水草的淡涩味道的气息，却什么都看不到。这种感觉，分外压抑。扭头看了看周围，生着细长叶子的松树疏疏地排列着，昏黄的路灯打在树上，形成一圈一圈浓绿，碗口粗，影沉沉的，墨一般渗了下去。

起风了。

她睁大眼睛，望着黑黢黢的前方，努力分辨着所有能捕捉到的声音和气息。渐渐地，脑海中浮现出这样一幅画面：

黑黢黢的幕布随着眼睑的闭合“唰”的一声往两边打开，露出一条长长的泊在浪中的栈桥，桥上的两排灯光映在海波上，拉长着，动荡着，空中的淡光与水中的淡光糅在一起，随着海浪泼溅、翻卷，碎成点点粼光。水声在桥下面也响得格外有力，整座桥仿佛轰鸣般震颤起来，莫说桥上的灯光，就连月影也被打得凌乱。海风里仿佛夹裹着成千上万根松针，尖尖的，向着四面八方席卷而来。“啊！”余婳下意识地抬手捂住了脸，连连倒退了几步。不过只要站到它面前，不要一秒钟，擦得闪闪发亮的玻璃门就会“唰”的一声往两边打开。

睁开眼的刹那，呼啸声、海潮声，就连弥漫的海气，都“啪”地一下消失了。眼前依旧是一片黑黢黢的虚无。

余婳咬了咬牙，沿着护栏朝栈桥的方向快步前行。脚下是硬而实的石砖和湿凉的细沙，一种麻酥酥、凉沁沁的触感沿着脚心快速游走到每个毛孔。大约走了一两百步，她突然止住脚步。眼前仍旧是一块密不透风的墨色幕布，然而她心里却清清楚楚——栈桥，到了。

周遭忽然静了下来，一种原先被忽略的声音一下子被衬得清晰起来。余婳忍不住竖起耳朵。

沙沙沙——

沙沙沙——

沙沙沙沙沙沙——

沙沙沙沙沙沙沙沙沙——

像是咕噜噜的雨水在牛舌瓦上飘着，飘着，然后从檐头滚落，溅到成串成串的紫藤花上。

啊，这声音好近。

余婳终于低下头，将手探进口袋里，将那枚亮得灼眼的海螺慢慢地贴到耳畔，然后歪了歪头，又歪了歪头。半晌，她的眼睛眯了起来。

“来吧——”

“来吧——”

“快来吧——”

有个声音在一声声地呼唤着自己，那样亲切，温和得让人心都要融化了。

是妈妈吗？余婳有些晃神地朝着栈桥所在方向的“黑洞”走去。

沙沙沙沙沙沙——

沙沙沙沙沙沙沙沙沙——

沙沙沙沙沙沙沙沙沙沙沙沙沙沙沙沙沙——

沙沙沙沙沙沙沙沙沙沙沙沙沙沙沙沙沙——

似是催促，又似在警戒。

循着那个声音走着，走着，微合的眼瞳中弥漫着黑色的海、黑色的天。

突然，一股大力猛地袭来，重重地撞在余婳的肩膀上，“啊——”她的左胳膊吃痛，一个重心不稳，朝后踉跄了几步，跌坐在地上。

脑海中犹如划过一道闪电，猛烈地一震。余婳忽然睁大眼睛，心神一下子亮了起来。

映入眼帘的是一团浓墨，鱼形的浓墨，还在不停地摇晃着尾巴，似乎很是焦躁。

“阿玄？”余婳心中一喜，伸手摸了摸阿玄的脑袋，“你怎么会在这儿？”

阿玄仍在焦躁地摆动着尾巴。余婳站起身，这才发现有些不对劲。

周遭灰蒙蒙的，这种浑浊浓稠的灰色令人心中不快，然而却能够将周遭的事物朦朦胧胧看个遍。她此刻站在栈桥的入口处，脚下是灰白色的长条石砖，石砖上湿漉漉地淌着水，一条条纵横交错，桥两侧玉兰花灯的亮光忽明忽暗地烫在石砖上，在砖面上镂出斑驳晦暗的光影。回澜阁如磷火般在灰雾深处明灭，阁旁似乎有个模糊的黑影。

“有人在那里……”余婳心中一凛，会是什么人呢？她刚要迈步走过去，却被阿玄咬住了衣角，动弹不得。

“阿玄，别闹，让我过去看看吧。”余婳轻轻摸了摸阿玄的脑袋，低头温声安抚道。然而阿玄似乎要摇头一般，用力地摆动身子，一双鱼瞳中红芒微显。

“来吧——”

“来吧——”

“快来吧——”

余婳正踌躇间，那个温和的声音再度响起，低低的，亲切柔美得如同春天的海波，仿佛在抚摩着什么。

既然这样——

她不由自主地抬起手腕，那只纤白的手中握着一枚光华流转的海螺，她迫不及待，想要离那召唤声近一些。

近一些，再近一些。

猛然间，那优美得像个梦影的声音戛然而止，余婳浑身一颤，一下子睁开了眼睛，这才发现，不知何时，自己竟不知不觉闭着眼睛，走到了栈桥之中。阿玄不见了踪影，周围空茫茫的一片迷蒙。海水扑闪着，高高地卷起浪头，又重重地落下，渐渐地与栈桥桥面持平。

脚下的石砖湿黏且硌脚，不时有溅落的水花匍匐在脚趾上，扭曲爬动。余婳微微皱眉，无意间低头看了眼脚下，却发现一枚黯淡的海螺落在脚边，海螺上似乎还系着一根细细的银线。余婳忙俯身捡起项链，揣入口袋中，她有些想不起为什么会把项链掉到地上，也想不起阿玄为什么会忽然出现，又忽然消失。

望了一眼回澜阁的方向，灰白的雾气浮动着，却瞧不见那个浮在雾后的黑影，让人不由得疑心先前是否只是眼花。

海水渐渐漫过了桥面，炫目的大浪高高地卷扬着，从四面八方劈来，雷声滚滚。一层层浪花堆叠着，猛地蹿起，又重重落下，溅了余婳一身黑乎乎的水花，软软的，滑溜溜的，从手心缓缓滑落，流到脚踝。余婳觉得全身开始发软，即使下一秒钟那水花再顺着脚踝爬上她的颈背，她也不会觉得更加惊骇。余婳想跑，但腿却不听使唤，于是她紧紧咬住下嘴唇，深吸一口气，猛地转身，朝着栈桥的出口处拔足狂奔。

脚底一下下地在湿冷的石砖上跳动着，如同激越的鼓点，噼噼啪啪地荡跃着。余婳只觉得胸腔中的那颗心脏此时比鼓点还要激越，恨不能腾空而起。然而更让她心跳如雷的是，每一下鼓点的节奏都不可思议地有着微妙的分歧，就仿佛，她在奔跑，地面也在缓缓滑动。

脚下的一条条密密麻麻连在一起的灰白色石砖细长而斑驳，仿佛正以极缓极缓、肉眼压根儿无法察觉的趋势，不可思议地扭曲着身形。

“轰隆——”

“轰——轰——”

飞溅如瀑的怒浪从四面八方奔腾而来，扑打着孤舟般摇曳在海上的栈桥。

“轰隆隆隆——”

一声怒吼，几步外的石砖路竟被风浪拍断了一截，凹出黑黢黢的一道裂痕。

“我的天，栈桥居然被拍断了！”余婳停下脚步，惊愕地张大了嘴巴，她一步步朝着裂缝的位置走去，“如果从上面跳过去，应该没问题的吧。”

应该问题不大。看了看那道不算宽的裂缝，余婳心想。

然而，那下面幽粼粼的地方，似乎有低沉的飒飒声，侧耳倾听，又仿佛有什么东西在下面缓缓地滑行着。余婳下意识地想要别开眼睛，却忍不住朝下望了下去。

眼睛。

她看到了。那海渊般的裂缝深处，一双人类的眼睛，正幽幽地与她对视着。

“婳婳，起床了吗？”屋外传来大门开启的声音，然后是碗柜的响动和液体倾倒的声音，看来妈妈买早点回来了。

“嗯，我起来了。”余婳迷迷糊糊地揉揉眼睛，从床上坐起身，手肘支在枕头上时，突然被硌了一下。定睛一看，是梦幻宝螺。余婳拿起来想将它收回储物囊时，突然轻“咦”了一声。

梦幻宝螺的壳身上碎了一个不大不小的口子，像是一件被损毁的美丽瓷器。余婳不由得有些心疼，“会不会是我刚才不小心压碎的？”她心里想着，在枕头附近翻了翻，却没看到碎片。

“等洗漱好，可以来吃早饭了。我买了茶叶蛋、素包子、麻团和豆腐脑。”妈妈的声音从客厅传来。

“知道了。”余婳忙应了一声，坐起身穿上拖鞋，惋惜地再看了一眼梦幻宝螺，只得暂时将它收回储物囊。

余婳洗漱完，坐到客厅的茶几前，捧起热乎乎的麻团。妈妈从厨房盛了一碗豆腐脑递到她面前，然后在她对面坐了下来，母女俩神色平静地低头吃饭，气氛安静得出奇。

余婳有些心不在焉地搅着碗里的豆腐脑，心思却早已跑得远了。最近一段时间，经常会做一些奇奇怪怪、令人心里别扭的梦，有的情形醒来后已然记不得，有的却历历在目。比如前几天的晚上，她做了一个怪极了的梦，梦里看到了阿玄，而从那晚之后，无论在世界珠中怎么呼唤阿玄，都得不到一点儿回应，她只能感应到阿玄仍待在里面，似乎陷入了沉睡状态。正因为搞不清缘由，她心里愈发不安。

妈妈的语气如以往一般柔和平静，仿佛前几天晚上的不愉快压根儿没有发生。她将剥好的茶叶蛋放到余婳面前的小瓷碟中，就不再言语，只默默地吃着饭。余婳看了妈妈一眼，却觉得“谢”字如鱼刺般哽在嗓子眼，怎么也吐不出来，顿了顿，她若无其事地低头，舀起一勺豆腐脑。这时，忽然听到妈妈的声音飘飘然吹入耳中：“今天周五了，我周末要加个班，晚上不在家。要不你去晓琪家住两天？”

若是平时，这个提议自然深得余婳心意，但眼下，她更想尽快弄清楚困扰她的谜团。李圣还好说，要见孔雷，只能晚上到大杂院的二楼。所以，她犹豫了起来。

“怎么，不想去吗？”妈妈似乎有些诧异。

“这倒不是，我这个周末不太想出去。要不，叫表姐周末来咱们家住两天？”

“也好。”妈妈点点头，“不过你俩在家里要好好的，晚上别出门乱跑。”

“嗯，知道了。”

不过，生性闲不住的王晓琪，却显然无法认同“晚上别出门乱跑”的观点。

晚餐是叫的外卖，育安大饭店的鲜虾锅贴。

“不是吧，我的好表妹，现在才6点半，为什么不能出门？”王晓琪拉着余婳的胳膊，闷闷地说道，“你们这边靠海，晚上去海边散散步，吹吹海风，也能促进消化嘛。”

“要不，咱们在院子里转转？”

“算了吧，你小时候在院子里丢过两次，我对你们这儿又不熟，万一一会儿你又走丢了怎么办？”

“这怎么可能？”余婳哭笑不得，突然，她怔了怔，“我小时候在院里丢过？我怎么没印象？”

“可能那时你太小了吧。我也就是听大人隐约提到的。好像是你跟院里的大孩子玩捉迷藏，把自己都藏丢了，害得你爸妈满院子找你。”

“有这样的事吗？我真的一点儿印象都没了。”

“具体我就不清楚了。不过话说回来，你们院不是要拆迁吗？怎么还没动静？”

“我听我妈说，政府好像准备把这里打造成旅游景点。”

“不是吧，这里有什么好看的？”

“怎么不好了，这叫……这叫怀旧风情你懂吗？”余婳说道，“据说像这样的里院，市区已经很少了，而且面积这么大，保存这么好，还在市中心的，更是几乎找不到了。”

“这倒是，像这样的院子现在确实被拆得差不多了。我们家那片儿早就盖成楼房了。”王晓琪眼珠一转，“正因为这样，咱们更得多出去转转不是吗？你想啊，这儿以后拆迁或者整成旅游景区，你们肯定得搬家，搬家后肯定不会住在这一片儿了吧。这一片儿的老房子都在陆陆续续地拆迁，所以，你们肯定会搬到远一些的地方。到那时，想晚饭后去海边散步，那就比较困难了！我知道你们京平那边有地铁，交通很方便，但咱们这边地铁还在建呢。”

见余婳有些意动，王晓琪继续说道：“我听说海边有个夜市，咱们去逛逛吧。现在出发的话，就逛半个来小时，肯定8点前就回来了。”

“那好吧……不过说好了，真的不能逛太久，咱们得早点回来。”

“放心吧，包在我身上。”王晓琪兴冲冲地拉着余婳出了门。

因为不是旅游旺季，街上的行人不多也不少，大家都走得很慢，步伐透着轻松和惬意。

“表姐，你以前逛过海边的夜市吗？”

“去过一次，挺久以前的了。但你知道，我家离这里远，所以刚逛了一小会儿，就打道回府了，真扫兴。”王晓琪回忆起往事，有些怅然，“要是我能住海边就好了，那样就能天天逛夜市，还能没事出来看看海景，退潮时赶赶海。”

“上次你不是说靠海的房子潮气重，住久了容易得关节炎吗？”

“但偶尔住个几天没什么妨碍嘛。而且，海边的房子那么贵，我爸才不可能买呢。所以啊，我也只能幻想幻想。”

夜色如水，长长细细的一条临海的街道，一眼望不到尽头。街道两侧摆满了各式小摊，有卖鞋袜衣帽、针线头饰等日用品的，有卖各种旧书、杂志的，也有卖珍珠粉、贝雕、贝壳风铃、铁板鱿鱼、拌海凉粉、杠子头火烧等育安特色小商品和小吃的。

看到卖铁板鱿鱼、拌海凉粉和糖球的摊位附近的地面上散落一地的一次性饭盒、竹签和卫生纸，余婳微微皱眉，跟身旁的王晓琪嘀咕道：“这些人怎么把垃圾这样乱扔，也太污染环境了吧。”

“能看到的这些还算是好的，有的摊子和游客甚至把吃完的盒子、签子等垃圾随手扔到海里。”王晓琪提到这些，脸色也不太好，“我听一个住在附近的同学说，以前这儿还有海鲜大排档，弄得遍地都是垃圾。”

“这也太过分了！”余婳眉头紧锁，担忧地望了一眼不远处的海面。宁静而美丽的海水，却成了收纳污秽的垃圾桶，那些“肇事者”，真的爱着这方海域、这个城市吗？

夜市上并没有什么特别的摊子和有趣的东西，但因为靠着海，平添了几分梦幻的韵味。

附近有一排长椅，余婳和王晓琪并肩坐下。远远地瞧见浮在波澜中的长长的栈桥，皎洁的灯影如一朵朵玉兰，绽放在海天之间，被溶溶海色勾勒出淡淡的朦胧光影。栈桥尽头的回澜阁、隔海遥望的小琴屿，还有远处的楼房、树木、山峦，都融入画里。

这样想着，不知什么时候，余婳就沉入了深深的梦乡之中。

第九章 端倪

哗——哗——

沙——沙——

有风从耳畔掠过，裹着海的呢喃，脚趾传来清润舒适的触感，丝丝层层的细浪，或远或近，推移着，推移着。

这种感觉，舒适得令人几欲睡去。

一丝被湿润醇郁的空气稀释过的淡淡香气，蓦地飘过鼻翼，似花香，却又沁着一种奇异的甜美。余婳的指尖微微颤动，忽然睁开了眼睛。

溢满眼帘的，是铺天盖地的蓝。宝蓝色的缀满星钻的夜幕，宝蓝色的流光潋滟的海面，就连弥漫在海天之间的淡淡雾气，也似乎泛着一抹动人的蓝。

隔着海，远远地看到一座华美典雅的双层八角阁浮在微澜的海面上，皎洁的玉兰花灯一朵朵依次排开，散发出耀眼又柔和的光。

栈桥、回澜阁……这是多少次午夜梦回时才会浮现在眼前的场景。然而这次，格外清晰。

迷迷糊糊地朝着栈桥的方向走着，脚踩在松软湿润的暗金色细沙上，余婳出神地望着海水泛着涟漪漫过来，又退下去。傍晚的海滩薄雾蒙蒙，她朝着海面瞥了一眼，喃喃道："要退潮了。"

飘散在海风中的稚气嗓音，令她自己也吃了一惊。

"这……这是怎么一回事？"

她迷迷糊糊地走到海水中，任由温润的海水包裹住她的脚踝。借着皎洁的月色和远处朦胧若雾的灯影，她茫然地垂下眼睛，凝视着潋滟的水面，隐约瞥见一个头发微微有些蓬乱、穿着舒适的棉布衣裙的小小倒影。

倒影中的小女孩，一双琉璃般潋滟的眼眸中，流淌着谜一般的讶然、困惑和思索。

仿佛突然被吹得四散蓬飞的蒲公英，小女孩脑海中的思绪瞬间紊乱起来，她怔怔地站了片刻，忽然又觉得，心头空荡荡的，竟再也想不起方才为何而困惑。她抬起头呆呆地凝视着栈桥，湛湛眼波中流潋着海与天的倒影。

呀，想起来了！

小女孩眼中一亮，她是来赶海的。

迈开脚步朝着海中缓步前行，双手循着潮汐起伏的方向轻轻挥舞着，满天星辉倾洒在发丝上、衣裙上，整个人如同翩翩飞舞着的海之精灵。亲切的海风揉乱了小女孩的头发，她眼中的光芒却越发明亮。

不知走了多久，脚下的海水却并未超过膝盖，在小腿肚以下徜徉着。

退潮了。渐渐地，海水远远地、远远地退去，泛着迷人光辉的滩涂呈现在眼前。还有一块块高低错落的赭红色礁石，星星点点地散布在滩涂上，置身其中，仿佛走进了红色的珊瑚迷宫。属于她一个人的珊瑚迷宫。

蹲下身捡起泛着泠泠星光的鹅卵石，松花、米白、乳灰，一粒粒地盛放在手掌上；礁石凹处形成的浅浅水洼里，小小的海葵被指尖轻轻触碰，便会蓦地闭合，有趣极了。还有细细的鱼儿和透明的虾子，在石缝中快速爬动的小螃蟹。

小女孩捧起一枚小小的海螺凑到耳边，仿佛要倾听大海的脉搏，半晌，她抬头望着星天，不知想起什么，竟出了神。

“好像该回家了。”她喃喃道。

沿着湿润的滩涂走到干燥的沙滩上，正准备沿着石台阶返回家。忽然，一缕若有似无的熟悉香气飘入鼻翼。

小女孩忽然转过头，这次她看到了，沙滩的角落处坐着一个女人，海风轻轻吹起她乌黑的长发，露出冰雪般的侧脸。

“咦——”小女孩的脸上露出吃惊的表情，犹豫了一下，她转身朝着陌生女人的方向走去。

“阿姨，你好。”小女孩有些不好意思地走到陌生女人身旁的不远处，“你也是来赶海的吗？”

陌生女人微微摇了摇头，她的声音像柔软的春枝一样动人，“我是来看海的。”说着，她转过头，看向小女孩。

小女孩惊讶地发现，陌生女人的一侧脸颊上，竟然有大面积的斑驳疤痕。

“阿姨，你的脸受伤了吗？是不是很疼？”她蹲下身小心翼翼地端详着陌生女人脸上的疤痕，眼中流露出关切之色。

“没事，阿姨已经不疼了。”陌生女人微微一怔，旋即柔柔笑道，“你是一个人跑出来的吗？”

“嗯。”小女孩有些不好意思，小声说道，“不过我一会儿就回去。爸爸妈妈现在不带我到海边玩儿了，所以我只好自己出来玩儿。”

“哦？你爸爸妈妈为什么不带你来海边玩儿？”陌生女人略为好奇地看着小女孩。

“我也不知道。”小女孩迷茫地说，“我总感觉，以前我常常来到这里，跟爸爸妈妈一起逛栈桥、堆沙子城堡、赶海，可是我想不起来了，有很多事情，似乎怎么也想不起来。我只觉得，一来到这里，就觉得很亲切。而且……”

说着，小女孩的目光投向正缓缓涨潮的海面，层层叠叠的波澜映在她琉璃般的眼眸中，“我总觉得，那里有个声音在召唤我。”

“嗯，是海里吗？”

“应该是吧。”

“我记得今天似乎不该退潮，却退了大潮。”陌生女人的眼睛看向小女孩，“如果阿姨没有猜错，是你令它退潮的，是吗？”

小女孩的眼睛一亮，“阿姨，你好厉害。”可旋即，她眼中的光芒又暗淡下来，“可我妈妈不相信我说的，她说小孩子不能撒谎。”

“阿姨相信你。”陌生女人温和地笑着，摸了摸小女孩的头，“你可以带阿姨一起赶海吗？”

“好啊。我一直想在那些礁石里面玩藏毛猴，可惜没有人陪我玩。上次我来的时候，遇到一个好看的大哥哥，可是他看上去好像不开心，所以我只好陪他一起说话，大哥哥的笛子吹得真好听……”

小女孩拉着陌生女人的手，边说着话边往海滩走去，却没有留意到陌生女人的脸色突然微微一变。小女孩只觉得陌生女人握着她的手突然紧了紧。

“阿姨，你怎么了？”小女孩疑惑地抬头看向陌生女人。

陌生女人正待说话，突然神色一变，她转过身，朝着后方看去。小女孩也循着她的视线，转过身去。

“妈妈！”小女孩半是诧异半是惊喜地出声叫道。

月色弥漫的沙滩上，静静地站着一个身形修长苗条的年轻女子，她含笑看着小女孩，轻声唤道：

“婳婳，快回来，要涨潮了。”

“哦……”小女孩刚想跟她旁边的陌生女人道别，却发现身旁已然空无一人。那个声音好听的陌生阿姨呢？

“过来，到妈妈这里，咱们回家。”妈妈伸开双臂，笑吟吟地看着她。

小女孩蹦蹦跳跳地朝着妈妈走去，没有留意到脚下的水越来越急，身后隐约有潮声迫近。她刚想转过身看一眼，却被妈妈阻止：“别回头，乖，快点儿到妈妈这里。”

看到妈妈神色平和，似乎没有因为她偷偷跑出来玩而气恼，小女孩这才松了一口气。当她快走到妈妈眼前时，妈妈一把将她抱在怀里，说道：“闭上眼睛睡一觉，妈妈带你回家。”

窝在妈妈的怀中，周遭的视线登时被遮蔽起来，但却没来由地觉得心安，小女孩点点头，缓缓闭上眼睛。她听到海浪盘旋的声音，甚至感觉到有飞沫喷溅到头发上。

妈妈似乎腾空而起，又仿佛被一朵朵怒放的浪花托起。小女孩只觉得海的声音渐渐远去，耳畔是风在低语，还有海鸥飞翔的声音。

“睡醒了？”

余婳迷迷糊糊地睁开眼，坐起身来，看到王晓琪哭笑不得地看着自己。

“我睡着了吗？”

方才，似乎做了一个长长的梦，她仿佛回到了童年，看到了五六岁时的自己。但再去想梦中的画面时，却仿佛被一层迷雾隔开了视线……

见余婳一脸迷茫的表情，王晓琪脸上流露出关切之色：“不会是最近学习压力太大了吧？也别太拼命啊。”

“当然没有，表姐你放心吧。”

看看时间也不早了，俩人放弃了原本散步回家的打算，转而坐公交车回去。下了车走到大杂院的门洞口，王晓琪望了望灯光稀疏的院落，叹了口气：“你们这儿看着也没几户人家了，原先的居民看来都搬得差不多了。你干吗盯着墙柱看，有什么特别的吗？”

“哦，没有。我只是在想，这里很久以前会是什么样。或许，那时候这里住着很多人，墙壁刚刚粉刷好，院子里非常热闹。”

“或许吧。我听我爸说，育安很早以前，有很多像这样的里院。”王晓琪不以为意地说。

俩人下了楼梯，走到家门口，余婳正从背包里翻钥匙，突然听到王晓琪疑惑的声音：“门好像没锁。”

“不可能吧？我记得咱们走的时候我明明锁好门的。”余婳原本不信，但当她看到王晓琪轻轻推开门，这才服气，“糟了，家里不会进小偷了吧？”

二人赶紧进了家门，打开门厅的灯，见门厅和里侧房门敞开的卧室跟走之前的光景并无不同，这才放下心来。

“看吧，肯定是你这个小马虎忘锁门了。”王晓琪笑道。

“好吧。”余婳无奈地说道，她走到饮水机前蹲下身，接了一杯水。王晓琪独自先回了卧室，打开了墙上的灯。

不知是不是错觉，余婳总觉得家里有种诡异的气氛。她刚喝了一口水，突然看到王晓琪抱着一盆有点儿蔫的草从卧室里走出来，边走边对余婳抱怨道：“你看你怎么养花的，都快枯了。你说说吧，多久没浇水了。还有，你这养的什么植物？怎么是黑色的，一点儿都不好看啊。”

“嗯，确实不太好看。”余婳放下水杯，目光紧紧盯着那盆草，“表姐，我头有点儿不舒服，你陪我去附近的药店买点药吧。”

“啊，不会是刚才在海边着凉了吧。”王晓琪顾不得放下花盆，忙上前拉住余婳的手，另一只手正要摸她的额头试试温度，却被她一把抓住。王晓琪这才发现，不知何时，余婳已然站到靠近大门的地方。

“你——”王晓琪正要说话，却听余婳在她耳畔低声说了一个字——“跑！”与此同时，她几乎是被余婳拉扯着一起冲出门外。

“你这是干什么？”王晓琪不明所以地看着余婳。

“屋里……好像有东西。”余婳的眼睛紧紧盯着大门的方向。她刚才看到，王晓琪从卧室里捧出的那盆通灵草，颜色已然由原本的翠绿变成了墨黑。

究竟是什么可怕的存在，潜藏在卧室里？

余婳扭头看了王晓琪一眼，发现一脸莫名的王晓琪怀里还抱着那盆没来得及放下的通灵草，微微弯垂的叶片在朦胧月色下泛着蓝黑色的诡异的亮光。

不好！

余婳拉着不明所以的王晓琪连连后退了好几步，这时，她们听到屋顶上传来古怪的声响。那声响仿佛是瓦片被快速翻动踢踏的声音，在这寂静的月夜小院中，显得格外突兀。

“咦，好大一只壁虎！”王晓琪抬头看了看，有些意外地说，“你刚才说的屋里进了东西，就是说壁虎吗？”

余婳惊诧地望着屋顶，她看到的并非大一些的壁虎，而是一只轮廓既像巨蜥又像鳄鱼，却有着粗壮结实、无须弯曲的四肢的生物，她对此并不陌生，这分明是她曾在阿玄吐出的影像中看到的在鬼屋的深林中围攻周蕊蕊的准噶尔鳄。

可是，为何自己眼中的准噶尔鳄在王晓琪眼里会是一只壁虎呢?

或许，只有自己才能看到。因为准噶尔鳄并不属于眼下的这个时空。

余婳惊恐地看着准噶尔鳄在屋顶上翻爬，突然，屋顶后方伸出来一根晾衣竿，打到了它的身上，它“咚”的一声翻落下去，似乎落到了屋顶后方内院的某个地方。

突然出现的晾衣竿、诡异翻落的准噶尔鳄，都令余婳惊诧万分。她呆呆地站在房门外，犹豫着不愿进屋，生怕再看到去而复返的准噶尔鳄。

“你们怎么站在这儿？”

冷不丁，一个苍老的声音从一旁传来，将猝不及防的余婳和王晓琪吓了一跳。定睛一看，竟是邱老头。

“邱爷爷。”余婳叫了一声，旋即抬手指了指屋顶方向，“那……那是……”

邱老头微微点了点头：“我刚在内院遛弯时，好像看到你家屋顶上有只耗子，就顺手拿竿子打了下来，现在没事了，你们早点儿回家休息吧。现在天热，以后门窗什么的都注意点儿。”

“嗯，谢谢邱爷爷。”

邱老头朝二人微微点了点头，背着手慢慢走远了。王晓琪揶揄余婳，说她胆子小得连壁虎都怕。对此，余婳也只能苦笑。

“走吧，我们可以回家了吧。”王晓琪拉着余婳的手，一脸好笑地看着她。

“嗯。”余婳点头，她的目光不经意间瞥向屋顶，那只神秘出现的准噶尔鳄，真的消失了吗？最重要的是，它到自己的卧室里，究竟是为了什么？

新的一周开始，心事重重的余婳却怎么也打不起精神来，她心里有太多的困惑和问号，却又没有人能够倾诉。

除此之外，她心里还有一个新的疑惑。为了证明这个疑惑，这天中午，在学校的食堂吃过午饭，她用手表定好闹钟后，便趴在桌上闭上了眼睛。

天地间一片混沌的灰色，忽然，远处的灰色中透出一抹淡淡的光亮，那光亮越来越强烈，最终划破沉寂的灰色，眼前景象豁然开朗。

她发现“自己”已然站在栈桥上，不远处，一个俊美沉默的少年正趴在护栏上，目不转睛地凝视着远方。

“李圣——”余婳轻轻出声，向少年唤道。

李圣靠在护栏上的手臂微微一颤，旋即不可置信地转过头，看向余婳：“你竟真的能够在白天也找到我！”

“我也是想试一试，不过我不确定自己能在这里停留多久。”余婳说道，“最近这几天都没有看到你，你身上的伤好了吗？”

“已经好了，你放心吧。对了，你今天怎么突然来找我？是不是有什么事？”

“那天你好像有事要跟我说，感觉似乎是比较重要的事，所以想来问问。”

“哦，没什么。那时突然想到一些事情，不过后来想了想，觉得应该是自己多心了。”李圣认真地想了想，微笑着解释道。

“是……关于孔雷吗？”

这次轮到李圣的表情有些尴尬了，“看来我当时的表现有些过激。其实没什么，我当时因为一些事情对孔雷存了怀疑，后来想想，是自己多心了。”

“是因为什么事情对他起疑的呢？”想到刘安蓉信中所指，余婳心念一动，问道。

李圣的眼中流露出迷惘之色，他摇摇头，“想不起来了，奇怪。不过应该不是什么要紧的事。”

余婳疑惑地盯着李圣，想了想，她又问道：“你还记得那天在荒魔古境，你让我找的东西吗？”

“什么东西？”李圣诧异地看了看余婳，他认真地想了想，还是摇头道，“我不记得有让你帮忙找过东西，是什么？”

“哦，没什么，可能是我记错了。”余婳垂眸道。

余婳跟李圣在栈桥上边走边聊，她将上个周末的晚上遇到的奇怪事情告诉了李圣。至于刘安蓉的那封信，考虑了一下，余婳决定暂时不告诉他和孔雷。有些事情，她想自己先弄清楚。

李圣听完余婳的讲述，思索了一会儿，分析道：“如果你看到的确实是准噶尔鳄，那说明背后操控它的人并未真正离去，还是隐在暗处，有所图谋。听你的描述，我总觉得那只准噶尔鳄并不是去害你性命的，如果是，它完全可以在你们一进家门时，猝不及防地袭击你们，但它没有，而是在被你们发现后很快逃走。如果我没猜错，它是奉命去你家里找什么东西的。”

“可是我家里能有什么值得它和它的主人惦记的东西呢？”余婳一时想不明白。不过，等等！

她想起来了！

当看到那只准噶尔鳄爬到屋顶上准备逃走时，余婳似乎瞥见它的口中衔着什么牙白色的薄薄小小的东西，原本她并未留意，现在仔细一想，那似乎是张传送之符，她手头的最后一张传送之符。

或许，这只准噶尔鳄是奉命来偷传送之符的。

手表的闹铃响起，余婳与李圣道别，回到了现实之中。

余婳上回攥着最后一张传送之符就那么迷迷糊糊睡着了，第二天醒来，发现传送之符竟褪成了白色。然而梦中，她似乎回到了很早很早以前的大杂院。而在此之前，她使用了一张传送之符，却不过是从家里的卧室平移到了房门口的纱窗前。

会不会——

余婳脑中突然灵光一闪。

会不会，之前使用的两张传送之符其实都发生了作用，并未失效。至于前一张的“失灵”，会不会是因为，孙淑华当时就在自己所在的位置附近——大杂院内！

这个大胆的猜测，令余婳心头猛跳。

并且，她总有种预感，孙淑华现在仍然住在这个大杂院里，自己甚至可能曾经与她擦肩而过。她深居简出，就潜藏在一个被她忽视了的地方。

会是哪里呢？

幕后真凶下落不明，身边的伙伴敌友难辨，余婳心中的谜团越来越大，苦苦思索却想不出所以然。她不由想到“梦”中的景象——她可以在梦境中去到想去的那个地方，找到那个人。

抬头望着窗外的月色，余婳心想，或许今晚便能知道结果。

第十章 如幻

院子里繁星点点，数来数去数不清。半大的男孩、半大的女孩气势十足地站在中间，一群“小萝卜头”欢欣雀跃地围着大哥哥、大姐姐。

一个“小萝卜头”跳着脚，央求着半大的男孩，急巴巴地说道：“宁宁哥哥，我想让大家藏起来，我去找他们。”

被叫作“宁宁哥哥”的半大男孩还没说话，一旁的另一个“小萝卜头”着急了，“那怎么行，宁宁哥哥，我也要去找别人。”

“我也要！”

“我也是。”

又凑上来几个小萝卜头，七嘴八舌地在宁宁哥哥眼前争吵。

两个小女孩安安静静地站在那个半大的女孩身边，饶有兴趣地看着其他孩子争抢。

“婳婳，你说那几个男孩子为什么非要争着去当抓人的人？”吃着棒棒糖的小女孩，问她身旁梳着麻花辫、穿着仙女裙的小女孩。

被她叫作“婳婳”的小女孩眼神恍惚，她想了想，说道：“是不是他们觉得抓人比较好玩？可是我觉得抓人很累的，要在那么大的地方找来找去。”

“哈哈，我想起来了，上次你负责抓人，结果找了好久都找不到一个人，还把裙子都刮破了，回家肯定被你妈妈说了一顿吧？”“棒棒糖”笑嘻嘻地看了婳婳一眼，旋即像是想到什么，露出苦恼的表情，“我也不想当抓人的人，跑得都出汗了。而且，妈妈让我六点回家，吃完晚饭就不让我出来了。”

婳婳眼神一闪，深有同感地叹了口气，说道：“我妈妈也是啊。我妈妈说小孩子晚上不能到处乱跑。今天她上中班还没回家，我是趁着爸爸在厨房做饭，偷偷跑出来的呢。”

“棒棒糖”像是想起了什么，突然小声问道：“你爸爸妈妈和好了吧？”

“和好？”婳婳不明所以地看着“棒棒糖”。

“棒棒糖”显然对她的健忘有些不满，微微噘起嘴巴，嘟囔道：“是你前几天说，你爸爸妈妈最近总吵架，但一看到你就什么都不说。你还说不想跟爸爸走，不想和妈妈分开，所以干脆藏起来让他们找不着你。”

婳婳垂下眼帘，睫毛微微颤动，“我还说过什么吗？”

“棒棒糖”想了想，又说道：“我记得你说你曾经偷偷听到过爸爸妈妈的谈话，你妈妈让你爸爸带你离开这里，你爸爸一开始不愿意，但后来不知为什么同意了。”

婳婳默然，轻轻叹了一口气。“棒棒糖”关切地拉着她的手，“你没事吧？”

还没等婳婳开口，“棒棒糖”突然皱起眉头，捂着肚子，“哎呀，肚子有点疼。”

她俩身旁站着的半大女孩蹲下身，扶着“棒棒糖”的肩膀，关切地问：“雪雪，怎么了？”

雪雪苦着脸，嘴巴噘得老高：“艳艳姐姐，我肚子疼。不知道是不是因为下午吃了很大一盒冰激凌的原因。我是偷着吃的，要是被爸妈知道我一下子吃了这么多，还因为这个闹肚子，肯定会说我的，怎么办？”

“是不是想去厕所？”艳艳姐姐赶忙问，见雪雪点头，她说道，“那你先去厕所吧，厕所那边有路灯，不过光线不太好，你拿着这个手电筒吧。”

说着，艳艳姐姐把手里的一个橙色的手电筒塞给雪雪。雪雪道了谢，急急忙忙拿着手电筒朝院里公厕的方向跑去。

那边被几个“小萝卜头”吵嚷得头大的宁宁哥哥挠挠头，提高声音说道：“都别吵了，想抓人的就划拳，谁赢了就负责抓人。”

“小萝卜头”们嗷嗷叫着：“带起带[1]、带起带！”

“我赢啦！”一个“小萝卜头”高兴地嚷嚷着，仗义地朝大家一挥手，说道，“大家快藏起来，我要开始数数喽。”

说着，他走到路边的一堵墙下，背对着大家开始数数，“100，99，98，97……”

一群孩子四散跑开，各自寻找可以藏身的地方。

[1]带起带：青岛地区对石头剪刀布的说法。

婳婳赶紧提起脚步，朝着二楼跑去。一个“小萝卜头”似乎也打算上二楼，见到婳婳已经上了二楼的楼梯，想了想，咬牙换了个方向，朝着一楼内院跑去。临走时，还不忘朝婳婳扮了个鬼脸。

“那应该是王涛吧。”婳婳，也就是在梦境中穿梭到这里的余婳心想。

余婳已然发现，自己在梦境中可以穿梭到想去的地方。她在临睡前反复默念，回到过去，回到孙淑华曾经在大杂院的时候。然而没想到的是，当她恢复意识睁开眼睛时，竟发现变成了五六岁时的自己，并且在跟院里的孩子玩捉迷藏。

记忆里，她在育安的短暂童年并不曾有过跟院里的小伙伴们晚上玩捉迷藏的场景，然而眼前的景象，周遭人的一言一行，都让她觉得莫名的熟悉。

或许，这不是臆想，而是往昔的真实场景。

还有雪雪提到的父母吵架以及父亲要带自己离开育安的事情……

如果一切都是曾经真实发生的，那么这些场景为何会从她的记忆里缺席呢？

想不明白，每次一认真去想这个问题，头脑中就变得一片混沌，但余婳总觉得，这些缺失的记忆对自己非常重要。

不过眼下不是细究这些的时候，余婳定了定神，飞快地梳理了一下思路，决定先在二楼转一圈，观察一下二楼的情形，再好好看一看楼下，或许会发现新的线索。

不过未免被一楼的小伙伴们发现，她小心翼翼地猫着腰，贴着内侧墙壁缓缓前行。

与记忆中破败寂寥的印象截然不同，眼前的二楼看起来鲜活了不少，有的人家在护栏上晾晒了衣服和被褥，有的门口的煤池子里放着过冬的蜂窝煤，有的人家在门外的架子上摆了一些花花草草，空气中洋溢着一种怡然自得的味道。

原来大杂院也曾经有这样鲜活生动的一面，余婳心中暗自吃惊，但等她来到一户门外摆着紫藤花花架的地方时，她惊讶地张大了嘴巴。

淡紫色、青紫色的紫藤花曼妙柔婉地垂着，清风吹过，缀满花朵的柔枝如珠帘般摇曳着，发出沙沙的声响，那声音很小很小，却又轻柔又灵动。

余婳忍不住想到，或许月光洒下的时候，也会发出这种声音吧？与此同时，一种奇怪的感觉传遍她全身——这一切仿佛以前发生过。

更令她震撼的是，这户人家似乎就是张奶奶和刘安蓉所居住的地方。只不过她后来看到时，花架上已然空空如也。

下意识地，余婳屈身蹲到紫藤花细密如雨的花枝后，背靠着木质的古朴花架。淡紫色、青紫色的紫藤花珠帘一般垂下，恰好遮住了婳婳所在的位置。

透过紫藤花的帘幕和木扶栏的缝隙，余婳探着头小心翼翼地打量着楼下。

小伙伴们玩得热火朝天，有的或蹲或靠地隐身在遮蔽物后，探头探脑地朝外张望着，有的神情忐忑地缩在角落里，生怕自己早早被发现。见状，余婳不由得唇角微微扬起，会心一笑。

空气中是淡淡的花香，微风吹过，花影如帘，缤纷如舞。帘外是热闹鲜活的大杂院的欢乐时光，帘内是自己一个人的秘密基地。脑海中混沌如霾的重重灰影中，流星般划过的碎片，蓦地点亮记忆中的空白。一霎间，余婳仿佛想起，曾经的自己，也曾这般独自藏身于紫藤花的花帘后，不亦乐乎地观察着小伙伴们你追我藏的场景。

闭上眼睛，余婳看到记忆碎片中那个与自己现在同样蹲身藏在花帘后的小女孩，神情忽而雀跃，忽而落寞。她垂下眼眸盯着自己的指尖，口中喃喃低语："爸爸要回自己的家乡，妈妈要留在这里，妈妈让爸爸把我一起带走，别再回来。我不要走，不要和爸爸妈妈分开。如果我藏起来，他们找不到我，就不能把我带走了吧。"

黄昏的风温婉地拂过脸颊，有温润芬芳的花瓣落在手上，空气中远远地飘来美味的饭菜香气，院中的孩童喧闹声逐渐淡去，家家户户亮起了明黄色的温暖的灯光。余婳似乎听到了孩子的欢笑声、父母温和的叮咛声，还有微弱的音乐声，好像是从远方飘来的。隔着花帘，影影绰绰的世界看起来有些眼花缭乱，余婳有些沉醉地靠在花架上，她感到自己渐渐沉入了梦乡。

微凉的风吹拂着脸颊，似乎有轻软娇嫩的花瓣飘落到睫毛上，痒痒的，余婳忍不住睁开眼睛。花帘外的世界，已然裹上一层夜色。不知不觉间，天黑了。

探头朝楼下望去，其他小伙伴已然回家去了，院子里寂静极了。余婳抬起左手手腕想看看表，却发现纤细的手腕上空空如也，这才想起自己现在是五六岁的光景。

她钻出花帘，边移动脚步边仔细地打量着楼下和二楼，似乎想将眼前的一草一木与记忆中的做个比较。

橘红色的皮质凉鞋踩在二楼的木质地板上，发出“笃——笃——笃——”的轻响，像无垠的海面上泛起的轻微的涟漪。但或许是夜色太深，周遭太静，每一下脚步声都仿佛在余婳的心里重重地落下节拍。

“笃——笃——笃——”

确实，有些静得出奇。

余婳在二楼轻手轻脚地转了一圈，并没有发现什么特别的地方。抬头望了一眼夜空，朦胧的月色几乎要隐在墨蓝色的苍穹之中，抬手掬起一捧月光，却只看到暗色的模糊光影在手心幽幽流淌。没来由地，余婳屏住了呼吸，蹲下身来。

起风了。天地间似乎有千万棵树木摇曳的声响，又或者是夜潮来袭时的波澜翻滚。

惊疑不定的余婳隔着木栅栏，小心翼翼地向下瞥去。或许是错觉吧，一楼的院落中，似乎有影影绰绰的黑色光晕在浮动。是夜的沉沉暗影，还是风的呼啸徘徊？抑或是大杂院本身的倒影？

只是，这声响过于熟悉，午夜梦回时，似乎已经闻听过千百次。

余婳集中心神，目光重又投向那些黑色光晕。

一圈一圈令人眩晕的涟漪，泛着暗黑的光泽，几乎要酝酿成惊涛骇浪。

在一片黑水后，她终于看清了。

那黑色光晕，分明是一个个周身笼罩在黑色斗篷下、面目模糊的人影，他们像海中的幽灵水母一样在夜色中的大杂院中飘动，轻巧得神不知鬼不觉，在连尘埃都沉睡了的深夜中游荡。

他们似乎，在寻找着什么。

看着夜色中的黑色斗篷，余婳没来由地想起了刘安蓉的那封信。可是信中提到的抱走捉迷藏的小孩的黑袍人，分明只有一个。眼前这些奇怪的黑袍人，跟刘安蓉提到的，会是一伙的吗？

糟了，他们会不会发现自己！

余婳突然想到某种可能，脊背不由泛起一阵寒意。小伙伴们虽然已经回家了，但他们并没有找到自己，也就是说，捉迷藏的游戏，并没有结束，而自己就是游戏中尚未被找到的最后一个人。

那些黑袍人，不会发现自己吧？

余婳赶紧收回目光，保持着蹲坐的姿势，极轻极轻地往里侧一点点地挪动脚步，待左肩终于靠到墙壁，她才松了一口气，这才发现，后背的衣服已经被汗浸湿。

怎么办？

那些诡异的黑袍人在楼下，自己没法回家了。而二楼，似乎也没有几家还亮着灯。余婳实在不想一个人待在这里，谁也不知道黑袍人在一楼转完，会不会心血来潮地上楼来。

思前想后，余婳小心地打量着二楼，发现还有几户人家亮着灯，她蹲身一步一步地缓缓挪动着，打算到离自己最近的一处亮灯的人家那里。

一步、一步……每一次轻而缓的挪动，都仿佛隔了漫长的世纪，或许是周围太静的缘故，也或许是由于越发迫在眉睫的危机感。

浓稠的夜色屏蔽了视线，听觉因而变得格外灵敏。天地间，此时唯有自己的脚步声，仿佛踏着节拍一样一下下敲击在紧绷的心弦上。

“笃——笃——笃——”

“嘶——嘶——”

“簌簌——簌簌——”

不对！余婳猛然睁大眼睛，却不敢回头。

二楼，此时不止她一个人！有另外一个人或者几个人，也在蹲着身猫着腰，小心翼翼地挪动着脚步。他们的目的地是哪里？会不会，与自己目标相同呢？

又或者，那些根本不是人的脚步声。可又会是什么呢？

余婳几乎喘不过气，手脚抑制不住地微微颤抖起来，一股想逃的欲念在胸中渲染开来，然而她却不敢站起身拔足狂奔。她想起了她从鬼屋莫名出现在大杂院二楼的那个夜晚，也曾听到这样的声响。只是当时，她还来不及在意，妈妈已然拿着手电筒到二楼找到了自己。可是这次，或许看不到来寻自己回家的妈妈了吧。

妈妈在哪里？

余婳心里泛起一股既甜蜜又酸涩的惆怅，她将目光投向楼下，寻找着家的方向。

找到了！前方不远处，那座亮着鹅黄色灯光，仿佛笼罩在光里的房子，正是她的家！

爸爸和妈妈应该在家里吧，他们可能正焦急地等着自己！

如同溺水的人忽然抓住了一根藤条，余婳恨不得站起身，拔腿以最快的速度跑回家。可眼下，她还是得尽快挪到有光的地方，暂时避一下。

有光亮的地方、家的方向，余婳稍微加快了步伐，尽量轻缓地朝着前方挪步。心中有了憧憬和信念，即便那些奇怪的声响飘荡在耳畔，似乎也没有那么令人惶恐不安了。

近了！近了！

正当余婳离着那处光亮的地方还有最后两三米的距离时，靠墙的一户半掩的木门后，冷不丁从阴影中伸出一双近乎象牙白的细瘦手臂，一把捂住余婳的嘴。仿佛有无数细小坚硬的鳞片从脸颊和嘴角刮过，余婳心中悚然。还来不及挣扎，那双手臂攫住她的肩膀，将她拉入门后。

门悄无声息地关上了。

余婳机械地跪坐在泛着凉意的地板上，一动不敢动。片刻，她感觉盖在自己嘴上那只手掌稍微松了松。借着狭小的天窗洒下的惨淡月光，她瞥到一只五指分明的纤细手掌，一丝丝带着青橄榄的涩味的木香气钻入鼻翼，余婳心里没来由地松了一口气。

映入眼帘的，是雪白的墙壁，靠近紧闭的屋门的墙上挂着一幅旧式日历，身下铺着素色木地板。这样有些复古的陈设，究竟会是谁的家呢？

余婳犹豫了一下，缓缓挪动手指，在身前的地面上写下三个字：你是谁？

究竟是谁？

等了片刻，却并未得到回复。不知是不是余婳的错觉，她似乎听到了一丝几不可察的轻叹。

满腹惊疑的余婳慢慢扭过头，映入眼帘的竟然是一张熟悉的脸孔。

刘安蓉！

余婳的手不由得紧紧攥住衣角，瞪大眼睛盯着她。

借着惨淡的月光看去，眼前的人的五官轮廓确实是刘安蓉无疑，但明显年轻了不少，脸色没有初见时那般蜡黄，微微泛着健康的红晕，眉眼间虽然难掩倦怠之色，却柔和了许多。

余婳总觉得刘安蓉对自己并无恶意，于是放松了下来。见状，刘安蓉似乎也微微松了一口气，她以眼神示意余婳不要作声，然后用手指在地上写字：“你不该来。”

余婳想了想，写道：“我叫余婳，住在楼下。”

“你不是！”

看到刘安蓉写的这三个字，余婳惊骇得无以复加。

不等她有所反应，刘安蓉又重新写了一遍：“你不该来。”

余婳讪讪。

刘安蓉眉尖低垂，顿了顿，又慢慢地一笔一画写了起来：“沿着来时的路返回，离开大杂院，一定不要回头。一旦回头，就立即返回，千万不要继续往前走。”

看了这句令人摸不着头脑的话，余婳自然难以摸清刘安蓉的意思。

该相信她吗？一时间，余婳有些拿不定主意。

她眼中的迷茫落在刘安蓉的眼中，刘安蓉朝她微微一笑，露出一个“请相信我”的表情。余婳决定，相信刘安蓉一次。

从刘安蓉的家中轻轻推开门走出来，余婳仔细地听了听周围的声响，却已然察觉不到任何声音。

万籁俱寂。没有在木质地板上缓慢蠕爬的钝响，没有衣袂摩擦的呼啸风声，只有自己尽量压抑的呼吸声。

“看来刘安蓉没有骗我。”摸了摸玉一般洁白光滑的手腕，余婳心想。

临别前，刘安蓉用类似孔雀蓝颜料的东西，在余婳的手腕和脚腕上画了一些奇奇怪怪的图案，像是图画，又像是符文。

那些“符文”在手腕和脚腕上连成一片时，仿佛活了一般诡异地扭动起来，眨眼间便消失了踪迹。根据刘安蓉的意思，这些“符文”似乎具有同化或者掩护的作用。

但余婳心里还是十分紧张，她只得拼命告诉自己要镇定。她沿着楼梯下了楼，站到一楼的石板路上，才发现地面似乎有些湿滑，泛着冷寂月光的石板如同沁了水一般，朦胧地映着自己有些扭曲的倒影。

空气里似乎酝酿着一股奇异的味道，像是霏霏细雨冲刷后的铁锈味，又像是沁着甜腥的夹竹桃的花香。余婳心头一动，不由得紧紧攥住衣角，强忍住那股如同潮水暴涨般想要马上扭头的冲动。阴暗的虚无之中，似乎有个声音如羽毛般，在她的心弦上撩拨着：回头看一眼，你就会得到你想要的答案哦。

不！余婳拼命摇头，她记得刘安蓉的叮咛，要想离开这里，她决不能回头。

继续沿着一楼最近的出口方向走去，正要上台阶走出大门洞，离开大杂院的时候，余婳身后的一片黑压压的房屋中，突然亮起了一盏灯。

察觉到灯光的余婳脚步一顿，却不敢轻举妄动，她知道，此时决不能回头。

会是谁，在夜半时分，突然亮起灯？

余婳心中瞬间闪过各种念头，鬼使神差地，她微微垂下眼帘，觑了一眼潮湿的地面。

借着稀薄的水光，她看到了。与她家的房子相隔了四五户，靠近北侧楼梯出口方向的拐角处，轻飘飘的淡紫色薄窗帘后透出一点朦胧渲染开来的昏黄灯光。一个女人的剪影映在窗帘上，只见她长发披散，视线似乎停在自己的手中，她的手里拈着一团风筝模样的东西。

总不会是要去放风筝吧，余婳的心里涌起一股好奇，下意识地，她将头又稍微低了低，眼睛一眨不眨地凝视着脚下那团朦胧水光中的光影。

脚下原本微渺如轻漪的水痕蓦地绽放，酝酿成汩汩细流。身后的那点灯光愈发明亮，映出灯下女子愈发清晰的轮廓。

秀美的长发披散双肩，映在窗帘上的侧颜轮廓无比柔和，淡淡的灯光洒在她微垂的睫毛上，流泻下来的斑驳光影投射在不断翻转挑动的纤细手指上。浓墨重彩的薄软纸片、细长如筷子的竹棍，竟像是在扎风筝。

是，抑或不是，余婳也说不清。

深夜突然亮起灯火的房屋、窗前灯影下长发女子的剪影，这场景似曾相识。

余婳有些迫不及待，想要扭过头亲眼看个究竟。就在这时，她的手腕和脚踝处传来一阵针刺般的疼痛，她疼得微微皱眉，忙抬起手臂，只见手腕上原本已经不见踪影的蓝色花纹，再次冒了出来。

余婳一个激灵清醒过来，这才觉察到自己的身体已经朝后方倾侧了一些，若不是手脚上蓝色花纹突如其来的刺痛感，她说不定已经完全转过身去。

一阵后怕在胸腔中弥漫开来，余婳心头一凛，再低头看向地上时，不由吓了一跳：灰色的石板上汪着一团不浅的水，在后方的一点磷火般飘忽的灯光映衬下，光影斑驳而破碎，倒映着自己略微扭曲变形的倒影。越发深稠的涓流盘旋缠绕着，几乎快要没过脚踝。

看着眼前的情形，余婳如何不明白自己险些着了道。她咬紧嘴唇，迈步朝前快走了几步。

绝对不要停，绝对不要再动摇！

这时，身后亮灯的方向飘来一丝若有似无的女子的叹息声。

余婳身形一僵，她认得这个声音，是那个人！

她寻求了已久的答案，是那个人！

余婳下意识地微微扭过头，等到察觉不妙时，周围的景物已然变化。

每块石板缝隙中流淌出的细流交汇纵横，水面很快浸湿了鞋袜。稍一前进，逆流的水浪便会发出哗啦啦的响声。无奈之下，余婳只得转身，折返回去。

但她不要回到二楼，她要去那个亮着灯的房间看个究竟。

孙淑华，究竟会是什么样的人？

一步步地靠近那个唯一亮着灯的窗前，她看到一个女人的剪影朦朦胧胧地映在帘上。那个剪影的左手上，小指缺了一截。

这一刻，余婳终于确定，幕后操纵刘安蓉的鬼屋老板孙淑华、从空那里骗走能量珠的灰夜，确实是同一个人无疑。

孙淑华制作了一批空有皮囊的远古海洋猛兽，不知采用什么手法令它们获得生命，并将这些奇怪的生物投放到育安的海洋之中。她，究竟要做什么？

余婳加快了脚步，她的手已然伸向孙淑华的房门，然而一股无形的力道突然将她束缚住，令她动弹不得。

那扇门明明近在眼前，却如同水中月影一般，可望而不可即。

可恶！

余婳咬紧牙关，却怎么也无法从那股束缚中解脱出来。脚下的水越涨越高，汇聚成潮，湍急的水流冲刷着大杂院中的房屋和草木，一些木板、碎砖甚至浮在水面上被匆匆冲走。余婳站立不稳，跌坐在一大片刨花板模样的木板上，轻而薄的木板载着余婳，随着水流漂浮向前。

薄木板化作一叶孤舟，在湍急的水流中急速前进，不知不觉间，水流已然没过大杂院的一楼、二楼，漂得越来越远。

四周的景物由房屋变成了林木，水面越发浩荡起来。薄木板在水面颠簸前行，水流由最初的透明、微浊，变成了浑浊的深色。夜色下，水面时不时浮现出一片片嶙峋的轮廓。

一片浩瀚的水世界。

余婳看到了什么。叫不上名字的鱼龙和海龙在水中徜徉，动荡的水面被掀起一片片浪花。

糟糕，余婳忽然发现，撑在木板上的手腕和脚踝上，被水打湿的地方隐约泛起蓝色的花纹，那花纹越来越淡。

突然，木板下方一股大力袭来，将木板撞得粉碎，余婳落入了水中。

深邃、浩瀚，似乎铭刻着岁月最深沉的年轮。余婳下意识地紧紧闭上双眼，又缓缓睁开，一滴滴海水顺着毛孔涤荡着，游走在四肢百骸，汩汩汇成细流，轻柔地缓解着心中的不安和彷徨。

并没有感到窒息和不适，仿佛自己原本就属于这里。

一条条形态各异、体形硕大的鱼龙和海龙在海中游动着，几条好奇的鱼龙留意到余婳，朝着她游了过来，它们的身躯流畅得如同被海波一点点雕琢而成的艺术品，那双澄明而深邃的眼瞳中满是浩瀚的海的倒影。

一抹灵光从余婳头脑中快速闪过，她慢慢瞪大眼睛，似乎终于想通了什么。

这时，一个缥缈空灵的声音在浩渺的水纹中一点点渲染开来，充斥在这方天地之中。

是那个熟悉的歌声，那个在梦中聆听过无数次的歌声。

鱼龙和海龙们仿佛被定住身形一般，一个个停止了动作，静静地随着水纹沉浮。

这个旋律……好熟悉，余婳想起了影师傅给自己的小册子上的奇怪符文，似乎与这个旋律相同。她下意识地跟着歌声吟咏歌唱起来。初时，每个音符都会有一些滞涩和不连贯，但慢慢地，她的歌声与那个神秘的歌声重叠在一起，越来越契合，最后，充斥在耳膜中的只剩下自己的歌声。

《安鱼谣》。原来，这个旋律叫作《安鱼谣》。

余婳在影师傅那里习得暗红色簿册上的所有符号后，已然能够解读出邱老头给自己的那张黄纸上的奇特符号。

这是一首名为《安鱼谣》的歌谣，里面的每一个符号，除了有具体的意义外，它的发音仿佛海豚、白鲸的声音，却又有微妙的差异。怎么说呢，就仿佛跨越了亿万年的时空，萃取了睡梦中的海水，然后用它一滴一滴洗练海中生灵的声音。

古老、肃穆，而又空灵、梦幻。

然而新的疑惑在余婳心底升腾：每夜在自己的海梦中吟唱《安鱼谣》的，究竟是谁？

不得而知，余婳只觉得自己正在缓缓下沉，越沉越深，意识也逐渐恍惚起来，仿佛回到了那个无比熟悉，伴随了她无数个岁月的深海梦境之中。各种怪异的海洋生物纹丝不动，唯有自己在飘散空灵的歌声中缓缓下潜、独行。

但这次，头脑似乎维持了几分清明。

不知下沉了多久，余婳终于稳住身形。令她惊喜的是，她发现自己的意识重新获得了身体的支配权。

向上游！

她要亲眼看看歌声的主人。

努力回想着李圣教她的游泳姿势，她快速向上游动。海水的颜色逐渐澄澈，仿佛看到了粼粼亮光。余婳心中一喜，更加卖力地向上游去。

“咦，怎么会有游动的生物？”余婳游到光亮的地方，突然看到几只皮肤光洁的中等体型的鱼形生物在欢快地游动。

一、二、三……七。竟然有七只海豚。

“怎么那么像李圣那里的七只海豚？”余婳心里嘀咕着，

不过她的猜测很快就得到了证实，因为那七只海豚发现了她，很开心地朝她游了过来，围成一个圈，将她圈在里面，似乎在跟她做游戏。

“真是小调皮。”看着海豚们憨态可掬的模样，余婳不由扬起嘴角。可是下一秒，她脸上的笑意突然僵住。

环绕簇拥着她的七只海豚的身形和模样突然像镜像一般扭曲起来，眨眼间变成了鱼龙的模样，猛然间朝着余婳张开血盆大口，露出了布满锋利牙齿的嘴巴……

余婳从梦中惊醒，发觉自己出了一身冷汗。这次的梦太过真实，她心里隐隐有些不安。

第十一章 紫窗

第二天放学后，余婳到了大杂院外，并未像往常那样，从西南口的大门洞下楼梯回家，而是绕到了北口，沿着蜿蜒狭窄的石阶走下来。经过一两户人家后，朝着左侧一拐，四周登时宽阔起来。两侧是红瓦错落、略嫌拥挤的房屋，沿着左侧一直朝前走，第五间房屋便是她的家。

不过眼下，她并不着急回家，而是停下脚步，仔细地打量着左手边第一间房屋。

半新不旧的淡紫色窗帘低低垂下，透过窗帘，隐约能看到屋里简单的家居摆设。这里，便是昨晚她在梦境中看到的孙淑华所在的地方。

余婳记得，自己曾看到一个年轻秀美、背影跟妈妈有几分相似的女人走进这里。而当时妈妈说过，这里好像租了出去。这么说来，自己两次在这扇窗的灯影下看到的女子剪影，应该就是那个深居简出的神秘租户——孙淑华。

若不是怕被路过的邻居误以为是小偷，余婳真想趴在窗上朝里面仔细看看，甚至进屋子里一探究竟。

孙淑华，现在会不会就在里面呢?

余婳深吸一口气，拼命按捺住内心的强烈冲动，或许等到晚上，她可以通过梦境进入房间里一探究竟。不过她目前还无法灵活自如地操纵梦境，每次总会遇到一些令她心惊胆战的突发情况。想了想，自己或许可以等到晚上，披上隐形斗篷后再过来看一下。

可是，孙淑华为什么会租住在这里?

与大杂院中的其他房子相比，这栋房子看起来并无特别之处，同样的古旧红瓦、泥灰墙壁。若非要寻出点不同……余婳在房子前面来来回回地观察了一阵子，或许只有窗帘了。

大杂院其他家的窗帘，大都是深色或不通透的布料，而像这块淡紫色的微微透光的窗帘，却极少看到。不过这或许只是个人喜好，算不得什么。

若是能找个对大杂院里这些房子和住户比较了解的人问问就好了。

余婳冥思苦想，忽然眼中一亮。她想到一个可以打听消息的人。眼下，她得趁着妈妈上中班还没回来，赶紧去问一下。

沿着楼梯上了二楼，走到了张奶奶家，余婳轻轻敲了敲门，令她高兴的是张奶奶在家。听到余婳的声音后，张奶奶开了门，笑眯眯地拉着余婳的手，带她进屋坐下。

余婳坐在沙发上，看到张奶奶要去给她烧水沏茶，忙摆摆手，说:“张奶奶，不用麻烦了。”

张奶奶慈爱地拍拍余婳的手，笑道:“一点不麻烦，家里有今年春天新炒的劳山绿茶，我给你泡一壶尝尝。”

见状，余婳不好一再推辞，便陪着张奶奶烧水。

“张奶奶，有些事想问问您，是关于咱们院的。”余婳来之前已经酝酿了借口，觉得听起来还算合乎情理，不会令人觉得太突兀，“我们学校课余活动布置了一个任务，让我们写一篇关于育安城区老房子的调研文章，所以想跟您了解一下咱们院的情况。”

“哦，原来是这样。”张奶奶点点头，说道，“咱们这个院，确实很有些年头了，值得说道说道。”

“您是从小就住在这里了吗？”

“是啊，在这个院住了将近一辈子。街坊邻里多，热热闹闹、和和睦睦的，这才有意思。哪像现在那些楼房，住进去三五年，连隔壁住的是谁可能都不知道。”张奶奶不无感慨地说，“以前这海泊路一带，可是育安市区最好的地段，能住在这块儿，知道的人谁不羡慕。”

“这里以前很繁华吗？”余婳不由得想到在梦境中看到的老字号林立，熟悉又陌生的海泊路。

“是啊。当时，只要数得上名的老字号，没有海泊路上找不到的。”提到海泊路昔日的繁盛，张奶奶的眼睛亮了起来，连声调也跟着年轻、清脆起来了，“‘盛锡福’鞋帽店、‘亨得利’钟表店、瑞蚨祥、春和楼……现在都倒闭了，唉。”

余婳虽然没有机会看到当年海泊路上老字号林立、车水马龙的景象，但听到张奶奶的描述，也感到几分怅然。她想到此行的目的，清了清嗓子，问道：

“张奶奶，您在这里住了这么多年，那么院里的人家，您基本上都认识吧？”

“差不多吧。这里曾经人气最旺的时候，住过一百六十多户，将近五百口人呢。不过这些年老住户越来越少了，那些新搬来的住户，大都是上班的年轻人，要么就是做小生意的，平时白天很少看到，有的连名字都叫不上来。”

听张奶奶这么说，余婳有些失望，“那，咱们院北边拐角处的第一家，住的是什么人呢？我有一次早上看到一个很漂亮的年轻阿姨进了那栋房子。”

“这个我就真不太清楚了。”张奶奶想了想，说道，“北边拐角那块儿的几栋房子一直在租赁，很有段时间了，租户换过好几茬，前几个还有些印象，后来的就不太清楚情况了。”

张奶奶的视线仿佛落在了很遥远的地方，然后，她回过神来，问道：“你问的是北边楼梯口拐过来的第一家？”

余婳点了点头。

“哦。”张奶奶轻轻应了一声，眼神飘向窗外，似乎在缅怀什么。

“您认识以前住在那家的人？”

“很早以前住在那家的人，我倒是认识，不过那已经是六七十年前的事情了。”张奶奶细眯着眼睛笑着，“那时，我刚上小学，正是调皮爱玩的时候，心思没放在课本上，整天一门心思想着早早放学好回家里玩。因为学校离家不远，我中午经常回家吃饭，有时家里大人给留饭菜，有时自己拿着钱去后街的菜市场上买些现成的吃。我记得有天中午我回到院子里，到了家门前要开门的时候，才发现自己忘带钥匙了。我翻遍了身上的所有口袋，都没找到钥匙，糟糕的是，那天家里留了饭，所以我没带钱在身上。时间一分钟一分钟地过去，我又急又饿，忍不住蹲在家门口哭了起来。就在那时，楼下一位刚从门洞穿过的老爷爷听到声音，折返上楼，关切地询问我为什么哭，那个人就是杨爷爷。”

“杨爷爷……他就是曾经住在那栋房子里的人吗？”

“是的，除了他以外，家里还有……他的小外孙女。”张奶奶说到最后，声音不知为何低沉了下去。余婳疑惑地歪了歪脑袋，只听她继续说道，“杨爷爷的名字是杨青云，他是一位很温和可亲的长辈。那天见到他时，他身上穿着一身天蓝色的半新的工作服，手里提着一兜包子和手抓饼，似乎刚从附近的菜市场买饭回来。他问清缘由后，和善地拍了拍我的手，问我愿不愿意去他家里吃饭、午休，我有些犹豫的时候，他抬手指了指楼下斜对角的一栋房子。

或许是肚子咕咕乱响扰乱了思绪，或许是杨爷爷温和的笑容很温暖可信，迷迷糊糊地，我跟着他去了他家。杨爷爷家里的摆设很简洁，有限的几件家具看起来都很有些年头，雕花大衣柜的把手脱落了，柜门半掩着，大衣柜的柜门上糊着一整张挂历纸，花花绿绿的图案出现在古朴素雅的老式家具上，看起来有点儿不伦不类。不过，当时我并没有深想。”

这时，水壶呜呜作响，喷腾出白雾一般的灼热水汽。张奶奶仿佛从梦中惊醒般，忙拿下水壶，往暖水瓶里灌水，余婳则帮忙洗好茶壶、茶杯。张奶奶将碧玉般沁着劳山灵萃的劳绿泡好，俩人在客厅的沙发前坐下。捧着热气熏腾的茶杯，张奶奶顿了顿，继续说道：

“杨爷爷找出一个搪瓷杯倒了水给我喝，让我到靠窗的沙发那儿先坐一会儿，然后他去厨房找碗筷盛饭。在磕了一个角的榆木茶几上，摆着一件憨态可掬的小狗贝雕，一下子吸引了我的注意，不过毕竟是在别人家里，我不敢伸手去摸，只能好奇地打量着。这时，右脚似乎踢到了什么绵软的东西，我赶紧缩回脚，俯身去看时，发现似乎是个灰色的玩具熊。那时候，寻常家里孩子多，经济条件也不宽裕，糖果、玩具，都算是稀罕之物。我捡起那个玩具熊，心疼地掸去被我的鞋蹭到的黑印子，将玩具熊放到沙发上近距离看时，才发现灰色玩具熊贴着地面的一侧身子是雪白的。看来，这个白色玩具熊被丢弃在那个角落里很有一段时间了。不过杨爷爷家里为什么会有玩具熊呢?

“正想着，只见杨爷爷从厨房端着碗碟出来，碗里盛着几个包子和几块手抓饼，还配着一碟腊八蒜。杨爷爷温和地让我先吃着，然后他转身又回了厨房，片刻后端着同样的碗碟去了里屋。我那时才留意到，墙角尽头背阴处那块低垂的碎花棉布帘子后面，原来是一扇紧闭的门。我刚吃完一个包子，杨爷爷就从里面出来了，身后的门快速地关上，我只看到里面黑漆漆的。杨爷爷的神情似乎有些忧愁，看到我担忧的眼神，他勉强露出笑容，让我好好吃饭。我疑惑他为什么不吃，他却告诉我他已经吃过了。

“很久以后，我才知道，以杨爷爷微薄的工资，日子过得并不宽裕。我那天中午吃的那份午饭原本是他的，但他却只是微笑着看着我狼吞虎咽地吃饭，什么都没有说。”

“他的那份……”余婳觉察到了什么，立即问道，“那另一份呢？家里是不是还有其他人？我想起来了，您刚才提过他有个小外孙女。”

“是的。他的小外孙女。不过那天，我并没有见到她。”张奶奶的视线仿佛落在了很遥远的地方，然后，她回过神来，接着说道，“自那天起，我时常放学后去杨爷爷家玩。杨爷爷喜欢讲故事，还会演皮影戏，他知道我要去，总是会在家里准备一些糖瓜、甘草杏之类的小零食。后来我慢慢知道，杨爷爷在育安水族馆里当展品管理员，因为家里有年幼的外孙女要照顾，单位离着家又不算太远，所以杨爷爷经常中午一下班，就急匆匆往回赶，在附近买饭带回家。当时一知道杨爷爷在育安水族馆上班，我向往得不得了，因为那个年代，普通人家日子过得都很拮据，哪里有闲钱往水族馆跑？但孩子们都知道，那是一个有很多神奇的海洋动物，美得像梦境一般的奇幻乐园。因此，能天天在那样美好得如同飘在云端的地方上班，在当时的我看来，简直是再幸福、再美满不过的事情。不过当时我并不知道，通常的单位，极少有招聘年过五旬的老人的。”

张奶奶啜了一口茶，神情渐渐凝重起来：

“过了大约半年时间，有一天，我到杨爷爷家敲门，却发现家门紧闭，窗户也关得严严实实的，似乎没有人。起初我并没太在意，可是一连过了好多天，始终没看到杨爷爷，我心里总有种不好的预感。后来有一天，我无意中听到家里的大人在和邻居闲聊，她们提到了杨爷爷。原来，早前杨爷爷不知上哪里托了点儿关系，才到育安水族馆当了保安。结果一周前，他突然被水族馆辞退了，具体原因水族馆方面有些讳莫如深，只听知情的人说，似乎是杨爷爷盗窃了水族馆里顶值钱的珍贵藏品。被辞退后在家里没待几天，杨爷爷就病倒了，进了医院。

“当时听到这些，我压根儿就不相信自己的耳朵，那么慈祥温和的杨爷爷怎么可能是小偷！绝不可能！但我还是想当面问问杨爷爷，只要他说没有，我就相信他。等了几天，终于听说杨爷爷出院了，在家里静养。我得知消息后，急匆匆地跑到杨爷爷家，抬起手刚要敲门，却发现门是虚掩的，里面似乎有争吵的声音。有客人来了吗？我正犹豫着要不要改天再来，突然听到一个尖厉的童声愤愤说道：‘您为什么不把我说的告诉馆长，那样的话，您就不会被他们辞退了。我明明看到了，是那个外国小鬼，他是个可耻的贼！’

“我听到杨爷爷轻叹了一口气：‘事情已经这样，说了又有什么用？育安那么大，上哪儿去找呢？而且，那个孩子应该也不是故意的，说不定现在也很担心害怕。’

“那个童声兀地拔高，叫嚷道：‘不是故意，就能害得别人遭殃倒霉吗？当初那个人不也说自己是无心之失吗？’说到最后，那个声音里竟带着几分与年龄不符的阴郁和戾气，听得人心里一颤。

“杨爷爷默了默，温声安抚道：‘小华，你别这样，他到底是你父亲……’

“‘父亲！我可没有那样的父亲！’那个童声陡然拔高了音量，微微嘶哑的声音里竟带着几分凄厉。我忍不住打了个寒战，虽然明知在别人家门口偷窥是不对的，但鬼使神差般，我还是情不自禁地把脸凑到那条微微敞开的门缝处，一只眼睛朝里观望。

“杨爷爷背对着我，他看起来消瘦了不少，一贯挺直的背也隐隐有些佝偻，他面前的阴影中，似乎站着个比我略矮些的女孩，应该就是方才在跟杨爷爷说话的人。我暗自猜测，这个女孩或许就是杨爷爷的那个外孙女吧。这个我从来没有看到过的女孩登时令我感到有些神秘，我忍不住微微侧头，想看清楚她的脸，可惜只瞧见她细瘦苍白的胳膊和一头蓬乱披散的黑色长发，纤弱娇小的身躯似乎包裹在一件宽大的米白色连衣裙中，看起来像一团白色的幽灵。

“我忽然有些后悔，正当我犹豫着要不要先回家时，突然看到了那个女孩的脸！

“那张脸……太触目惊心。那原本应该是一张很精致、很可爱的小女孩的脸蛋，但半张脸上，却有一块块像鳄鱼皮一样已然结痂的深褐色狰狞疤痕。但更令我印象深刻的，是那个小女孩的眼神。像是阴雨天的雾霾，弥漫着一股令人压抑到了极点的死气。”

半张脸像天使，半张脸像魔鬼……余婳的脑海中突然浮现出另一张面孔，但年龄似乎对不上。正胡思乱想，只听张奶奶继续说道：

“不怕你笑话，我当时害怕极了，腿都打起了哆嗦，除了那个小女孩的模样和神情过于骇人，还因为……”

张奶奶说到这儿，似乎嗓子有些不太舒服，她皱眉轻咳了几声，才又继续说道：

“那个女孩，她是故意探头让我看到的。我看到她朝着我所在的方向，微微勾起唇角，露出一个……让人有些毛骨悚然的浅笑。我忽然想起，以前在杨爷爷家里玩时，经常有一种被窥视的感觉，似乎有一双毫无生气的眼睛，在暗中观察着我。现在想来，会不会是这个女孩呢？一切不得而知，但我当时着实害怕极了，连连后退几步，一气跑回楼上，进了家门，一屁股坐在地上，大口大口地喘着粗气。”

“那后来呢？”余婳对这对曾经在孙淑华出现过的房子里居住的祖孙的命运有些好奇。

“后来——”张奶奶眯起眼睛，似乎勾起了不太美好的回忆，她叹了一口气，说道，“自从被育安水族馆辞退后，杨爷爷大病一场，整个人都迅速憔悴下来，不光是身体上，精神上也是。每次我在院子里看到杨爷爷，跟他打招呼，他的神情都是淡淡的，有时候甚至有些呆滞。偶尔去他家里看他时，他也总是心不在焉，虽然仍然会给我预备小零食，但却不再兴致勃勃地表演皮影戏，整个人都委顿了下来。有一次我听院子里的大人们闲话，说起杨爷爷自从失业后，在外面找工作一直很不顺利。年龄大、学历低，而且整个人看着有些魂不守舍，似乎不太稳妥。但最要命的还是传言，一些原本已经雇用了杨爷爷的单位，在得知杨爷爷在原单位因‘偷盗’而被辞退的黑历史后，纷纷无情地将杨爷爷一脚踢开，有的人甚至会冷言冷语地说上几句。

“一个温和本分、要强了一辈子的朴实老人，却被冠上了‘小偷’的污名，找不到工作，这令独自抚养年幼的外孙女、无依无靠的老人越发没了活路。精神上和物质上的双重打击，最终把杨爷爷逼上了绝境。为了糊口，他找了一份搬货卸货的工作。一把年纪了，还要跟年轻力壮的小伙子们一起，从货车上来来回回地搬运着沉甸甸的货物。有一次清早卸货时，货车司机许是头天晚上没睡好，都没有查看车上的货搬完了没有，就发动了货车。结果，杨爷爷正好在货车前弯腰搬起一袋掉落的货物，被那辆突然发动的大货车撞得远远飞了出去，当场死亡。那个肇事司机吓得觉都醒了，当场就开着货车逃走了。”

“那个司机怎么能这样！”余婳的眼睛都红了，她握紧拳头，“那后来呢？有抓到这个肇事司机吗？杨爷爷的外孙女怎么办？”

“过了大半年，那个肇事司机好像终于被捉拿归案，但他们家似乎找了律师打官司，最后只是判了个醉酒驾驶，属于过失杀人，不过是判了几年刑而已。虽然法院判了赔偿，但那点儿钱能顶什么用？好端端的一个人就这么没了。”张奶奶的眼中浮着一层水雾，顿了顿，她继续说道，“至于杨爷爷的外孙女，那个叫孙淑华的小姑娘——”

“孙淑华！”余婳惊讶地脱口而出，险些站起身来。

对余婳过激的反应，张奶奶有些吃惊：“没错，杨爷爷的外孙女叫孙淑华。怎么，你知道她？”

“好像听到过这个名字……”余婳定了定神，含含糊糊地回答道。

张奶奶点了点头，并没想太多，又说道：

“这个孩子也很不容易。据说她父母在她很小的时候就离婚了，天南海北地各奔前程去了，丢下年幼的女儿给她外公照顾。她外公自然就是杨爷爷，杨爷爷退休后原本有些积蓄，但大都花在了给外孙女治病上。说是治病，其实应该是整容。那个女孩子小小年纪却遭了那么大的罪，到了上学的年纪都不敢出门，整天憋在家里，性子也越来越安静。父母不着调，唯一能依赖的亲人又去世了，她孤零零一个人，变得无家可归。”

“她不是有父母吗？”余婳不解地问。

“她父母早几年就跟杨爷爷这边断了联系，原本还断断续续给这一老一小寄点儿钱，后来据说各自又有了新家庭，竟把幼女和老父都抛在脑后。小华，据说后来被一家孤儿院收养了，从此就失去了消息。算起来，她现在应该跟我差不多的年纪。”

看着张奶奶不胜唏嘘的模样，余婳的神色不断变换，终于变得坚定起来。

第十二章 魅夜

夜已深，透过窗帘能看到点点细碎俏皮的星光，大杂院溶在夜色之中，仿佛陷入了沉睡。是时候了！

躺在床上的余婳忽然坐起身，蹑手蹑脚地下了床，走到书桌前，从搭在椅背上的牛仔裤口袋中翻出钥匙环，心念一动，一件叠成手帕大小、果冻一样的透明物体出现在手中。余婳将隐形斗篷披到身上，又躺回床上，闭上眼睛集中精神冥想着。

周围的光越来越暗，越来越暗，她睁开眼睛，发现自己站在一间陌生的房屋中。式样陈旧的雕花红木衣柜、沙发，茶几泛着酱色的光泽，其中一侧的边角似乎磕掉了一小块。置身其中，当真有一种时光倒流的错觉。

这里与张奶奶描述的相同。

在孙淑华曾经的家中环视着，余婳不无感慨。那个曾经与自己同样生活在这个大杂院中的人，为何之后会做出种种匪夷所思的事情？房屋的构造很简单，尚算宽敞的门厅、狭小的厨房、两间里屋。其中一间屋的门敞着，里面堆了一些杂物，另一间屋的门前挂着一块褪色的布帘，门半掩着。

孙淑华曾经的卧室！

余婳掀开布帘，轻轻推门而入。

屋里的摆设也相当简单，一张 1.2 米的小床，旁边有一张带着抽屉的小书桌，墙角放着一大一小两个马扎，靠近书桌的一侧墙壁上糊着一块被裁成四方形的挂历纸，除此之外，再无他物。

余婳走到书桌前，轻轻拉开了抽屉。里面有一些削笔刀、彩色铅笔、橡皮等小杂物，在这些杂物中，静静地躺着一块银灰色表带、金色表盘的小巧手表。余婳拿起那块手表，入手微微有些发凉，表盘背面刻着一朵银灰色的玫瑰花，周围密密地簇拥着一圈小字，上半圆是拼音“QINDAOMEIGUI”，下半圆则是“琴岛玫瑰”。

“琴岛玫瑰——”余婳心里默默念叨着，似乎没听过这个手表牌子。放下手表，她拉开了第二个抽屉，里面只有一个相框。相框中是一张黑白老照片，一位面带微笑的慈祥老人站在公园的花圃前，怀里抱着一个梳着小辫子的两三岁的可爱小女孩。

这位老人，应该就是那位杨爷爷吧，那这个小女孩……

望着照片中笑容明媚、眼神清澈无邪的小女孩，余婳有些难以将她跟孙淑华联系在一起。

年纪与张奶奶相仿的孙淑华，凭借着源力，如今或许仍然是年轻女子的模样。

正当余婳浮想联翩时，周遭空气忽然间如同被挤压的果冻，一股脑儿地朝着她堆叠过来，闷窒的感觉令她霎时感到眩晕。桌椅、小床、门窗，甚至脚下的地面都开始颤动、扭曲变形，像泥浆一样诡异地融成不可思议的模样。

余婳觉得自己的五脏六腑都快随着摧枯拉朽的泥浆一并熔化，脑中沸水般嗡嗡作响，又渐渐静了下去，静了下去……她缓缓合上了眼睛。

“不要闭眼！”一个声音在她心中呐喊，她猛地睁开眼，眼前乌蒙蒙的，灰霾般虚幻。她狠狠地咬住下唇，让自己清醒过来。待视野里的迷雾渐次消散，重又恢复清明，她的眉头不由得皱了起来。

依然是简陋的老式小书桌、一张小床，只不过上面半新不旧的粉色卡通床单，换成了淡紫色的条纹粗布床单。书桌一侧的墙壁上方，原先糊着的那块四方形的老式美女挂历纸不见了，露出一扇四四方方、半掩着的小小玻璃窗。

是幻觉吗？还是说，原先看到的才是幻觉？

余婳垂眸盯着空空的左手，空无一物的手掌兀自保持着抓握的姿势，仿佛前一秒那里还有什么东西。

“啊，对了，那个相框！”

定睛朝书桌上看去，上面空空的什么都没有。余婳的神色渐渐凝重起来，她上前拉开抽屉，浅酱色的抽屉里空荡荡的，仿佛从来没有人居住过的古宅。

这里不是自己先前看到的屋子！余婳心中喃喃道。

正当她脑海中闪现出无数种猜测时，一抹若有似无的甜浓花香，如蒲公英的茸毛般钻入鼻翼，令她禁不住想打个喷嚏。但下一刻，她下意识地屏住呼吸，蓦地扭头朝着外屋的方向看去。

外面的门，突然“吱嘎”一声被推开了。

有人来了。

“会是谁？”余婳轻轻走到里屋的房门前，朝外打量。

有风从门外涌入，脚步声轻盈得像海上的泡沫，一个周身笼罩在灰色斗篷之中、中等身量的人走了进来。

那人进屋后，忽然停下脚步，一只贝壳般皎洁的纤长手臂从宽大的灰色袍袖中伸了出来，五根秀美纤细的手指一翻，一截蜡烛出现在她的掌心。灰袍人微微垂下头，在蜡烛上吹了一口气，一团淡紫色的火焰在蜡烛上绽放。灰袍人抬指在火焰上轻轻一弹，登时，一点点烛火如流星般在屋中飘荡开来，将整间屋子照亮。

“这个灰袍人，会不会就是孙淑华？”余婳暗暗想道。她现在大致猜到，自己仍是在孙淑华的家中，只不过不是几十年前，而是现如今。她一时想不明白，为何会忽然从几十年前蓦地回到现在。联想到孙淑华的一系列匪夷所思的手段，虽然身上披着隐形斗篷，但她还是忍不住生出几分忧虑。

她，应该不会发现自己吧。

不过很快，这个想法就被她自己否定了。

点点淡紫色的火苗如同幽灵一般飘到她所在的卧室之中，在半空中飘浮不定，似乎在寻找着什么。过了片刻，余婳听到外屋的灰袍人突然轻“咦”了一声。

“原来是老朋友来了。”一个轻柔婉转的声音轻笑道。四周太过寂静，这声音的尾音拖得长长的，在屋中回荡着，竟带着一丝鬼魅。

孙淑华探手伸入袍袖中，拈起几张枯树皮一样画着色彩斑斓的图案的纸片，抛到地上，然后抬起手臂在上面轻轻一挥，纸片登时化作点点洁白的碎絮飘散，只留下一团鳞甲模样的深色事物。

“孙淑华这是要干什么？”余婳不明所以地观察着，不知为何，她有一种不妙的预感。

只见孙淑华掂起手中的蜡烛轻轻一晃，蜡烛上的火焰变成了墨绿色。她满意地抿嘴一笑，如同吹蒲公英般朝着墨绿色的火焰轻轻吹了一口气，登时，三五点火苗飘了起来，仿佛有生命般落入地上的纸片中。在余婳惊愕的目光中，那团灰不溜丢的“垃圾袋”突然像吹了气的皮球般快速伸长、膨胀起来，出现了头、身子、四肢，轮廓逐渐清晰起来。

是狗？不对，狗没有鳞甲，而且身子没有那么细长。

是鳄鱼？不对，鳄鱼的腿怎么可能直立起来，而且这么长。

到底是什么呢？

突然，余婳脑中灵光一现——准噶尔鳄！

没错，是准噶尔鳄！看来那天晚上潜入自己家中的准噶尔鳄，果然是孙淑华的手笔。只是，她究竟想要在自己家找什么呢？

不过这些都不是眼下的关键！关键在于……余婳紧紧咬住

嘴唇，不让自己因为太过震撼而发出声音。原来，那些曾经存活在悠远的时空中、已然灭绝的远古生物，竟是这样再次“复生”的。

不，绝不是复生。

余婳看到须臾间已然完成变形的准噶尔鳄，突然睁开双眼，身体微微动了动。

是复制！是复制了远古生物的形体，然后通过某种神秘的力量对它们进行操控。

原来如此。

还没等余婳想明白这些复制体的准噶尔鳄究竟算是什么，只听孙淑华轻声笑了起来，语气愉悦地说：“去吧，帮我把我的老朋友‘请’出来。哦对了，要完整的，活的哦。”

话音一落，那些准噶尔鳄纷纷动了起来，在房屋的各个角落寻找起来。

余婳暗道不好，她虽然隐身，但却是实实在在存在的实体，若是被那些准噶尔鳄撞到，它们立马就会发现眼前的“空气”有问题。怎么办？外屋有孙淑华和准噶尔鳄，想要溜走绝无可能。余婳被困在了里屋，更糟糕的是，她发现自己无法依靠冥想瞬移离开这里。

孙淑华果然已经发现了屋里有人。

无法依靠源力，那就只能智取。可这么个密闭空间，该怎么脱逃呢？

密闭……

余婳忽然抬起头，看向书桌正上方那个窗户。对了，如果能顺着那扇窗爬出去，那么或许能顺利离开这里。

打定主意，眼看有几只准噶尔鳄推开屋门无声无息地跑了进来，余婳赶忙以最轻柔的动作，踩在椅子上快速爬上书桌，站到书桌上面。她抬起头伸长手臂，发现离窗口还有一点儿距离。看来需要踮起脚尖试一试。

那些准噶尔鳄在各个房间中转了一遍，似乎一无所获。一只准噶尔鳄从书桌旁经过时，突然停了下来，缓缓转头看向书桌方向，余婳的心登时提到了嗓子眼里。不过幸运的是，那只准噶尔鳄似乎并没有发现什么，很快便转身离去。这时，她听到外屋的孙淑华不悦地咕哝了一句："没用的蠢货，再给我好好找一遍。"

余婳一动不动地紧紧贴在墙壁上，竖起耳朵留心听外屋的动静。

孙淑华踱来踱去，似乎有些不耐烦，她喃喃说道："有趣，真是有趣！看来得派得力点儿的上场了。不过动静不能弄得太大……"

她的声音越来越低，余婳听得心中越发惊愕：这个人到底又要要什么花样？

不过很快，余婳就知道了答案。

灰暗沉寂的水泥地板上突兀地泛起一丝丝亮光，湿漉漉的，仿佛被雨水打湿了似的。但空气里却没有雨后的清新和萌动，而是飘荡着一股微微的海潮气味。余婳低头望去，发现地面上短时间内竟积起了一汪浅浅的水。

哗——哗——丝丝缕缕的水流缠绕在一起，好像变成了蓝色的波浪，哗啦哗啦地在这个小小的房间里涌动。蓝色的波浪哗哗地起伏着，越涨越高，越来越湍急。

那些准噶尔鳄早已不见踪影，只有湍急的水流如同漩涡般。

余婳望着水中逐渐形成的漩涡，那漩涡如同一个黑洞，似乎有什么会从里面钻出来。

糟了，如果这是海水，那么等海水涨到脚下，隐形斗篷就会失效。余婳心急如焚。

忽然，身后的墙壁陡然变得像海绵般柔软，紧贴在墙上的余婳冷不丁朝后一仰，整个身子登时如同陷入泥沼般不听使唤。她的手脚奋力挣扎着，这时，一双手突然从后伸出环住她向后拖，还未等余婳出声，一个熟悉的声音在她耳畔以只有她能听到的声音低声道："别怕，是我。"

余婳这才松了一口气，身后的墙壁像海绵一样，她越陷越深，突然周围一亮，场景陡然一变。

这里是一间陌生的房屋，在余婳的眼前，李圣和邱老头正看着她。

"这是哪里？"余婳的视线在屋里扫过，好奇地小声问道。

"这里是我家。"邱老头微微一笑，解释道。

余婳想起来，邱老头的房子确实跟孙淑华的比邻。想到这儿，她的脸上不由流露出担忧之色：孙淑华不会找到这里吧？

像是看出了余婳的忧虑，邱老头说道："放心吧，这里很安全。隔壁姓孙的小丫头不会找到这里。"

听他这么说，余婳这才松了一口气，突然又觉得似乎有哪里不对。

邱老头竟然知道孙淑华，还叫她小丫头。

孙淑华虽然看着年轻，但其实有七十多岁了吧。而邱老头，余婳不着痕迹地打量了他一眼，怎么看也不像八九十岁的年纪。

除非，这个邱老头也拥有源力。

想到这儿，余婳瞪圆了眼睛。她所在的一个小小的大杂院中，竟然遇到了这么多拥有源力的人——孙淑华、刘安蓉、孔雷，还有邱老头。而且，邱老头跟李圣竟然在一起，他们是怎么认识的呢？

邱老头招呼李圣和余婳坐下，给他们倒上热水。他把杯子递到余婳面前，看了看她，有些感叹地说道："婳丫头都这么大了，想不到一晃这么多年过去了。"

"听我妈妈说，小时候我常去您家玩儿。"余婳说道，不过实际上她已经没有什么印象了。

"是啊，那时你还没这桌子高，最喜欢在院子里跟着大哥哥大姐姐们玩儿，还喜欢听我讲故事。"邱老头回忆道，"我没想到你会自己跑到孙淑华家里察看，还好我们去得及时，要不然还真的有些麻烦。想必你现在心里有很多疑问，我会慢慢解释给你听。育安和源界的关系，想必你已经知道了。"

见余婳点头，邱老头继续说道："李圣可能还没告诉你，我是这方地界的守护者。”

“守护一族？”余婳惊讶地脱口而出。原来，除了源界，育安也有守护者。难道说，每个地方都有它自己的守护者？

“我并非源界的守护一族。”邱老头摇了摇头，却没有再多做解释，“那个孙淑华，其实我很早以前就在留意了。前些年她摆布着二楼那个爱画画的丫头，自己隐在暗处，最近几年，她似乎有些按捺不住，开始频繁活动。我和李圣这孩子的家里有些交情，所以后来他回不来家，我就去找到了他。”

余婳点点头，她想起李圣曾提过，大杂院里有一位他的旧友。只是没想到，这个人竟是邱老头。

“这段时间，我发现了一些线索，所以跟邱爷爷说了一下，跟他一起在调查。”一旁默不作声的李圣突然开口道。

余婳坦白道：“其实我能找到孙淑华家里，是因为上次在荒魔古境中，我无意间得到了刘安蓉的一本速写本。我找到了速写里画的地方，在那里得到了刘安蓉的一尊雕塑，我从雕塑里发现了一封信。然后，我顺着信里的线索，找到了孙淑华的家里。其实我原本去到了几十年前的孙淑华家，但不知怎的，眼前一晃，又回到了现在，还差点儿被孙淑华发现。”

“原来是这样。”邱老头点点头，说道，“你现在对时空穿梭之力还不能运用自如，倘若去到了拥有强大源力的人的地界，很可能会被强烈的能量波动排斥，被动地退回到现在。”

余婳心有余悸地点了点头，对孙淑华的力量越发忌惮。

“刘安蓉会做雕塑吗？”李圣问道，“是不是有什么发现？”

余婳跟邱老头要来纸笔，她想了想，在纸上快速画起素描。她画了一个年轻清瘦的长发女人，右脸清秀姣好，左边上有一大片黑漆漆的疤痕。

“这个女人，是不是那个曾经囚禁过你的白衣女人？”

“没错，正是她。”

“看来，囚禁你的白衣女人、从‘空’那里骗取能量珠、复制出大量本该灭绝的远古海洋生物的，都是同一个人——孙淑华。”余婳缓缓说道。

“我跟邱爷爷最近一直在调查孙淑华的情况，结果真令我们大吃一惊。”李圣的眼中流露出惊诧之色，“在过去的几十年里，她更换了很多身份，做过驱邪法师，参加过一些五花八门的公益项目，甚至还承包过城建项目和装修队。”

“她做这些干什么？”

李圣拿出一张传送之符，说道：“走，跟我来。”

三人的手交叠在传送之符上，周遭景象快速扭曲起来，眨眼间就更换了场景。清凉的海风吹过，令人精神为之一爽。

余婳扭头看了看附近郁郁葱葱的秀美树木，发现他们似乎站在一座视野开阔的山顶凉亭中，育安城区的景色尽收眼底。

“这里是观象山？”看到李圣点头，余婳不由又问道，“你带我们来这里，是要看什么？”

“你集中精神力，去看下面那些建筑物。”李圣说道。

余婳按照李圣说的去看，却没有发现什么奇怪的地方，夜色下的育安宁静祥和，高低错落的商厦、写字楼、房屋沐浴在星光和月光里，不同于白日的喧嚣和嘈杂，此时的育安看上去仿佛在大海的摇篮中酣然入睡的婴孩。海雾如纱织的帷幔一般，令育安如梦如幻。

等等！海雾不可能弥漫到市中心的写字楼。那么，那些萦绕在建筑物的墙壁上的灰冷暗影，究竟是什么？

再近一些！再近一些！

余婳努力控制着精神力接近其中的一团暗影——阴霾般的灰影后，似乎有无数个灰点。她闭上眼睛，仿佛看见了——最初是模糊的，然后渐渐清晰……

透过那些灰点，余婳震撼地发现，那后面掩映着一些硕大的鱼形图案——是海兽！之所以一眼就觉出是海兽而非其他，自然是因为那些海兽周身弥漫着一种浩瀚奔腾、悠远深邃的气息。余婳双目微合，似乎在聆听什么。她就那么呆站着，连呼吸都忘记了，半晌，才吐出一口气，缓缓说道：

"我看到了……白垩刺甲鲨、旋齿鲨、邓氏鱼、隐锁龙、海王龙、鱼龙……"

余婳每说出一个名字，李圣和邱老头的面色就凝重一分。

不光是各种早已灭绝的远古海洋猛兽，还有巨型海草，如藤蔓、蟒蛇一般密密麻麻地缠绕在高高耸立的大厦上。

"你刚才说孙淑华承包过城建，这些楼房外立面的海兽图案，应该是她的手笔吧？"余婳扭头望向李圣，瞥见他的眼眸中有晦涩的灰光一闪而过，微微一怔，再看时，却如往常一般不见异状。默了默，她不禁叹道："孙淑华到底想干什么？"

李圣显然也有些茫然，他看了看天色，说道："这里不是说话的地方，不如先去我那里吧。"见余婳和邱老头点头，他抬手一挥，周遭的景象再次快速扭曲起来，眨眼的工夫，就焕然一新。

三人站在海滩上，李圣心念一动，他们面前便出现了洁白的桌椅，桌子上还摆着茶点。他给邱老头和余婳倒上茶，这才说道："我的源力正在以极其缓慢的速度衰弱。"

"育安的海域乃至周边的海域，海水的能量都出现了不同程度的狂暴现象。"邱老头说道，"我听李圣说，你们去了海底，见过那条空棘鱼？"

"对。那条空棘鱼叫'空'，它说它感受到海水能量被污染。"余婳点头，"你莫非以前就知道它在育安下方的海底？"

"没错。它是不是告诉你们，它察觉到海水能量的衰竭和被污染，所以力量日渐衰弱，希望你们能够帮助它？"邱老头问道。

"是的。"余婳点点头，"是它令育安诞生，所以我们希望尽我们所能帮助它。"

邱老头却微微摇头，"现在最糟糕的情况，并非它的能量日渐衰弱，永远蛰伏在海底，而是它有朝一日打破封印，破海而出。"

余婳惊愕地看着他，"封印？您是说'空'被封印着？"

"是的。近百年前，育安曾发生过一次规模空前的地震，当时整个育安几乎一半以上的人都遇难了，那真是一场惨烈的浩劫。”邱老头感慨地说道。

“我曾听‘空’提到过，它渴望重返祖地，寻找它的同类，所以想离开这里，没想到会引发大地震和海啸。可我没想到，竟然会是这么惨烈的局面。”余婳说道，“我想‘空’也一定很痛心，自那以后，它没有再尝试过离开。”

“或许，并不是它不想离开，而是不能离开。自那之后，有高人施展法术，以强大的力量封印了育安的海域。”邱老头看了余婳一眼，继续说道，“可是近几十年来，总有一股力量在潜移默化地破坏封印——污染海洋能量，令海水变得动荡狂暴。这会使得生活在海中的有灵智的高等生命紊乱，神志慢慢陷入狂暴状态。”

“您是说，‘空’现在已经神智紊乱？”

“不但如此，总有一天它会挣脱封印之力，届时，整个育安以及周边的城市，都会遭遇灭顶之灾。”

第十三章 自由国度

余婳的脑海中浮现出这样的画面：陷入狂暴状态的空破除封印离开育安的海域，引发地震、海啸，海水倒灌，然后将整座城市吞噬。

如果可以，希望这一天永远不会到来。

“那么，是不是只要找到那位高人加固封印，就能化解危机呢？”李圣想了想，向邱老头问道。

邱老头摇了摇头，说道：“治标不治本，恐怕早晚还是会出事的。”

三人一时都沉默下来。

“它也是不得已的。”余婳想到上次见到空时，从它身上察觉到的异常，不由叹了一口气，“我知道，它想要回家，想要找到它的同类。”

空应该也是借着最后一丝清醒，希望有人能够帮助它、帮助育安摆脱困境的吧。即使对自己有所隐瞒，但想到它孤独地待在海底无法脱身，又只能眼睁睁地看着自己慢慢地神志紊乱。

“邱爷爷，有没有办法，能够既解除封印，让‘空’恢复自由，又能消除育安目前的隐患，保证育安和周边城市的安全呢？”余婳问道。

邱老头赞许地点点头，说道：“你是个好孩子。解铃还须系铃人，若要消除育安存在的隐患，除非孙淑华自己愿意收手。她若藏在自己的源界里不出来，我也奈何不了她。”

“那就没有其他的办法了吗？”余婳问道。

“办法倒是有，甚至可以一劳永逸，只是太难了些。”邱老头思忖了一下，忽然若有所思地看着余婳，说道，“除非从自由国度中寻到镇噩之门。”

自由国度、镇噩之门……余婳不明所以地看向一旁的李圣，却见他眼中也流露出困惑之色。

见状，邱老头顿了顿，耐心地解释道：“要到达源界，必须通过传送之门。而这传送之门，只有拥有源界六大守护一族直系血脉的人，或者某族族长的扈从，才能召唤出来，往来穿梭。”

余婳听到这儿，不由得想起此前的一桩心事，“除了拥有源界六大守护一族直系血脉的人，以及某族族长的扈从之外，还有没有其他人能召唤出传送之门呢？我和李圣在荒魇古境，曾看到刘安蓉召唤出幽蓝境的传送之门，然后她就从那里消失了。”

“绝不可能。通往源界的传送之门，等闲之人无法召唤出来。”邱老头斩钉截铁地说道。

“那她是去了哪儿呢？”余婳不禁疑惑道。

“你看到的蓝色光门，是什么样子的？出现那扇光门之前，有没有发生什么特别的或者奇怪的事情？”邱老头突然追问道，脸上露出若有所思的表情，“之前听小圣讲起你们在荒魔古境遇到的事情时，我倒没有想太多……看来大意了。”

余婳将看到的蓝色光门的模样描述了一番，至于在荒魔古境中的经历，桩桩件件在她眼里都奇怪至极。想了想，她略去了在洞穴潭底的经历以及心里的猜测，将其他事情详细地描述了一番。

邱老头认真地倾听着，中间李圣也会时不时地补充两句。待听完二人的描述，邱老头脸上的神色愈发凝重，半晌，他才说道：

“如果我猜得不错，孙淑华是借助你们的力量，召唤出乱流通道，进了濒临幽蓝境的自由国度。”

“借助我们的力量？”李圣和余婳面上都露出不解之色。

“没错。”邱老头说道，“其实，要到达源界，并非只有经过传送之门。先前我没有同你们讲，是因为那另外的途径太过危险。咱们所在的世界同源界，其实并非两个完全分离、毫无交集的空间。没错，与源界的天然交界部分是客观存在着的，这样的地方叫作自由国度，也有人称之为‘乱流之地’。不过在平常人眼里，并不存在自由国度，他们看到的只有日常的景象，只有受到源界召唤，拥有源力的人才能看到自由国度的真实景象。”

“您刚才说的乱流通道，就是通往乱流之地的吗？”余婳问道。

“对。这乱流通道需要借助极其剧烈的源界能量波动，而且需要是源界同一地域的能量波动，才能召唤出来。但这种通道所能持续的时间极短，几分钟内便会消散。”邱老头耐心地解释道。

“看来，刘安蓉从一开始，就部署好一切，等着我们上钩。借由我们找到那些蕴含源力的化石，然后逼我们用化石中的能量与她斗法。”李圣叹道，“不过我不太明白，荒魔古境是她的地界，凭借她的力量，完全可以自己去找散落的化石，何必要借助我们几个的力量呢？”

“不是不想，而是不能。根据你们的描述，荒魔古境里散落的化石，都是水系能量，不具备水系源力的人，无法感应到那些水系化石的准确所在。”邱老头说道。

“这么说来，我、李圣，还有孔雷，拥有的源力都是水系的？”余婳问道，“难道说，还有木系、金系、火系、土系的源力？”

“是这样的。”邱老头点头道，“拥有源力的人，其源力的属性与所在的地域、亲族和一些后天因素有关。比如你们，自小生活在育安，父母双方或其中一方是育安本地人，那么身上所具备的源力就是水属性。”

“明白了。”余婳点头。她忽然想到一件事，不由得自责起来，“如果我没有用那面鱼龙舞的小旗，或许她不会那么快得逞。”

“鱼龙舞？”邱老头望向她，“能给我看一下吗？”

余婳将鱼龙舞从储物囊中取出，递给邱老头。

“这是哪里得来的？”邱老头沉吟片刻，问道。

“这……是一位前辈送的。”余婳说道，“这面小旗，是不是有什么不妥？”

“这倒不是。”邱老头微微摇头，将鱼龙舞递还给余婳，“不过在源界时，最好不要在人前使用此物。”

“啊，为什么？”余婳不解道。

“你小小年纪身上带着这样的宝物，难免会引起有心之人的觊觎。”邱老头笑笑，如此解释道。

但余婳却觉得，邱老头方才的神情，似乎隐瞒了什么，但他显然不愿多说。他轻咳两声，继续说道：

“刚才说到自由国度，那里因为受到地球和源界两种不同的磁场的影响，里面的气候、环境、植被，甚至时间，都很可能是错乱的，但也因此孕育出一些奇珍异宝，镇噩之门就是其中之一。镇噩之门据说能够稳固界面，若是找到它，即使那条空棘鱼离开，也不会引发大规模的海啸和地震，育安和周边城市可保安然无恙。不过，若是想将潜藏在育安中的污浊能量根除，永绝后患，则难度更大。”

“邱爷爷，不管什么办法，我们都愿意一试。”李圣说道。

一旁的余婳也跟着点了点头，旋即问道：“我们去自由国度的话，会不会遇到刘安蓉？”

“应该不会。源界有句俗语：‘人不能两次踏进同一条乱流通道。’”

“那你先前提到的另一样宝物，也在自由国度之中吗？”余婳又问道。

邱老头犹豫了片刻，最终，他叹了一口气，说道：“我也不知它究竟是否存在，因为那是一种传说中出现过的神奇之物。”

余婳和李圣目光专注地看着邱老头，期待他继续说下去。

“与育安交界的自由国度之中，有一团神奇的能量——净世之光。”

听到邱老头说到“净世之光”四个字，余婳心中一震，她想起了在幽蓝境的蜃楼之中，那位神秘的影师傅曾讲过的话。

余婳沉浸在震惊之中时，一旁的邱老头继续说道：“净世之光是一种拥有强大的净化之力的能量，相传来自源界中一个已经消失的神秘的地方，它的形态应该是一团光芒。”

古源界、净世之光、荆棘指环……余婳心底突然有一种很微妙的预感。

李圣问道：“那净世之光要去自由国度的什么地方寻找？”

邱老头想了想，露出一个古怪的表情：“沿着育安与源界的交界寻找，应该会有答案。因为我能感应到它就在离我们不远的地方——育安与源界交界的自由国度。关于这一点的最好证明，就是育安本身。”

“育安本身？”余婳和李圣坐直了身子，不明所以地看向邱老头。

“没错，育安本身。”邱老头微微点了点头，说道，“红瓦绿树，碧海蓝天，在现在这样的工业化进程中，国内到哪里还能看到育安这样美得纯粹又宁静的城市？尤其是海滨，这里的海水是比琉璃还剔透的湛蓝色，沙滩上是被阳光温养过的金黄色的细沙，礁石是仿佛国画颜料晕染的赭红色……从来没有其他的海滨城市，能够拥有这样的海。”

“您是说，是散落在源界和育安交界的自由国度中的净世之光发挥的净化作用在影响着育安？”余婳问道。

“是的，倘若能找到它，将它的力量与育安融为一体，就能净化掉育安海域以及城市中已然存在的污浊能量。”邱老头说道。

“与育安交界的自由国度，难不成就在育安市区？”余婳想了想，问道。

“没错。”邱老头点了点头，“与育安交界的自由国度，与海有关。我曾经测算过多次，却只得出‘海’‘桥’‘门’。”

海、桥、门，有海有桥有门……育安市区说大不大，说小不小，要如何从那么些海、桥和门中找到唯一答案呢？余婳冥神思索着。

如果这三个字所指的是同一个具体的事物的话——海上的桥，桥上有门……

余婳的脑中飞速闪过相关的事物……大海、栈桥……她几乎是脱口而出：“回澜阁！”

一旁的李圣听了余婳的话，略一思忖，不由点头道：“似乎，很有可能是回澜阁。其余的海滩上要么没有桥，要么没有建筑。不过，我记得回澜阁是不对外开放的，我们总不能破门而入吧？”

破坏公物，总归不太好。

“对啊。”余婳这才想起，回澜阁似乎一直是大门紧锁，不对外开放。但，想到回澜阁，她心底深处似乎浮起一抹海雾般的幻影，高耸平滑的无字石碑、如鱼如澜的屋顶纹路、螺旋如迷宫的楼梯……余婳蓦地一怔，这……会是哪里？

邱老头似乎没有觉察余婳神情的异样，他从口袋里摸出笔和记事本，提笔在上面飞快地画出一个极其繁复的图案，抑或是符号。奇怪，邱老头明明用的是普通的墨水笔，但这个图案完全画好后，却突然泛起一片耀眼的金色光芒。

感觉像是影师傅的那册暗红色册子中的“开”字。余婳心想。

那个图案慢慢从纸上浮了起来，轻飘飘落到邱老头的手上，像一张小巧的剪纸画。邱老头将它递给二人，说道：“带上这个，届时你们找到门上的锁，将这个符号拍到门锁对应的位置即可出入回澜阁。刚才我说过，自由国度受两种不同磁场的影响，里面的环境、气候、时间等都是混乱无序的，也就是说，很可能前一秒风平浪静，后一秒就飞沙走石，海水暴涨；或者会出现疯长的植物和极端的天气变化，难以想象。”

见余婳和李圣表情凝重，邱老头继续说道：“不过所幸自由国度里并非一直都是如此，每天的夜间，源界和地球的磁场斥力最小时，里面的状况相对稳定。所以你们如果要去，得在夜间行动，并且无论成功与否，都必须在天亮之前离开那里。我知道你们拥有不弱的源力，但我不希望你们冒太大的风险。”

余婳和李圣点了点头，“我们会谨慎的。”

余婳看着那个“开”字，想到了邱老头以前给她的那张包烤地瓜的黄纸，还有上面的内容，忍不住开口问道：“邱爷爷，您给我的那张包地瓜的纸上的《安鱼谣》，不知有什么来历？上面的文字，就是源界的语言吗？”

邱老头点头道：“那首《安鱼谣》上的文字，是源界的语言没错。不但如此，它还是最为深奥的古源语。”

“古源语？”

“古源语来源于源界早先一个已消失的神秘国度，因为古源语奥妙无穷，因此以古源语记载的多为一些高深的法术。”

“《安鱼谣》是一种法术吗？”

“可以这么说。古源语记载的法术中，有很多是以歌谣形式呈现的，且与海洋相关的极多，《安鱼谣》便是其中威力极强的一种。这种歌谣能够震慑海洋中的生灵，涤荡污浊邪恶的意念。”邱老头说道。

“我记得李圣用笛子吹过一段很奇妙的曲子，那莫非也是古源语记载的一种法术？”余婳问道。

“没错，那是《夜巡歌》。”邱老头说道，“只有懂得古源语，并且源力具备相应的属性，吟唱出相关歌谣时才能发挥出威力。小圣的源力是夜晚，所以《夜巡歌》在他那里能够物尽其用。”

“哦。”余婳神思不定地点了点头，突然又问道，“我的源力，难道是海洋吗？”

“当然。”邱老头点头道，“所以我才会将《安鱼谣》交给你。”

听到这个意料之中的答案，余婳不由得微微点头，同时，心底深处却又觉得哪里有些不妥，究竟是哪里不妥呢？

“是不是可以理解为，这个《安鱼谣》等同于能够加固空棘鱼王——空的封印？”李圣沉吟片刻，忽然出声问道。

“可以这么说。”邱老头微微点头。

“你是不是想到了什么？”余婳看向李圣，见他一脸若有所思的表情。

“也没什么，我只是忽然想到了早前的海滨循环广播。”李圣说道。

“海滨循环广播是什么？”余婳好奇地问道。

“我记得上小学的时候，栈桥一带有很多扩音喇叭，经常二十四小时播放音乐，有世界各地的名曲和经典歌谣，也有一些叫不上名字的歌曲。”李圣回忆道，“我记得其中有一首歌，旋律十分奇特，现在想来，跟《安鱼谣》竟十分相似。”

“我好像没有留意到。”余婳有些遗憾地说道。

“现在已经没有了，将近二十年前，海滨循环广播突然停掉了。据说是有人投诉，说广播扰民。”

李圣说完，和余婳对视了一眼，俩人心头同时闪过一个念头：有人通过海滨循环广播的形式播放《安鱼谣》，以此加固空棘鱼王空的封印。

可是这个人，又会是谁呢？

俩人向邱老头提出这个问题，邱老头想了想，说道：“我没太留意这个海滨循环广播，按理说懂得并且能吟唱《安鱼谣》

的人极少，此事确实有些奇怪。”

余婳看了看邱老头，他的表情很坦然，但余婳总觉得，他似乎隐瞒了什么事情。

“邱爷爷，您这次跟我们一起去吗？”李圣问道。

“恐怕不行，这段时间我不能离开这里。”邱老头摇了摇头，继续说道，“你们此去务必谨慎。相传人间与源界的交界处，会有异兽把守。那些异兽处于沉睡之中，一旦遇到入侵者就会苏醒，所以你们一定要万分小心，量力而为。婳丫头，你是不是有什么想问的？看你想事情想得眉头都皱起来了。”

余婳有些不好意思地问道：“邱爷爷，您听说过黑死禁术吗？那到底是什么东西？跟古源界的消失是不是有什么关联？”

邱老头的神情很是诧异，但旋即又恢复常态。沉吟了一会儿，他才说道：“黑死禁术，相传是古源界存在的时候，末代君王的孪生兄长所创的一种诡异莫测、拥有强大力量的法术。”

“这是一种杀人的法术吗？”余婳问道。她总觉得这个名称就透着股邪异的法术会很不寻常。

“相反，这种法术非但不会杀人，还能令腐朽的枯骨长出血肉，让死者起死回生。”邱老头的表情有些奇怪，“是真真正正地活过来，恢复生前的一切记忆和能力，而不是行尸走肉的人形傀儡。”

“听起来，似乎是好事。”李圣说道。

“但这些通过黑死禁术复活的人，心里的阴暗面会被无限放大，也就是说，他们内心原本潜藏的贪婪、邪恶、狂妄、自私、嗜血、怨恨、嫉妒等种种负面情绪会被无限放大……这样的人，会变成比魔鬼还要可怕的存在。”

邱老头的叙述，令李圣和余婳有些不寒而栗。只听他继续说道：“末代君王的这位孪生兄长原本是王位的顺位继承人，他自幼天资聪颖，在法术上造诣极深，甚至还创出不少新的法术，轰动一时。在他二十多岁的某一年，他无意间创出一种能够令人和动物‘起死回生’的神奇法术，并将其命名为‘神造术’。但还没来得及高兴，却发生了一件乐极生悲的事情。不知怎的，这位王子自己竟中了‘神造术’，陷入了昏厥状态。原本起死回生的法术用在了活人身上，活人变成了活死人。

“王子一连昏睡了五年，始终没有苏醒的迹象。最终，国王只得将王子的弟弟，也就是后来的末代君王立为继承人。又过了六年，就在这位末代君王即位两年，并统治得风调雨顺的时候，某一天，那位昏迷中的王子突然睁开了眼睛。他得知了发生的事情后，一言不发，当天夜里便独自悄然离开王宫。不久，这位昔日的王位继承人带着一支实力强劲的军队，前来攻打王宫。那支军队里不光战士，就连战马都是被大王子以‘神造术’复活的，这些复活的战士和战马，仿佛魔鬼附身的暴君般，在战场上残酷暴戾地杀虐着，因此，末代君王方的军队将邪异的‘神造术’称作‘黑死禁术’。那是一场漫长而惨烈的战争，谁也不知道最后发生了什么，只知道包括王宫在内的整片国土，以及末代君王和他的兄长的军队，一夕间全部消失得无影无踪。”

“好恐怖的黑死禁术，幸好现在已经不存在了。”余婳感叹道。

邱老头脸上的表情却有些凝重，“应该是这样。不过，或许是我想多了……那个孙淑华很有些古怪，我总觉得事情不那么简单，你们还是尽量不要跟她正面交锋。”

“您是不是怀疑孙淑华的法术跟黑死禁术有什么渊源？”李圣想了想，突然问道。

邱老头神色一震，点头道:“没错，不过这个孙淑华十分警觉，现在更是难以追查其下落。总之，一切要小心谨慎。”

“嗯，您放心。”余婳点头应道。

李圣想了想，问道：“邱爷爷，我们进了回澜阁，去哪儿找镇噩之门和净世之光？”

邱老头一拍脑门，有些懊恼地讪笑道：“差点儿把这个给忘了。婳丫头，你可以把你那盆通灵草带上，那可是个好东西。”

邱老头竟识得通灵草，余婳着实吃了一惊，她想起看到准噶尔鳄潜入家中的那天晚上碰巧遇见邱老头的事。他懂得古源语，知道源界的事情，还能认出通灵草，着实不简单。

想起那个在源界幽蓝境中碰瓷之后又故意卖给她通灵草的小贩，余婳心里不禁疑惑，他究竟为什么要碰瓷，把通灵草塞给自己？而且，他是除了自己以外唯一能看出化石是蓝色的人，这又是为什么呢？

邱老头皱眉思忖了一下，又从口袋里翻出一个巴掌大小的暗金色圆盘，那圆盘上有三条细细的凹线，形成一个正三角形，正三角形的里面，有一个核桃大小的圆形凸起，泛着异样的光芒。

“这个你们也拿去。用的时候朝里面灌注源力，便能形成一个稳定循环的磁场，能够指出镇噩之门和净世之光所在的大致方向。对了，这上面的圆轴也大有用处，当它完全变成透明的时候，就代表自由国度将要迎来混沌无序的白天，所以你们必须在圆轴完全变成透明之前离开那里，即使找不到，也不要勉强。这一趟我总担心会起波折，你们一定要保存好这个罗盘。”

“可是，我们怎么找到回去的路呢？是要原路返回吗？”余婳想了想，问道。

“你们什么时候要回去，只需在这个圆轴里输入一道力，就可以循着圆轴散发的光柱指引的方向回来。”

余婳和李圣点了点头，心里多少有了些打算，就在这时，邱老头突然一拍脑门，懊恼地叫道：“哎呀，把最重要的事情给忘了！”

避开余婳和李圣有些惊讶的目光，邱老头轻咳一声，讪笑道：“这个罗盘需要三种不同的源力才能启动，也就是说，需要三个拥有同属性源力的人同行。你们别看我，我可不行。”

李圣哭笑不得，无奈地问道：“一定要三个拥有同属性源力的人才能启动吗？”

“没错。”邱老头认真地想了想，很肯定地说道。

好不容易出现的曙光突然黯淡下来，余婳和李圣的神色都有些怅然，邱老头也有些不好过，只能在一旁安慰道：“你们可以想想，认不认识什么有源力的朋友……”

但说着说着，邱老头的声音渐渐弱了下来，显然对自己的说法感到不太自信，毕竟拥有源力的人不是大白菜，茫茫人海，上哪儿去找呢？

不过，李圣和余婳的眼中却是渐渐亮了起来，他们面面相觑，心里想到的是同一个名字——孔雷。

“李圣，要不你去大杂院的二楼找孔雷吧，就在之前见到他的那一片儿，他应该在那里。”余婳不知想到了什么，忽然抬头对李圣说道，“我……有点儿事想跟邱爷爷说，过会儿再走。”

“那好，我先去找孔雷，回头再来找你们。”李圣轻轻点了点头，跟邱老头和余婳道别，利落地起身离去。

“婳丫头，是不是有什么话要问我？”待李圣走后，邱老头忽然问道。

“邱爷爷，您给我的那张包烤地瓜的黄纸背面写的字，您还记得吗？”余婳突然问道。

“字？什么字？”邱老头有些迷惑地说道。

“‘不要轻易相信身边的任何人。’”余婳盯着邱老头的眼睛，一字一句地说道。

“……哦，我想起来了！”邱老头愣怔了片刻，突然露出恍然的表情，呵呵笑了起来，“看我，上了年纪，记性都不太好了。那时担心你被周围的陌生人蒙蔽，所以写了那么句提示。”

“原来是这样。”余婳点了点头，“那源界的事情，您能告诉我真实的情况吗？”

“你指的是什么？”

“李圣、孔雷，甚至刘安蓉、孙淑华和其他所有因拥有超强的感应能力，逐渐被人世间排斥、剥离，被困在属于他们的源界。但他们所处的空间，真的是源界吗？”

邱老头脸上的笑意突然散了。

“如果说，李圣他们的源界是一个个剥离的独立空间，那么这些空间无疑并不是完全无交集的。这些空间会慢慢地挤压、叠合，所以，李圣曾在‘自己的源界’里看到其他拥有源力的人，也看到过一些荒芜的弥漫着灰雾，并且不受自己力量支配的不毛之地。我想，那些不毛之地以前是不是曾经有其他的拥有者？”余婳看着邱老头，不想错过他眼中的一丝情绪，“那些人现在在哪里？”

她记得刘安蓉在从荒魇古境消失之前，曾说了这样一句话，“除非时光能够倒流，回到他们被源界摄走心神之前。你以为现在的他们，还能回归正常人的世界吗？”

那时刘安蓉似乎意识到不妥，停住不再往下说。然而自那之后，余婳心中便存了疑惑：那些拥有源力，在一方属于自己的空间中按照自己的意愿，开辟出一个或瑰丽或奇特的天马行空的小世界的人，现在都在哪里？

这个疑问在余婳的心中酝酿了很久，她并不觉得邱老头对李圣抱有恶意，相反，她能感受到邱老头对李圣的真切关爱。那么，他为什么会隐瞒、误导李圣呢？至于李圣，他自己一点儿也没觉察出什么吗？

余婳看着邱老头，邱老头也看着她。片刻，只听邱老头轻叹道：

“你果真是个聪明的孩子。这件事现在我确实还不能告诉你，但相信我，这对于李圣来说，并不是坏事。”邱老头温声说道，“有的时候，隐瞒是为了保护，这个道理你慢慢会明白的。”

隐瞒是为了保护？

余婳凝视着邱老头，想要反驳，却一时不知道该说些什么。

第十四章 秘境

计划不如变化快，到了余婳三人约定行动的那天晚上，出现了棘手的突然情况。

“您怎么回来了？”余婳晚饭后刚写完作业，听到大门外锁眼的钥匙响动声，她起身走到门厅处，结果看到妈妈背着包走了进来，“您今天晚上不是上夜班吗？”

“哦，有个同事明天一早家里有急事，所以跟我换班了。”妈妈边把包挂到衣架上，边随口说道。

妈妈不上夜班，晚上怎么出门跟李圣和孔雷会合呢？余婳不由发起愁来。

就算能披着隐形斗篷偷偷从家里溜出去，但出门时总归会有声响。余婳设想了各种可能，始终找不到万无一失的方法，只得望着墙上的钟表在心中暗暗发急。

她在客厅看了会儿电视，又随手翻了翻杂志，还把通灵草搬到客厅的茶几上，浇了点儿水。余婳时不时抬头看一眼墙上的钟表，只觉得每分钟都漫长得像一个夜晚。说起来，妈妈今晚似乎有些奇怪，她坐在灯下，捧着一封信默默出神。但妈妈不睡，她的计划更没有可能实施。

“妈妈，你不睡吗？”余婳问道。

“我过会儿再睡，你先睡吧。”说着，妈妈将信收好，起身走向厨房。过了一会儿，余婳似乎听到了洗菜的窸窸窣窣的声响，还有锅放到煤气灶上开火的声响。

百无聊赖又心急如焚，余婳只得先回卧室，躺在床上盘算着今晚的计划。不多时，从虚掩的门缝中飘来一股浓郁美味的香气，像是土豆猪肉炖芸豆。余婳吸了吸鼻子，只觉得脑中紊乱的思绪更难厘清了，她苦笑着望着天花板。

闭上眼睛，头脑开始混沌起来，满肚子心事仿佛一团棉絮，在无边的混沌中悠悠荡荡，不知道飘移了多久，唯有心底还留着一丝清明。

“现在可不是睡着的时候。”余婳的思绪飘飘忽忽地想道，然而此时，一缕缕低柔的，仿佛能融化月光的声音不知从哪里飘来，是有人在耳畔轻声唱着催眠曲？身下仿佛是轻柔的波浪摇着，悠悠地，悠悠地，还想睡觉，上眼皮想要睁开，下眼皮却不愿醒来。

半睡半醒之间，外屋的灯似乎灭了。听到大门开阖、门锁翕动的声音，余婳在黑暗中睁开眼睛，坐起身来。

是妈妈出去了吗？还是自己在幻听？

余婳趿着拖鞋走出卧室，果然，外屋陷入了一片黑暗之中，静得能听到院中起风的声音。

“妈妈——”她对着虚无的黑暗，轻轻地唤了一声。

没有人回应，就连回声也仿佛被无尽的黑暗吞噬了一般。

没来由地，余婳心中感到一阵不安，她赶忙摸索着身后的墙，按开了灯的开光。

客厅里安静极了，厨房、卧室中也寻不到妈妈的踪影。看了看时间，11点多了，妈妈会去哪里呢？

余婳百思不得其解，但转念一想，她突然眼中一亮——自己是不是可以去找李圣和孔雷会合了？

然而，她却怎么也打不开大门了。随着时间一点一滴地流逝，她眼中的光渐渐黯淡下来，除了失望、沮丧，还有疑惑——妈妈为什么这么晚出门？又为什么要反锁家里的大门？

或许，是担心自己的安全吧。毕竟大杂院近期可能会拆迁，院中的住户也越来越少。

但眼下，她怎么出门呢？

余婳在客厅踱来踱去，爬窗？不行，她家的窗户装着栅栏，根本没法翻出去；进入梦境用灵魂状态过去？会发生什么情况她完全无法预测和控制。她苦笑着看了一眼门厅方向，除非把门撞开，否则真想不到其他的方法。

"哐啷"一声，将余婳从深思中惊醒，她定睛一看，只见通灵草的花盆歪倒在自己脚下。她赶忙蹲下身将花盆扶起来，所幸盆没碎，只是磕掉了一块口子，盆中的泥土撒出来了一些，湿漉漉地泛着水光。

一定是刚才不留神，碰到了茶几上的花盆。余婳有些自责地将地上的土一点点掬起来，放回花盆中。

“咦？”像是发现了什么，余婳手中一顿，眼神定定地望向茶几的桌脚。

花盆中撒出的泥土和水渍，慢慢地沿着桌脚，渗透进去。可是，地上明明铺着防渗水的地板砖，不是吗？

余婳将花盆放到一边，缓缓起身。她走到茶几的窄侧，突然伸手推了推茶几，茶几没有动，再稍微用力，茶几向另一侧稍稍错开了一些。

“难道，是我想多了？”余婳摸摸下巴。但与此同时，还有一个声音在余婳心底响起，“你这就放弃了吗？”那个声音平和微弱得如同海面上泛起的涟漪，却带着让人难以拒绝的魔力。

“可是，我还能做些什么呢？”余婳喃喃自语道。

忽然，她眼中一亮，邱彦祖可以用古源语作为开启的钥匙，她为什么不能用古源语试试呢？

这么一想，她从茶杯中蘸了点水，在茶几上用古源语写了一个“开”字。等了片刻，茶几并没有什么变化，不死心的余婳又在茶几上写了一个“鱼”字，多少抱着些死马当活马医的态度，因为她能写出的古源语只有这两个。

茶几动了。它向着一侧缓缓地退开，原先的地面上，露出一条琉璃色的台阶，一眼望不到底。

“这是……”

惊疑不定地打量着突然出现的地下阶梯，余婳犹豫起来，下面会通到哪里？为什么自己家会有这样一条通道？

余婳望着琉璃色的台阶，总觉得，台阶通往的地方，会有一些对自己来说很重要的答案。她定了定神，沿着台阶走了下去。

台阶的尽头，是一条仅容一人行走的狭长的路。这路由一块块凸起的水色琉璃砖铺砌而成，泛着柔和而朦胧的白光，明镜般光滑的砖面上，倒映着上方如星如月的烂漫光辉。

路的两侧，是汩汩流淌的无色的水，稍微有点稠，仿佛一搅就会颤动。一个晶莹剔透的巨大的长方形匣子停在水面，随着水波微微摇曳。随着余婳的脚步，匣子也缓缓地向着未知的方向浮动。

“好奇怪的匣子。”余婳心想，她朝着匣子里打量，发现匣底映着水光，空无一物，几片洁白柔嫩的花瓣飘洒在匣子旁的水面，随着水波越飘越远，直到消失在视线的范围内，如一掬海水消失在大海中。它们看起来是那样轻柔，还能看到纤巧朦胧的花蕊，如触须般姿态优美地在水中滑动，比白桃花灵动，比紫丁香温暖。

不！那不是花瓣，分明是凋零的水母。

这里是哪里？是通往海的世界吗？

余婳有些茫然地望着远去的水母，似乎想到了什么，又似乎什么都没在想，脚步却不自觉地加快了。

如同行走在山中，脚下的路时起时伏。除了水母，余婳还看到一些从未见过的鱼，它们如同睡着了一般，随着水流缓缓向前。有的生着银色的珍珠般皎洁的鳞片，有的身体潋滟着彩虹般雨过天晴的明媚色彩，它们的模样不相同，却都是美的。

波浪形、流动状，如同睡梦中的流水。倘若这些鱼儿醒来，必定会借着健壮的鳍，劈风斩浪。

余婳心里感到一阵温暖，油然而生一种憧憬。

它们要去的地方，一定是一座比想象的梦幻世界中还要华美的宫殿，贝壳、粉色珊瑚环绕。宫殿中没有一盏盏多枝水晶大吊灯熠熠生辉，取而代之的，是贝壳中绽开的珠光，那珠光如冉冉月华，却又那么鲜活美妙，仿佛带着轻缓柔和的呼吸，神秘而朦胧，潋滟着海的美梦。

余婳想得出神，没有留意到脚下水色的琉璃砖渐渐变成了淡蓝、水蓝。待她留意到的时候，不禁吃了一惊。

“呀——”

倒不是因为琉璃砖突然变了颜色，而是她看到了砖下的世界。

火红、粉红、橘黄、淡紫、墨绿……各种颜色错落而和谐，如云絮、如游丝、如飘带，又如散漫的星痕。闭上眼睛，余婳能够想象到那火烧云一般氤氲着烟霞的珊瑚丛，缠绵交错、婆娑舞动的海藻，还有绚丽如锦的鱼儿。

或许，不是琉璃砖变了颜色，而是下方的世界换了天地。

好奇妙的感觉！如果说下方是水的世界，那么前面召唤着她的，又是何方？

或许，很快就会知道答案了吧。站在琉璃砖小路的尽头，望着云雾迷蒙的水面，余婳想道。她若有所思地看着一旁静静浮动，仿佛在等待主人召唤的匣子，犹豫了片刻，跳了上去。

这个匣子一路上始终跟着自己，仿佛，就在等待这一刻。

果然，她刚在匣子中坐稳，就感到匣子动了起来。

“我倒是要看看，这匣子到底要带我去哪里。”打定了主意，余婳倚在匣内的靠背上，感到一种莫名的心安。她沉静地望着云雾笼罩的前方，嘴角扬起淡淡的笑意。

透明匣子在水中稳稳地前行，前方是迷迷蒙蒙、无边无际的雾气。余婳觉得自己仿佛驾着玻璃船，要越过大海，直到大海尽头。隐隐地，隔着雾气，她似乎看到了朦胧的洁白的光，下意识地揉了揉眼，仿佛有光飞进眼睛里，却不觉得有一丁点儿刺痛。

然后，云雾渐渐淡去，露出一座郁郁葱葱的岛。待透明匣子渐渐靠得近了些，余婳看到绿木掩映的岛上矗立着一片宫殿群建筑，正中是一座神庙，宫殿的四周是精美的装饰圆柱、秀丽的花园。

“这是什么地方？”余婳一下坐直身子，眼睛眨也不眨地盯着岛上的宫殿。

“孩子，你终于来了。”宫殿的方向，飘来一个温和亲切，又莫名让人感到有些熟悉的女子的声音。

“你是谁？我可以知道这里是什么地方吗？”余婳说道。

然而，那个声音却没有回答她的问题：“时间不对，或许不久的将来，你就会知道答案。我可以送你一件礼物，或者帮你实现一个心愿，你有什么想要的或者想实现的吗？”

“什么都可以吗？”余婳望着宫殿的方向，出神地低语道。

想要的、想实现的……太多太多。

下个月的校运动会上能取得一个好的名次；

期末考试的题目不要太难；

爸爸在外出差能顺顺利利，早日回来；

顺利考上好的高中，好的大学，让爸爸妈妈为她骄傲；

变得更聪明、更多才多艺，学会画画、下棋，或者游泳，都可以；

…………

还有，余婳微微握起拳头，深埋心底的暗流涌动——爸爸、妈妈。

爸爸、妈妈，还有她自己。自己能否看到爸爸妈妈重新在一起的那一天？只有到那一天，她才能重新拥有一个完整的家。

“我希望能……”余婳刚一开口，突然一怔。她想起今晚与李圣、孔雷的约定。如果自己失约，李圣和孔雷独自前往源界寻找宝物，会不会遭遇波折甚至危险……

咬了咬牙，她像是下定了决心，“您能将我马上送到栈桥吗？”

那个声音似乎微微有些诧异：“可以。但我能知道，你为什么会提出这个愿望吗？”

“我和我的两位朋友今晚有个约定，这个约定关系到一件非常重要的事情，所以，我非去不可。”

那个声音再次响了起来："原来是这样。好的，你的愿望会实现的。"

说罢，宫殿的方向突然投射来万丈光芒，将余婳笼罩其中。最后，所有光芒汇聚成一点亮光，消失在她右手中指的指根处。

"去吧。等看到一条隧道时，你留心头顶上方砖块的颜色，当看到灰色的砖块时，你数到第三块，把那块砖掀开，就会看到你想去的地方。"

不待余婳回应，匣子再次动了起来，向着另一个方向漂流。不多时，匣子果然进入一条狭长、幽暗的隧道中。余婳仔细地留意着头顶砖块的颜色，当看到灰色的砖块时，她站起身，当匣子靠近第三块砖时，她将它用力掀开。登时，皎洁的光芒散落下来。

余婳心中一喜，忙顺着空隙爬了出去。

眼前的地面仍是灰色的石砖，泛着泠泠月光。抬头看了看四周，玉兰花灯、海、尽头的回澜阁，果然是到了栈桥。余婳松了一口气，只是不知李圣和孔雷会在哪里等自己。

正想着，忽然身后传来一个声音。

"余婳，你怎么会从栈桥下面冒出来？"

余婳转过身，看到孔雷和李圣站在不远处的灯柱下，一脸匪夷所思地打量着自己。

"一时说不清。"余婳讪讪，"稍后跟你们慢慢解释。你们到了多久了？"

"我们也才到一会儿。"李圣说道，"今天这里有些不寻常。"

不寻常吗？余婳望了望四周，月色低迷，夜幕沉沉，暗色的海潮起伏动荡，是个满潮。

“你觉得哪里不寻常？”余婳问道。

“海水是有周期性涨落规律的。若按照规律，现在应该已经退了大潮。可眼下，却涨了满潮。”李圣皱起眉头，“而且，我总感觉今天的满潮有些不寻常……”

“看起来跟平时涨潮时没什么区别啊。”孔雷看了看海面，嘟囔道。

李圣摇摇头，面色凝重：“不对！你们看，起风了。”

顺着李圣的视线，余婳看到远远地有暗色波澜如乌云般翻滚、迫近，心中突然“咯噔”一声。她忽然想到王晓琪曾说过，栈桥曾被风浪拍断。若是再有如那次一般汹涌的风浪席卷而来，漫过栈桥，将栈桥击垮……

余婳赶忙回过神来，应该……不会这么巧合吧？

李圣抬手看了眼手表，说道：“快到12点了，咱们可以行动了。”

三人走到回澜阁前，李圣将邱彦祖交托的图案拍在门锁的位置上，门却纹丝不动。

“怎么没有反应？”孔雷有些奇怪地问道。

“我再试一下。”说着，李圣再次将图案拍在门锁上，这次仍旧没有丝毫反应。

“奇怪，回澜阁不就这一个门吗？怎么没反应？”余婳也有些惊讶。

“要不我绕着回澜阁再看一眼？”孔雷提议道，“看看还有没有其他的入口。”

“也好。”李圣点了点头。

孔雷离开后，李圣仍盯着门锁出神，似乎在想些什么，他时不时抬起头，看一眼远处的海面。

水流湍急汹涌，撞击着远处码头的礁石，绽开一团团浑浊而滞重的暗之花。余婳不由想到，若是此时有人敢冒险到水中，必然会被高高托起，下一秒，甚至被海浪击得粉身碎骨。

不知不觉，起雾了。浓雾涂白了扶栏。不知是呜咽的风声还是翻涌的波浪，在栏杆上敲出一个个单调的声响。

迟则生变。余婳脑海中闪过这句话。

“咱们能先把门锁破开，进去再想办法吗？一会儿风浪会越来越大，我总觉得心里有些不踏实。”余婳说道。

李圣说道：“你说得没错。不过这道锁我刚才仔细看了看，似乎不太寻常，里面的设置非常烦琐，很难破开。除非把整扇门都卸掉。”

“这怎么办？”余婳也犯了难，她抬起头，正好看到孔雷从回澜阁的一侧走了过来。看到余婳和李圣征询的目光，他无奈地摊开手，显然一无所获。

“你们确定真的是这里吗？”孔雷指了指身后的回澜阁，有些疑惑地问道。

“应该不会有错。而且，咱们可以验证一下。”李圣想了想，还是肯定地说道。他拿出罗盘，“如果回澜阁真是源界和育安的物理交界处，那么咱们将输入源力的罗盘贴近回澜阁的大门时，它一定有反应。”

“有道理。”余婳点了点头。

“我先来吧。”李圣说着，将手指点向罗盘凸起的三角形图案的一条凹槽上，那条凹槽慢慢变成了蓝色。

孔雷也走到罗盘前，手指点向一条凹槽，那条凹槽缓缓由古铜色变成墨绿。

余婳也伸出手指，点向最后一条空余的凹槽，看着它变成了略微透明的白色。

三种不同颜色的源力连接在一起，登时绽放出光芒，被簇拥的三角形凸起如同活了一般，缓缓地转动起来，尖端指向大门，便停了下来。

“果然是这里，不过为什么打不开门呢？”孔雷看到罗盘的指向，先是松了一口气，而后又有些苦恼地说道。

灰蒙蒙的雾气弥漫开来，在周遭的海面上拉起帷幕。听不到风的呜咽，看不到浪的翻滚，天地间似乎重归静寂。

只是——

余婳感觉栈桥两侧，浊黑的浪花拍击着扶栏，水位竟快要与栈桥的路面齐平。她甚至能想象到积聚了海上全部力量的风浪，铺天盖地地席卷而来，将栈桥和回澜阁击得粉身碎骨。

“顾不得这么多了，咱们得想办法赶紧把门弄开。”余婳扭头对李圣和孔雷说道，“风浪越来越大，我担心会有危险。”

“应该不会吧，涨潮时有点儿风浪，也是正常的。”孔雷说道。

他刚说完，三人忽觉背后一湿，原来是高高抛起的浪花溅到了衣服上。他们表情一变。

“顾不得了，只好先强力把门破开了。”李圣面色凝重，他抬手朝着夜色一挥，一束银灰色亮光在他手中缓缓凝实，显现出一柄短剑的模样。李圣用短剑砍向门锁，登时有火花迸出。他继续砍了几下，终于将门锁砍了下来。

“咱们走。”说着，李圣边推门边朝孔雷和余婳示意，三人快速闪身钻入门内。

第十五章 菊石迷宫

靠在门上，感觉风浪声从脑海中隔绝，余婳这才松了一口气。回澜阁里漆黑一片，或许是门窗长久闭锁的缘故，空气中有股淡淡的霉味，混杂着海水的咸涩味。

随着李圣掌上亮起一团白色的光晕，他们终于看清了回澜阁中的光景。

阁内十分空旷，木结构的屋梁和门柱，对面有条木扶梯通往二楼。

孔雷指着他们正对面立着的一块高大的石碑，惊讶地问:“这里怎么会有石碑？”

是的，谁也想不到，回澜阁内正对大门的位置，竟会立着一块高约两米，但空无一字的石碑。

“无字的石碑……”余婳走到石碑前，发现石碑表面仿佛被岁月打磨出了一层包浆，看上去格外光滑细腻，只在碑身最上方的正中间位置，凹下一块巴掌大的长方形。

李圣走到她的身旁，打量着石碑，说道：“这碑上，似乎原本有字，但后来被磨掉了。”他似乎还想说什么，张了张嘴却没有出声，只是眼神变幻不定地盯着碑身。

“以桥相连，海中之门……你们说，这句话指的会不会不是回澜阁的大门，而是阁内正对大门的这块无字石碑呢？”

“你这么一说，确实有可能。”孔雷想了想，说道，“要不咱们试试？”

李圣点了点头，他祭出符号，向着石碑贴近。只见从石碑中迸射出耀眼的白芒，晃得人睁不开眼。余婳只觉得天旋地转，眼睛被光灼得睁不开。忽然，她感到被一股强烈的吸力牵扯住，猛地将自己向前一拉。

等他们重新睁开眼睛，发现仍旧站在回澜阁中，只不过石碑跑到了身后时，不由有些不知所措。

“还是回澜阁啊。这到底是什么情况？”孔雷有些傻眼。

“不对，这里不是回澜阁！”李圣快步上前，走到楼梯口仔细地看了几眼，回头说道，“你们看，楼梯跟刚才的不一样。”

“怎么不一样，跟之前的位置、样子都一样啊。”孔雷边嘀咕着边走了过来。

“楼梯……多了一层……”余婳站在楼梯口，朝下方打量了一眼，惊诧地看向李圣。

除了原本通往二楼的楼梯外，眼前的楼梯还多了一段通往下方的楼梯。两侧的墙壁泛着磷火般的幽微光芒，映出楼梯台阶赭红色的光影，那光影呈螺旋状，向下延伸，一眼望不到底。

“欸，怎么会有地下？”孔雷也发现了异常，差点儿跳起脚来，“可是回澜阁的下面是海啊，这楼梯难不成是通到海里的？”

李圣看着罗盘，上面的三角形尖端指向了下方的楼梯，他想了想，说道：“看来，咱们要去的地方就在下面。”

三人面面相觑，点了点头，然后一前一后地下了楼梯，李圣拿着罗盘走在最前面，余婳跟在他身后，孔雷走在最后面。

谨慎地踩着楼梯台阶一级一级地往下走，余婳几乎能听到自己的心跳声，一步，两步，三步……三十四步，余婳的呼吸愈发急促起来，隐隐觉得有哪里不太对劲儿。

哦，是声音！是脚下的声音。

然而现在没有声音，一丝声音都没有，听不到踩在木质楼梯上那种吱嘎吱嘎的声响，仿佛双脚被珊瑚绒地毯包裹住一般，可是似乎又有些说不通，脚下的台阶分明感受不到丝绒的柔软和厚度，每步都踏实万分，就仿佛在一块块礁石上走过。

对！就像是走在礁石垒砌的阶梯上！

两侧珍珠白的墙壁仿佛是浪花堆叠的一般，泛着难以捉摸的粼粼波光，即使没有照明，也不会看不清眼前的路。余婳的目光落在墙角，不由一顿。

墙角生着一串串拇指肚大小的青黑色海虹，水滴形的壳子被丝带般的海藻缠绕。

余婳揉了揉眼睛，似乎不是幻觉。她转头看向走在前面的李圣，却见他手搭在楼梯扶手上，侧着头微微垂眸，似乎在思索着什么。顺着他的目光，余婳瞥了一眼楼梯扶手，似玉非玉的光滑表面，生着海水一样的纹路。那是一种海洋般的蓝色，纯净得无与伦比，越是细看越令人觉得心中平和。不过，为何自己方才并未留意到呢?

听到余婳轻“咦”了一声，李圣转过头，眼眸中的复杂神色尚来不及收敛，默了默，他低声叮嘱道:“我总觉得这里有些古怪，咱们要多加小心。”

想到生出海虹的墙脚，余婳不由点了点头，她看了看楼梯扶手，轻声道:“这个楼梯扶手的颜色真好看，我刚才都没留意到。”

“这是……”李圣正说着，忽然听到身后传来孔雷的惊呼声。

“啊，墙上怎么都是贝壳!”

余婳和李圣急忙转过身，只见孔雷迷惑又有些新奇地站在墙壁前，手指在上面戳戳点点。

余婳站到孔雷身旁，惊奇地发现，墙壁上似乎真的生着一层层白色的贝壳。她方才并未凑到墙前，只觉得上面似乎有波纹，原来竟是贝壳。

或许，在自由国度里看到任何稀奇古怪的景象，都不必觉得匪夷所思吧。

孔雷突然扭头看了看周围，有些奇怪地嘀咕道:“我怎么觉得，楼梯好像越来越宽了。”

的确，原本三人需要一个接着一个排成一列行进的楼梯，不觉间，就连三人并肩站在一起，也不会拥挤。究竟，是从什么时候开始的呢?

然而，令余婳隐隐感到不安的，是楼梯的终点。

终点在哪里?

盘旋曲折的楼梯，蜿蜒向下，朝着下方望去，只能看到海水般潋滟的楼梯扶手螺旋般蜿蜒盘旋，层层递减式向下延伸，如漩涡，如叠浪，无限蜿蜒。随着光线逐渐幽微，楼梯扶手的蓝色纹路，也由清澈宁静的淡蓝，逐渐变为蔚蓝、灰蓝、黑蓝，直至归于黑暗。

余婳终于想起，为什么觉得眼前的景象有些眼熟了。

异形菊石。

她曾和李圣在海底见到过一块巨大的菊石，而眼前的螺旋蜿蜒、无穷无尽的楼梯，似乎与那块菊石的纹路颇为相似。如果这么想的话，三人就像是被缩小的海葵或者藤壶，置身在宛如迷宫的菊石的纹路之中。

“这里确实有些古怪。”李圣点了点头，他低头看了一眼手中的罗盘，方位并没有错，然而镇噩之门和净世之光，究竟会在什么地方呢?

楼梯越走越宽，三人并肩前行，李圣沉默地盯着罗盘，而孔雷还是饶有兴致地贴着墙壁，边走边打量着，时不时抬起手指敲击几下。

“啊，你们看！墙动了！”突然，孔雷瞪大了眼睛，指着墙壁的方向，跳着脚叫嚷道。

余婳和李圣吃了一惊，忙扭头看去，却见动的不是墙壁，而是组成墙壁的一枚枚贝壳，正缓缓绽开，露出一颗颗颜色、大小各异的珍珠。淡紫、银白、浅粉、金黄、淡蓝、墨黑……五光十色的珠光交汇在一起，令人目眩神移。

“好美！”余婳不由赞叹道。

“不可思议。”李圣也走到墙壁前，凝视着一颗颗珍珠，但他的眼神有些飘忽，似乎在想些什么。

“你怎么了？”余婳注意到他眼中片刻的失神。

“没什么。我是在想回澜阁的门锁。”李圣面露沉吟之色，“那个门锁里面的设置精密烦琐到难以想象的程度，即使是以源力化剑，也无法一下子破开。可是，回澜阁为什么会配这样一把锁呢？”

的确，阁内既没有什么珍贵文物需要保护，本身也算不上热门景点，这样一个不对外开放的小小阁楼，为什么会配如此精密的锁呢？

余婳低头思索。

不对外开放、烦琐精密的门锁、神秘的无字石碑……一道灵光猛地从余婳脑海中闪过，她抬起头，正要开口跟李圣说话，忽然听到身后孔雷的惊呼声。

“啊，真的是珍珠！”一旁传来孔雷兴奋的声音。

余婳和李圣转过头，看到孔雷正低头看着摊开的手掌惊呼。他的掌中静静地躺着一枚滚圆的弹珠大小的淡紫色珍珠。

在余婳和李圣瞠目结舌的注视下，孔雷又迅速从贝壳墙上抠下了几颗珍珠，“你们俩也拿几颗看看？”

“别抠了！”反应过来的李圣忙上前阻止了孔雷，说道，“这墙上的贝壳突然开了壳，透着些古怪，咱们还是不要随便动这里的东西。”

孔雷有些悻悻，但还是点了点头，“那我把这些都放回去。”但他的手刚碰到一个空荡荡的贝壳，只听一声清脆的摇晃声，贝壳掉到了地上。

“不是我！”孔雷慌了神，连忙摆手，“我没用力。”

他正忙着解释，只见几枚失了珍珠的贝壳，如皲裂的墙皮般脱落坠地，发出一声声脆响。

“你们看！”李圣指着墙壁，“墙后面似乎有东西。”

余婳和孔雷转身，只见贝壳脱落的墙壁上，露出两掌大小的一片清澈晶莹的水光。

“是水？”余婳稍微走上前几步，仔细地打量了几眼，“玻璃墙？”

“而且，墙外有水。”李圣托着腮站在一边，眼中露出沉吟之色。

“你们的意思是，我们所处的地方，一墙之隔全都是水？”孔雷反应了过来，脸上的表情有些难看。余婳忽然想起，孔雷有些怕水。

余婳和李圣脸上的表情也有些凝重：如果他们一直走下去，究竟会通往哪里？

“外面好像什么都没有。”孔雷朝外面打量了一会儿，突然，他身子一颤，踉跄着倒退了几步，险些撞到李圣身上。几颗珍珠从孔雷的手中滚落，滴溜溜地在台阶上滚动几下后，顺着台阶无声无息地滑了下去，晶莹的珠光须臾间被无尽的黑暗湮没，如同坠落深渊的白昙花。

“你看到什么了吗？”李圣扶住孔雷，见他脸色苍白，眼瞳中满是受惊后的震颤之色，右手紧紧攥着衣角，不住地颤抖着。

孔雷慢慢回过神来，他长出一口气，心有余悸地缩成一团，蹲在地上。

外面究竟有什么东西，会把孔雷吓成这样？

余婳想了想，对李圣说：“我去看一下。”

李圣看了她一眼，似乎有些犹豫，但还是点了点头，叮嘱道：“要小心。”

余婳点了点头，慢慢走到玻璃墙前，定了定神，朝外看去。

无色又略微带着点浑浊的水。一滴一滴，汇聚成浩瀚的水世界。

什么都没有吗？余婳将视线下移，只见水的颜色略微深邃了一些，粼粼波光中，似乎有鱼儿游动。

原来是海。

这条看似没有尽头的楼梯，会是通往海底的吗？余婳想不出所以然，她扭头对李圣和孔雷说：“外面好像是海，咱们会不会是在海里面？”

“育安和源界的物理交界处在海中，这倒不奇怪。而且邱爷爷说过，镇噩之门和净世之光生于海中，看来咱们的方向没弄错。”李圣说道。

“咱们现在是要一直向下走吗？”望了望一眼看不到底的楼梯下方，余婳眉头微蹙，忍不住轻声问道。

“等等。”李圣似乎想到了什么，“我觉得这个楼梯有些不对劲儿。你们说，它会不会是幻觉，与我们有关的幻觉？”

“你是说，这个楼梯是凭借我们的想象出现的吗？”

“这个空间或许是真实存在的，但楼梯，以及我们现在看到的一切，或许是出于我们的想象。比如这个楼梯扶手，绝不可能是真实的存在。”李圣看了看楼梯扶手，“这种石头叫海纹石，是一种罕见至极的矿石，全世界只有多米尼加才有，怎么可能出现在这里，还用来砌成楼梯扶手呢？如果你们都没有见过海纹石，那或许，与我有关……”

李圣的眼底深处闪过一抹哀痛，似乎想到了什么不愿提及的回忆。

余婳想了想，说道:“这么说来，我看到的海虹、海藻、礁石，也可能是出于我童年时赶海的回忆吧。对了，孔雷，你有没有发现什么奇怪的事情？”

她扭头看向孔雷，却见他脸色苍白，一双漆黑的漂亮眼睛仿佛没有焦距般，怔怔地看着脚下。

余婳突然想起第一次在大杂院的二楼见到孔雷时的情景，那双毫无情绪、深沼一般的眼睛，至今仍让她印象深刻。眼下的孔雷与记忆中初见的印象重叠，如同……

无端地，余婳脑海中浮现出一个精致漂亮，却缝着一双黑纽扣眼睛的布娃娃。余婳摇了摇头，觉得太荒唐了。

孔雷听了余婳和李圣的猜测，不知想到了什么，整个人瑟缩了一下，他勉强笑了笑，垂眸轻声道："没……没什么……"

"哦。"余婳点点头，她看了看李圣，"你说，我们现在该怎么办？难道真的要一直这么走下去吗？"

李圣的神情也有些迷茫，他凝神思索了片刻，突然眼中一亮，"如果我们现在是在能够根据来者的回忆，或者说，潜藏在内心深处的执念进行幻化的空间，那么，若是我们反过来利用这一点，去想象镇噩之门和净世之光，这样会不会得到一些线索和提示呢？"

"可是，咱们不知道镇噩之门和净世之光的样子。"余婳说道。

李圣微微苦笑："这倒是。这样一来，我一时也想不出办法了。"

正说话间，俩人突然听到一丝幽幽的叹息声。只见孔雷扶着身后的楼梯扶手，缓缓站起身来，"这里真的能感应到我们内心的幻象，幻化出相应的事物或场景吗？"

"应该是这样。"李圣的手轻轻地摩挲着楼梯扶手的表面，他的唇角挂着淡淡的笑意，可是，他的脸上流露出的却是余婳未曾见过的痛苦表情，"这海纹石的楼梯扶手，并不是雾里看花的虚无幻影，而是切切实实能感应得到的。"

"切切实实……能感应得到……"孔雷喃喃地重复着李圣的话，声音越来越低，最后像是在风中战栗的蜡烛，陡然熄灭。

余婳和李圣都察觉到孔雷的异常，余婳走近几步，问道："你怎么了？”她看到孔雷的额角隐隐有汗珠渗出。

孔雷却没有立刻回答她，他眼神飘忽地朝四周看了看，突然转过身，将目光投向无尽的楼梯下方。

余婳顺着他的视线，朝着楼梯下方看去，螺旋向下、无限延伸的楼梯最深处，仿佛笼罩在浓雾之中的寂静的深渊。余婳觉得，孔雷此刻的表情，仿佛是看到了什么黑色的巨大生物，正屏住呼吸潜藏在深渊之中，一双空洞而又深不可测的眼睛正盯着他。

“我又在胡思乱想什么。”余婳有些不自然地别过眼睛，她不想承认，自己害怕那双深渊之中的“眼睛”会突然漫不经心地眨一眨。

只见孔雷歪着头微微垂着耳朵，似乎在仔细倾听着什么，搭在楼梯扶手上，白得如同海纹石的白色纹路的右手，下意识地颤抖了起来。

“你们……有没有听到什么声音？”

他没有回头，余婳无法看清他的表情，但他话中的意味令余婳心中打了个冷战。她原本并没有留意到有什么异响，此时突然听到孔雷的话，她下意识地竖起耳朵，仔细地分辨四面八方的声响。

呼吸声。心跳声。除此之外，很静很静。

余婳闭上眼睛，极远极远地，仿佛听到了风的呼啸声和浊重的翻滚声。看不见色彩，只有一片混沌的朦胧光影，散发着丝丝淡得几乎可被忽略的泥土气息。

不对！

余婳猛然睁开眼睛。

那不是海！

孔雷站在她的正前方，一双漆黑的眼睛，恰好与她的视线相对。如墨的瞳仁中倒映着她内心的惶恐，如旋涡般，慢慢扩散。余婳怔怔地开口道："那到底是什么？"

"我看到……"孔雷茫然地看向余婳，嘴角微微地抖动着。

李圣突然快步走上前，按住孔雷的肩膀，说道："不要说。"

"晚了。"孔雷微微仰头，眉眼似弯非弯，用一种奇异的眼神看着李圣，"它已经来了。"

三人一齐朝楼梯下方的最深处望去。

一片黑暗。突然，无尽的黑暗被撕裂开，露出一抹暗褐色的幽光，旋即重归黑暗。

不敢多看，余婳匆匆收回目光，问一旁的李圣："现在该怎么办？"

"我们赶紧往回走！"李圣当机立断，沉声道。见余婳、孔雷点头，三人立即转身，快步朝着来时的方向跑去。

只要离开自由国度，一切幻象自然会消失。然而，他们跑了很久，却始终没看到来时的楼梯口。

"不对。"李圣停下脚步，微微喘着气，说道，"咱们来的时候，顶多下了三十几层楼梯，可是现在，咱们跑了这么久，却还是没看到楼梯口。"

"咱们是被困在这里了吗？"余婳急忙问。

“似乎是这样。”李圣苦笑，他指了指上方楼梯的一处墙壁，说道，“你看那面墙。”

顺着李圣所指的方向，余婳看到那面墙壁露出一块仿若透明的玻璃状事物，惊呼道：“那……那不是咱们之前看到过的那面墙壁？”

余婳心中一沉，他们跑了这么久，却仿佛是困在这几层原地打转般。可是……似乎有一丝亮光在她脑海深处飞快地划过，还不及细想，脚下的楼梯传来微微的震动，三人面色一变。

似乎有极其钝重的事物，被起重机拖着，一点一点往楼梯上方挪着。空气里飘来一丝极淡极淡的铁锈味，夹杂着一种奇异的甜腥。

这时，余婳突然抬起脚步，朝着楼梯上方跑去，她来到那面露出玻璃的墙壁前停下了脚步，怔怔地望着那块玻璃出神。还没等李圣和孔雷开口，她突然扭头朝二人招手，“快，你们快过来，或许我们能离开这里！”

余婳指着那块玻璃，对赶来的李圣和孔雷说道：“我们把这面墙壁上的贝壳掀掉，露出更多的玻璃墙壁，若是能打破这玻璃，说不定能够离开这里。”

孔雷对这块玻璃似乎心有余悸，他别开目光，微微瑟缩了一下。但对于余婳的建议，他还是表示了同意。三人掀掉一些贝壳，露出足够一人走出的玻璃墙壁。

李圣说道：“我来试一下。”

说着，他两掌向上翻开，淡蓝色的光点从他的指缝间散射出，他走上前，双手伸向玻璃墙壁，做了一个向两侧拉扯的动作，仿佛是在掀开窗帘。随着他的动作，玻璃光幕缓缓向两侧裂开，却并没有水渗进来。

或许，方才看到的外面的水，也是幻觉吧。余婳心想。

见玻璃光幕拉开了一道足够一人走出去的缝隙，李圣面上微微露出一抹喜色，但他刚一松开手，玻璃光幕的裂缝又骤然合拢。

“看来，只能一个一个离开了。”李圣略一沉吟，说道。

孔雷瑟缩了一下，显然不太情愿做第一个尝试者，但若不是他便是余婳。最后，孔雷一咬牙：“那……我先试试吧。”

“出去后留意安全。如果觉得有什么不对劲，赶紧回来。”李圣说道。他再次抬手，待星星点点的蓝光聚拢，再次将玻璃光幕拉开，露出一道宽敞的裂缝。

孔雷深吸一口气，侧身从裂缝中走了出去。他离开缝隙的瞬间，身影就蓦地消失。片刻后，外面传来他的声音：“外面都是雾气，什么都看不到，不过似乎没有什么危险。”说话间，他的身影突然再次出现，朝着余婳伸出一只手，说道：“别担心，慢一点儿。”

余婳扭头看向李圣，李圣周身的蓝色光点的颜色似乎淡了不少，他微微抿着嘴唇，似乎有些吃力。察觉到余婳担忧的目光，他微微一笑，说道：“不必担心，你先出去吧。我随后出去跟你们会合。”

余婳点点头，她知道耽搁得越久，李圣的消耗越大。咬咬牙，她闪身钻入裂缝之中。裂缝后的未知的所在，只能看到伸手相迎的孔雷，让她略微有些心安。脚步略微虚浮地踩在白茫茫的雾气上，扶着孔雷的手站稳身形，余婳转身，只见玻璃光幕上的裂缝越来越小，她不由心中一紧。

“快出来吧。”余婳叫道。她有一种极其不好的预感，那个不断沿着楼梯逼近他们的声音，究竟是什么？

李圣朝着他们微微点头，正欲跨出裂缝，突然，他神色一变，扭头朝身后的楼梯下方望去。

“怎么了？”孔雷似乎也听到了什么异响，紧张地问道。

余婳循着李圣的方向朝后望去，不由倒吸一口凉气，僵在了那里。她看到赭红色的楼梯上渗出了红黑色的黏稠汁液，黏住了李圣的右脚。更令她心惊的是，楼梯下方的黑暗之中，忽然闪现出一团之前看到过的黄褐色的幽光。余婳握紧拳头，她方才没有多想，现在想来，那幽光……分明是眼睛！

那究竟是什么动物的眼睛？余婳不敢再继续想下去，她急忙上前对李圣说：“咱们快走。”

“你们有没有听到什么声音？”一旁，一直在四下张望的孔雷突然惊惶地指着楼梯上方。

咕嘟——咕嘟——咕嘟——

哗——哗——哗——

余婳、孔雷和李圣不约而同地抬头望向楼梯上方，只见有水顺着楼梯潺潺流淌下来，水量越来越大，一眨眼的工夫，就没过了李圣的脚踝，从李圣打开的裂缝中灌了出去。

李圣吃力地撑着玻璃光幕上的裂痕，似乎抬不起腿来，“你们先走！”

一个物件突然抛落到余婳怀中，她赶忙接起，定睛一看，原来是罗盘。余婳还想说什么，突然，她听到轰隆隆的水声，还没来得及尖叫，就感觉整个人被水托了起来，猛地朝上浮去。

一阵天旋地转，眼前掀起一阵铺天盖地的白芒将她和孔雷笼罩，旋即她眼前一黑，失去了意识。

第十六章 奥菲利亚

余婳是被耳畔汩汩的水流声唤醒的。

她缓缓睁开眼，白色的灯光柔和如春日的浮云，却又皎洁明亮。余婳坐起身，揉了揉眉心，打量着四周。

这是哪里？

身下是一汪清澈透亮的碧蓝，以手轻轻触碰，摸到的是平整而光洁的表面。蓝色的大理石地板，蓝色的玻璃地板，抑或是蓝色的水晶地板？

想到玻璃地板，余婳不由想到李圣，忙扭头看向四周。空旷开阔的空间里，一眼望不到人，两侧的墙壁上挂着一幅幅画框，竟有些像置身画廊。

即使是画廊，也绝不是寻常所见。一张张风格、内容迥异的画，仿佛有生命般。画着湖泊的画上，能看到粼粼的水光，映着夕阳的影子；画着沙滩的画上，能看到天上云絮般呢喃的风，度假的游人微微被风吹皱的衣裙。

“咦，这幅画……”余婳好奇地打量着一幅似乎是中国古代粉彩画的海兽图，上面有一些看起来稀奇古怪的海洋生物，画得十分精细，却又有一点儿漫画的萌感。她凑近几步想看得仔细一些，突然脚下一绊，她不禁吃了一惊，低头一看，“孔雷——”

眼眸微合的孔雷斜倚在一旁的柱子后，脸色略微有些苍白。

余婳蹲下身轻轻摇晃着孔雷，半晌，他才慢慢睁开眼。等听了余婳说的情况，他眼中的迷茫之色越发浓厚，他站起身打量着四周，不由好奇起来。

“这里，是画廊吗？”孔雷在一幅幅画前走过，语气有些疑惑和兴奋，“不可能，这些世界名画怎么会在这里？简直不可思议，这一定是仿品……”

孔雷眼神热切地打量着一幅幅画，不知在想些什么。

“这些画很有名吗？”余婳问道。

“当然。”孔雷指着方才余婳好奇的那幅海兽图，认真地说道，“你看这幅，这是清代画家聂璜画的《海错图》局部。你以前不是待在京平市吗？《海错图》原本的前三卷就在故宫博物院，你没有看到过吗？”孔雷有些惋惜地看了余婳一眼。

余婳有些不好意思，她以前去故宫博物院的时候，真的不曾留意。“你对美术很感兴趣吗？”

“嗯。我以前学过几年画画。”孔雷漫不经心地说了一句，便不再多说。

余婳指着刚才看到的一幅画着海滨风光的油画，问道：“那这一幅呢？”

孔雷定睛一看，略一思忖，笑道：“那是法国19世纪的风景画家欧仁·布丹的《图维尔的沙滩》，布丹很喜欢画海。”

“真美。”余婳朝着这幅画仔细地看了看，只见清澈的蓝天上飘着薄薄的白云，灿烂的阳光洒满大海和沙滩，神情愉悦的人们在沙滩上或撑伞漫步，或观赏海景。沙滩左侧稍远处，一个小姑娘和一位打着绿色小阳伞的女子出神地看着大海和沐浴者。

余婳突然发现，这个长廊与自己在育安水族馆中看到的长廊，以及在梦中和荒魇古境中看到的长廊有些相似。

她忽然想起了什么，从口袋中掏出罗盘。想到下落不明的李圣，心中不由沉重起来。罗盘上，三道凹槽中的光芒还在闪烁，李圣的蓝色光芒略微黯淡了几分，但并未消散，这说明他没有生命危险。余婳这才略微松了一口气。

等等，罗盘的指针似乎指向画廊深处的一侧墙壁。难道，镇噩之门或者净世之光就在这里？

余婳眼中一亮，她对孔雷说道：“你看，罗盘指向那个方向，说不定能发现镇噩之门或者净世之光。”

孔雷闻言也是精神一振，“那我们赶快过去看看。”

俩人随着罗盘指示的方向，不一会儿，来到画廊深处的一幅画像前。罗盘指针定定地指向画像。

“这……这不是米莱斯的《奥菲利亚》吗？”孔雷有些傻眼，“总不会这幅画就是镇噩之门？”

“《奥菲利亚》……”余婳缓步走上前，口中喃喃念叨着。白色野玫瑰盛开的河岸上，柳枝低拂，长满水草的碧色小河中，仰面漂浮着一个半张着嘴、星眸微合的美丽女子。华美古典的衣裙四散展开，令她看起来仿佛是睡在丝绸绣床上一般。她的双手微微举起，右手上原本握着的一把五彩缤纷的花已然散开，点点飘落在水中。

整幅画弥漫着一种悲凉却又梦幻的奇妙气息，余婳越走越近，看得入了神。

一旁的孔雷自顾自地说道："这幅画是拉斐尔前派三位创始人之一米莱斯的代表作。奥菲利亚你知道的吧，那是莎士比亚的《哈姆雷特》里的虚拟人物，最后因为精神错乱，失足落水。"

原来是失足落在水中啊。余婳的耳畔断断续续飘来孔雷的话语，但她却全神贯注地凝视着画中女子，她有着春天般清澈纯净的美貌，眼中却洋溢着抒情诗般梦幻迷离的奇异光彩，她轻启朱唇，一个个梦呓般的音节从口中溢出，交汇成一首古老的歌谣，她仿佛感觉不到处境的艰险，又好像她本来就生长在水中一般。空气中弥漫着芦苇叶和柳枝的草木清香，野玫瑰的醉人芬芳，还有另外一种诗一般华美、梦一般缥缈，令人沉浸其中的芳香。

动了，画中的奥菲利亚动了。

浓郁的乌丝仿佛月影一般，轻轻地随着水波浮动，她随着潺潺流淌的河水，轻缓地漂浮着，漂浮着，仿佛要一直漂到无忧的净境。

"等一等！"余婳的心底突然冒出一个声音，她抬起手，想要挽留越漂越远的奥菲利亚。这时，她突然觉得头犹如炸裂般疼痛起来，她忍不住皱起眉头。当她再看向画时，却发现画中的景象陡然一变。

依然是汩汩流淌的水波，却由缀满水草和浮萍的绿水变成了剔透如水晶的水，白色的花瓣飘洒在水面，如雪花般轻灵曼妙，却多了一分动人的芬芳。水的两侧，不再是葱茏的草木，而是一块块微微凸起的水色地砖。

啊，是那里。

余婳有些迷惑地打量着四周，这才发现，自己正站在一块透明的地砖上，稍远些的水面上，美丽如诗的女子如人鱼般静静地漂浮，缓缓向前漂着。

余婳下意识地抬起脚步，追逐着水中女子的身影，待跑得近了，她突然怔住。

水中的女子如同一朵睡莲，乌黑的长发随着水波飘散，洁白的衣裙上缀满芬芳的花瓣。她似乎是睡着的，唇角淡淡的笑意，似乎包含着一个遥不可及的梦。

“妈妈——”余婳喃喃道，她下意识地抬起手，伸向水中沉睡的妈妈。然而，妈妈却越漂越远。

“等等我——”余婳提起脚步，快步追了上去。近了，近了，她的手已然触碰到妈妈的裙角，然而手中握住的却只有一把洁白的花瓣。她不由着急起来，脚下的步伐加快，终于拉住了妈妈的胳膊。

“啊——”余婳没有站稳，掉入了水中。

周围的空气骤然变得沉重起来，暖烘烘的，仿佛泡在温水中似的。好憋闷，她忍不住闭着眼睛在水里挣扎起来。

不断下沉，下沉。然后，开始缓缓上浮。

然而余婳的目光紧紧追随着上方那个漂动的白影，从水中这个角度仰头望去，那朵浓白笼着一团白蒙蒙的亮光。

余婳的手触向那团光，想要抓住妈妈的胳膊，然而手触碰到光晕中，却抓到了一个四四方方的硬木板模样的东西。“究竟是什么东西？”余婳心中略一分神，妈妈又漂远了一些。她赶忙回过神来，再次将手伸向妈妈的方向。这时，一股奇大无比的力道突然缠绕在她的腰部，将她猛地向后方拉去。

不待余婳尖叫，眼前的景象陡然扭曲。她揉了揉眼，只见自己仍旧站在那幅名为《奥菲利亚》的画像前，孔雷的手刚刚从她的腰上挪开。

对上余婳的目光，孔雷的表情有些不自然，他轻咳了一声，说道：“你还好吧？刚才真是吓死我了。”

“我没事。”余婳有些恍惚。刚才看到的情景，究竟是怎么回事？突然，她觉得左手似乎握着什么东西，摊开一看，发现是一块不过巴掌大的长方形朱色木板。

这……不会是刚才在白光里抓到的那个东西吧？余婳暗暗想道。

一旁，孔雷说道：“你刚才魔怔了似的，越走越近，手里的罗盘都扔地上了，我发现不对劲儿时，你脸都快贴到画上了，我刚想问你怎么回事，就看到你整个人突然差点儿被画吸了进去，我赶紧往外拉，把你给拉了出来。刚才究竟怎么回事？你看到什么了吗？咦，你从哪儿弄了块木板？”

余婳接过孔雷递过来的罗盘，忽然愣住，一阵抑制不住的喜悦，慢慢地从她的心头涌了上来。她抬头看向不明所以的孔雷，说道：“咱们可能找到镇噩之门了！你看，就是这个！”

孔雷眼中原本的惊喜，在看到余婳手中扬起的小木板时，一下子被打散。他悻悻地看着余婳，眼中满满地写着“你是不是疯了”。

余婳指着罗盘，解释道：“你看，罗盘的指针是指向它的。净世之光是能量体的光芒，这个应该不是，那么，它应该就是镇噩之门了。”

听了余婳的分析，孔雷眼中一亮，不住点头：“太好了，想不到真的找到了。对了，你是在哪里找到的？难道是在这幅画里？”

看到余婳点头，眼中写满好奇的孔雷不由转头打量起墙上挂着的《奥菲利亚》。突然，他长大了嘴巴，声音都颤了起来：“啊，余婳，你看，你看！”

余婳朝着画中望去，不禁同样大吃一惊。不知何时，画中的奥菲利亚的身影，竟然消失了。那一刻，余婳心中突然生出一个古怪的念头：会不会是自己拿走了镇噩之门，无可支撑的奥菲利亚才消失了呢？

然而眼下来不及想太多，因为他们还有下一个目标要去寻找——净世之光。同时，余婳也期待着能够跟李圣会合，看到他平安无事。

低头看了一眼罗盘凹槽上那条明亮了几分的蓝色光线，余婳的心情莫名好了起来，她朝着孔雷扬起一抹灿烂的笑容，“走，咱们去找净世之光。”

按照罗盘指示的方向，余婳和孔雷沿着长廊继续前行。两侧的墙壁上挂着的画作，只有孔雷还时不时地瞥上一眼。

余婳突然想起一件事，向一旁的孔雷问道：“你有没有见过这样一幅画，一个穿着很华丽的舞衣的东方美人站在一座宫殿里，她面前的半空飘浮着一个男人的头颅？”

孔雷又详细问了几句，略一思索，答道：“你说的那幅画，好像是居斯塔夫·莫罗画的《幽灵显现》，画里的女人是莎乐美。”

“莎乐美……”余婳想起这好像是王尔德的一部戏剧作品的名字，但无奈自己并未看过，毫无了解。她刚想再说些什么，却见孔雷一副若有所思的表情。

突然，孔雷兴趣盎然地指着一幅极大的画，说道：“瞧，那是米开朗基罗的《大洪水》。”

顺着孔雷所指的方向，余婳将目光投向一幅巨大的油画，油画上画着一些表情滞重的人。虽然画面是静态的，却让人感受到一种狂风摇撼树枝时的呼啸。

“这画的是挪亚方舟的故事吗？”余婳想了想，问道，“一个叫挪亚的人，受神明的警告而建造了一艘舰船，并因此逃过了一场将人类消灭的洪水？”

“没错，这幅《大洪水》是米开朗基罗的壁画《创世记》中关于挪亚方舟的故事。上帝看到人类已经彻底败坏，到处显出他们的丧德败行，决定消灭他们，建立一个理想的世界。同时他也发现，人类之中有一位叫作挪亚的好人。所以上帝指示挪亚建造一艘方舟，并带上他的家人。同时神也指示挪亚将牲畜与鸟类等动物带上方舟，且必须包括雌性与雄性。”孔雷出神地端详着那幅画，清俊的脸颊上燃烧起一种玫瑰色，异常炫目。

不知是不是余婳的错觉，孔雷的态度似乎起了一种不易察觉的变化，只听他继续说道，“当方舟建造完成时，大洪水也开始了，这时挪亚与他的家人，以及动物们皆已进入了方舟。海洋的泉源都裂开了，巨大的水柱从地下喷射而出，大雨日夜不停，整整下了四十天。洪水淹没了最高的山，陆地上有气息的活物全部死亡，只有挪亚一家人与方舟中的生命得以存活。”

“建立一个理想的世界……”余婳的目光从那幅画上移开，有些迷茫地看向孔雷。

“没错。”孔雷的脸上带着浅浅的笑意，朝余婳轻轻地点了点头，“建立一个理想的世界。”余婳觉得，他的眼里有种光芒，仿佛幽暗巨大的洞穴深处射来的亮光。她不由自主地朝后退了一步。

“什么样的世界才算是理想的呢？”余婳自言自语似的嘟囔着，“我还是更喜欢那幅《图维尔的沙滩》，有海的气息、家的气息，还有梦的味道。”

孔雷没有作声。

余婳看了看孔雷，只见他站在《大洪水》画像前，肩膀后背笼罩在皎洁的灯光下，雌雄莫辨的清秀侧脸笼罩上了一层阴影。

“孔雷——”余婳的声音轻得如同海面的泡沫。

孔雷扭头看向她，神色如常。

余婳垂眸看了看手中的罗盘，朝孔雷微微一笑：“咱们走吧。”

不一会儿，眼前的景象焕然一新，原来长廊的尽头竟是一片海滩。一片退了大潮的海滩。

望着海滩上嶙峋起伏的赭红色礁石，余婳微微一笑，对身边的孔雷说道：“罗盘指示的方向，是那边的一片礁石群，咱们过去看看吧。”

“这里，跟栈桥那边挺像的。”孔雷边走边说道。

确实，这片海窟，与育安的栈桥一带的景色颇有神似之处，只不过缺少了标志性的栈桥和回澜阁。不对，还有与回澜阁隔海相望的小琴岛，还有育安沿海一带那些掩映在绿树繁花间的红瓦房屋……太多太多，又有哪里，能够替代育安呢？

余婳抬头望了望天，浅淡的灵动的蓝色一眼望不到边，轻软的云絮一丝丝地游散开来。眯起眼睛，她仿佛能够看到一条玉带般狭长的石桥，一座古典雅致的双层八角亭阁，然而再看时，却什么都没有了，她不由暗自好笑。

两人来到一块巨大的礁石前，礁石上有一道大裂缝，像条神秘的通道，诱惑人朝里面走。

“真的要进去吗？”孔雷有些犹豫。

“应该错不了。”余婳低头再次确认了一下罗盘的指针方向，无奈点头。

俩人弯下腰，一前一后钻进裂缝中。

裂缝里别有洞天，竟是一个极其开阔的石灰岩洞。从岩洞顶部的缝隙中落下的光线照亮了岩洞，只见岩洞的正中是一汪海水，湛蓝的水面上闪烁着迷幻的色彩，海水之下是一个个怪石嶙峋的洞穴。那些洞穴幽深得望不到一丝亮光，沉默无言地在水下浮着倒影。余婳忽然觉得，这些洞穴仿佛故意隐藏着什么秘密，似乎在耐心地等待后人的破解。

余婳在洞口看了一眼，里面没有亮光，阴森森的让人皮肤发凉。

“这些洞穴，难道有秘道能通向大海深处吗？”孔雷沉吟道，“可是这么多洞穴，难道要一个个进去找吗？”

余婳拿出罗盘，可这次罗盘的指针仿佛也犯了难，一会儿指向最左侧的洞穴口，一会儿指向中间的洞穴口，犹豫不决。

“莫非，这两个洞穴口都能通往目的地？还是说，各自都能寻到净世之光呢？”孔雷有些傻眼，旋即哭笑不得地说道。

余婳也感到茫然，但看了看罗盘正中渐渐露出的亮色的圆形，她暗道糟糕，天快亮了！

“时间快要来不及了，我要下去看一下，只要有一丝希望，我都想试一试。”余婳说道，她想了想，指着最左侧的洞穴说道，“不管了，我去那个洞穴里看一看。”

孔雷似乎也被余婳的情绪感染，他说道：“那我陪你一起去吧。也好有个照应。”

余婳转念一想，还是说道：“里面究竟是什么情形，现在还很难说，罗盘都拿不定主意，咱们这次只有百分之五十的可能。”

“50%……”孔雷喃喃道，突然，他眼中一亮，“那不如我去中间那个洞穴，咱们分头行动。”

“也好。”余婳点点头，朝着最左侧的洞穴口走去。洞穴里面仿佛一个小型矿洞一般，各色石块垒在一边，滴滴答答地响着水声，一面蓝色的漩涡在缓缓旋转，似乎通往无垠的大海。

该来的始终会来。余婳深吸一口气，毅然钻进蓝色的漩涡之中。

第十七章 深海

咕咚咚——

咕咚咚——

整个人在不断地下沉，安静得能听到自己的呼吸声。渐渐地，余婳感觉自己已经和每一滴水合为了一体，抑或是整个海洋都被吸入了体内。水滴缠绕跃动的“唰——唰——”声，和余婳体内流动的血以一致的节拍合奏，如脉搏般间歇跳动。

唰——唰——唰——唰——唰——唰——

一切的一切，都从这里开始。

一米，两米，三米……下沉的速度渐渐放缓，仿佛已经能够控制自己的节奏般，余婳慢慢蹬了蹬腿，让身体更加平衡。

在水下几米深的地方，阳光尚能透过，水体散射出一片绸缎般柔和的光芒。

逐渐幽深的水色，并不令她觉得可怖。相反，这里如同一个温暖而舒适的摇篮。

这里她并不陌生，在梦里，她曾经一次次地在这里徜徉，有迷茫，有困惑。现在，或许是解开谜题的时候了。

是的，她已经把以前的事，清楚地、一点不剩地想了起来，5岁那年的所有的事……桩桩件件，如拼图碎块般在她脑海中漂浮，渐渐拼成一幅完整的画面。

5岁那年，爸爸无意间带着她来到育安水族馆中一处奇特的展厅，那展厅想来是源界的某处。爸爸眼睁睁看着她跌落到深水池中，然而最后，昏迷不醒的她却从水族馆一楼大厅里的白鲸池中浮了出来，还因此在医院昏睡了很久。

然而，谁也不知道她在深水池中的奇妙经历。

不对，那并非局限于水族馆中的深水池，而是无尽的海洋。

年幼的余婳在海中不断地下沉，不断地下沉，却并没有觉得陷入昏迷抑或感觉不适。相反，一种熟悉的感觉萦绕在心头，涌入鼻腔中的海水仿佛化为温和滋养的氧气，令人惬意得想要睡去。时间仿佛停滞了一般，她只觉得自己已经下沉了漫长的几个世纪。终于，在海的极深极深处，她看到一条通体漆黑的大鱼朝着自己所在的方向游来。

那是一条奇异的鱼，空洞无神的眼眶里跃动着猩红色的幽光，诡异地摇曳着，然而它的姿态却优雅到了极致，在它的身上，幽微的水光潋滟，令它的脊背上闪烁着一种美丽的幽蓝。

既诡异又优美的一条鱼，简直像个谜。

它怔怔地盯着年幼的余婳，余婳也怔怔地盯着它。一人一鱼，就这样奇妙地对视着，渐渐靠近。

当距离那条黑色大鱼很近很近的时候，余婳发现它的眉心似乎有一道小小的裂纹，里面有一小团圆圆的黑影，仿佛是一颗嵌上去的黑珠子。当目光落在那颗黑珠子上时，余婳的心没来由地一跳，一种雀跃又迫切的悸动，令她不由自主地朝着那颗黑珠子的方向抬起了手。

奇妙的事情发生了。

那颗黑珠子忽然从黑色大鱼眉心的裂纹中飞了出来，向着余婳伸出的手掌飞去。那条黑色大鱼似乎吃了一惊，却并没有动。那颗黑珠子落在手掌上后，仿佛有一股吸力牵扯着体内的五脏六腑，令余婳难受得想要呕吐。她闭上眼睛捂住胸口，忽然感觉有一股暖意缓缓在体内流淌，令她感觉好了不少。迷迷糊糊间，自己仿佛在缓缓上浮，那条黑色大鱼却不见了踪影。等她再次睁开眼睛醒来时，已然躺在医院里。

她的脑袋浑浑噩噩，却奇迹般地记得那条黑色的大鱼，还有那颗令自己难受得昏迷过去的黑珠子。然而她翻遍全身的口袋，却没有看到那颗黑珠子。问过爸爸妈妈，他们更是惊讶得以为自己在说胡话——他们压根儿不相信女儿讲的在海中经历的奇幻的一幕，只是更加耐心地哄着她，让她好好休息，不要胡思乱想。

爸爸妈妈的不信任，让余婳又急又恼，同时，心底也渐渐开始怀疑自己的记忆。或许，真的是自己的胡思乱想吧。

然而很快，余婳发现先前的经历绝非是一场梦。

当天夜里，躺在病床上辗转反侧的余婳偶然想到那颗黑珠子时，突然觉得手心一凉，似乎有个圆溜溜的玻璃球凭空冒了出来，塞在手中。她惊疑不定地摊开手掌，月光下，她瞪大了眼睛，不可置信地看着掌心的那颗黑珠子。拨弄了一会儿珠子的余婳睡着后，做了一个有趣又离奇的梦。第二天醒来，回想起梦里的情景，仍然会令她惊讶到难以置信。自此，她的夜晚变成了奇幻的世界。

有糖果般甜美愉悦的梦游——

比如，梦里她再次跑到育安水族馆，在寂静无人的水族馆中，一个人自由自在地纵情游览。水族馆中只有她一个游客的身影，却并不觉得寂寥，不眠的鱼儿欢快地游动，少了白日的喧嚣聒噪，它们看上去快活了许多。愉快地接受了鱼儿们的召唤，她穿过肥皂泡般柔软的玻璃缸壁，来到水族的世界，跟可爱俏皮的热带鱼们一起在珊瑚丛间纵情遨游。

比如，梦里她光着脚丫，沿着记忆中的路线迷迷糊糊地找到栈桥，大海仿佛在欢迎她的到来。坐在礁石上，赤脚踢着一簇簇清凌凌、亮莹莹的浪花，心里也仿佛开出一朵花。她还跑到了栈桥上，心意一转，一股清风便托着她腾空而起，越过扶栏，踏着玉兰花灯，坐到回澜阁的屋檐上，静静地看着海。灯塔隐在微润的雾气中，绚丽摇曳的灯光融化在蓝蓝的海波中，交织成绚丽如童话的潋滟光影。

也有瑰丽奇妙的大冒险——

比如，梦里她曾来到海洋的最深处，那里有曼舞飘动的海藻森林、细腻洁白的沙地，还有绚丽灵动的海百合。她蹑手蹑脚地穿梭在海藻森林里，猫着腰，大气不敢出，生怕惊动海藻森林上方盘旋着的几条鲨鱼。那几条鲨鱼可真漂亮，绿宝石一样的眼睛，身躯像钻石般熠熠生辉，不过她还是有些担心被它们发现——嗯，就好像是捉迷藏的游戏，要躲起来，藏好自己。不过它们似乎发现了她，又似乎没有留意。怎么办，好想去海藻森林对面的那个洞穴里看看。那个洞穴好深好大，里面好像有什么在发光，会是宝藏吗?

比如，梦里她被大杂院中女公厕方向的奇异白光所吸引，迷迷糊糊地走了进去，却发现里面竟然是一座宽敞的宫殿般的高大房屋。雪白的墙壁、雪白的屋顶、雪白的地面，还有许许多多雪白的雕塑。那些雕塑仿佛都是形形色色的鱼，有海豚，有鲸鱼，却又似乎并不是。余婳看得似懂非懂，只觉得简朴流畅的线条，似乎给人一种栩栩如生的生命感，既奇幻又美好。她在白色的雕塑宫殿里开心地走着，如同独自在玩寻宝游戏般，惊喜地在宫殿的几个角落中发现了白色大理石砌成的圆月形喷泉池，喷泉池的里面还有精致美丽的小天使雕塑，只可惜池子里一滴水都没有。

就在她玩得不亦乐乎时，突然撞到了一尊人的雕像。但是很快，她发现那并非雕像，而是一个活生生的人。一个穿着白色的衣服和鞋子，眉宇间笼罩着忧愁的年轻女人。她仿佛在想着什么心事，口中喃喃念叨着什么，余婳只隐约听到“造孽……赎罪……什么时候才是终了……”。她想要听得清楚一点，不由自主地循着声音走近了几步，当那个女人的目光冷不丁瞥到余婳的存在时，不由得神色大变。余婳刚要出声，却被她一把捂住了嘴，余婳被她眼中的哀伤和惊惶镇住了，这时她突然俯身在自己耳畔低声道：“千万不要出声！躲在喷泉池的天使雕塑后面。”还没等愣怔的余婳反应过来，她已然被这个女人抱到一处喷泉池的天使雕塑后。见余婳忽闪着好奇的大眼睛看着自己，女人苦笑着，柔声道：“以后不要到这里来了，这里很危险。”说到后面，她的声音低得如同幽咽的风。

后来发生了什么，余婳朦朦胧胧有些想不起来，只记得自己仿佛还偷偷去过几次，却并没有再见到那个丁香花般笼着愁绪的女人。

现在想来，余婳方才明白，那次利用时光倒流，回溯到大杂院的二楼时，暗中出手救了自己的刘安蓉，为什么会流露出焦急和忧虑。原来，她 5 岁那年就曾在那个奇异的白色雕塑城堡里见到过刘安蓉。

记忆拼图组装完毕。

余婳整理着脑海中纷繁的思绪，眼睛一点点亮了起来，渐渐地，又陷入一种全新的迷茫之中。其实，她有一个不愿面对的疑问，隐匿在心底最深处的阴霾之中：她 5 岁那年出院前后发生的事情，究竟是什么时候遗忘的？以至于这么多年来，自己始终苦苦追寻这段缺失的童年回忆。

余婳突然觉得，冥冥中仿佛有一只无形的手，在某个黑夜取走了自己的这段记忆。另外，刚刚拼接成的这段记忆当真是完整、真实的吗？她不由悚然。

忽然，她身形一顿，只觉得海水中突然有一丝令她不适的气息。环顾四周，却并没有看到任何可疑的对象。

是了，没有可疑的对象。

她方才为什么没有留意？海中与梦境中的不同，除了她以外，看不到任何生物。它们，是感受到了危险的气息吗？

眯起眼睛抬头望去，光线幽微的深色海水，如同被风吹皱般颤动着，掀起青灰色轮廓的浑浊波纹。余婳神色不变，她双眼微微合上，周身被淡淡的白光笼罩，心念一动，那颗沉寂多时的世界珠忽然从她的储物囊中冒出，浮在她的面前缓缓旋转。

一层层雾一般的朦胧蓝光从旋转的世界珠中飘散而出，缭绕在余婳四周，越聚越多，逐渐形成了一个球形的雾团，将她包裹在内。雾团里足够余婳抱膝坐下，她抬手接过缓缓停下来的世界珠，仔细看了看，却并没有看出它有什么变化，只得将它重新放回储物囊。雾团上笼着的霜一般的淡蓝色光晕逐渐散去，露出几近透明的圆形光壁，就像一个巨型水泡。水泡带着余婳，朝着海的更深处缓缓下降。

余婳望了望身下的海水，越来越深邃的蓝，无声无息，仿佛在酝酿一个虚幻的梦。她轻轻叹息了一声，仍旧抬起头，望向上方的海水。

青灰色的浑浊波纹如煮沸的温水般，越发动荡，逐渐地，有灰色、青黑色、暗蓝色的浊影凝实。邓氏鱼、剑吻鲨、鱼龙、幻龙、隐锁龙……甚至还有一条硕大的龙王鲸。它们仿佛在寻找着什么一般，分散开来在海水中四处游弋。

余婳静静地凝视着上方掠过的这些远古海洋猛兽，似乎想通了什么，她倚靠在水泡上，无声地叹了一口气。

眼看着水泡接近了漆黑犹如深渊的海底最深处，余婳坐起身，打量着下方的动静。

“扑簌簌——”

不知是不是错觉，她抬眼朝斜上方不远处瞥去，那里有一块嶙峋的礁石，生着几簇深色的水草，四周静悄悄的，并没有想象中潜藏在暗处、双眼灼灼地窥探自己的怪兽。但越是这样，她心里反而涌起一种异样的不安。

正当余婳心中起疑时，那块礁石动了，竟是一只模样有些奇怪的大海龟。它缓缓地朝着余婳上方的一个方向游去。

那大海龟游得越来越近，余婳看清它的模样，忍不住差点儿惊呼出声。

它长着扁平的长尾巴，四肢和脚蹼看起来十分强健有力。不知是有意还是无意，它朝着余婳所在的方向微微张开嘴，露出圆锥尖状的锋利牙齿，一双暗色的眼睛诡异地转动着。

这……真的是海龟吗？

虽然心知它绝无可能看到自己，但对上那双眼睛，没来由地，余婳心中一阵忐忑。这只突然出现的“海龟”，透着股古怪。所幸离着黑色的深渊入口越发接近，余婳只能默默祈祷，一切能够平安顺利。

余婳一直留意着那只“海龟”，看到它慢悠悠地从水泡的上方游过，然后朝着上方水藻缠绕的礁石处游去。见它的身影逐渐游得远了，余婳这才松了一口气，又觉得自己有些草木皆兵。

不过是只寻常海龟。

不过是只寻常海龟？

余婳不由得手心一颤：那只海龟从自己身旁游过时，似乎格外慢，而且目不斜视，就仿佛……就仿佛知道有什么在一旁审视着它，令它无法伺机而动。还有，那只“海龟”的眼神……

就在余婳要转身抬头看的时候，突然觉得一股大力从身后袭来，只见那只去而复返的“海龟”，正用头一下一下猛烈地撞击着水泡，与余婳的视线相对时，它的眼瞳中露出骇人的精光。

水泡颤了颤，似乎有了一丝裂纹，余婳跌坐在水泡内，她看到上方的远古海洋猛兽正朝着自己逼近。她只觉得四周陡然一黑，便陷入了昏迷。

第十八章 内鬼

“余婳，醒醒——”

“余婳，醒醒——”

半梦半醒之际，一个清冽悦耳的熟悉的声音久久地回响在耳畔，反复呼唤着她，声音里满是压抑不住的焦急和关切之情。

余婳慢慢睁开眼睛，看到一张熟悉无比的俊美面庞，那人蹲坐在她身旁，一脸关切地看着她。

“李圣！”余婳眼中流露出喜色，她刚要再仔细问几句，却见李圣做出一个噤声的手势，忙打住。她打量了一下四周，这才发现自己是在一片海藻林中，背后倚着一块平滑的礁石。

是这里吗？余婳有些迷惑。

李圣打出一个隔音的光膜，将两个人包裹其中，这才向余婳问道：“你还好吗？孔雷呢？”

于是，余婳跟李圣说起之前的经历。李圣认真地听着，当听到余婳对那只古怪的“海龟”的描述后，李圣略一思忖，说道：“按照你的描述，你说的那种海龟，有可能是一种叫作楯齿龙的生活于三叠纪的海生爬行动物。”

“楯齿龙——”余婳微微蹙眉，“不会又是鱼龙、海龙之类的远古海洋猛兽吧？”

“没错。这种楯齿龙在三叠纪——侏罗纪灭绝事件中灭绝。楯齿龙在水里的运动相当缓慢，大部分时间都在岸上生活，只有在觅食的时候才会下水。它们主要以软体动物为食。”

余婳若有所思地点了点头，她还是觉得，那只楯齿龙古怪得很。接着，余婳又问起李圣是怎么到这里的。

“你们都离开那个楼梯后，我原本也想立刻出来跟你们会合。但楼梯的深处，有一股力量牵扯住我，让我动弹不得。”

“那究竟是什么？”余婳想起楼梯下方闪现的那抹黄褐色的幽光，不禁有些后怕。

“我也不清楚。”李圣摇了摇头，他微微皱眉，“但我总觉得，那股力量之前曾经见过。我感觉它的气息很熟悉，也能感觉到，它非常强大。”

这样说的话，那个神秘的强大力量不止一次地在暗中观察着他们，却并没有贸然出手。究竟是想蓄势待发，还是忌惮某些更加强大的力量呢？

“那你是怎么从那里脱身的呢？”

“这又是一个让我迷惑不解的地方。就在我无法脱身，眼见着玻璃光幕上的裂缝越来越小，将要合拢的时候，突然感到加在身上的阻力陡然一空，我赶紧从裂缝钻了出来。与此同时，我听到身后的楼梯中发出猛烈的震颤声，似乎有飓风在楼梯肆虐一般，脚下及四周的空间剧烈地震颤起来。我几乎睁不开眼睛，只感觉似乎有一股犹如实质的风在猛烈抽打玻璃光幕上即将完全合拢的裂缝。忽然，一块东西从裂缝里飞了出来，重重地拍在我的肩膀上，我站立不稳，就晕了过去。再醒来的时候，就躺在这里了。不过，那个东西还在。”

说着，李圣从身后拿起一块足有篮球大小、沉甸甸的灰黑色硬块。

余婳看了看“石块”，“这是楼梯里飞出来的吗？可是，楼梯里好像并没有这种颜色的砖。”

“所以，这个很可能来自那股神秘力量。”李圣说道，“你仔细看看这块东西，你觉得它会是什么？”

石头入手沉甸甸的，有一种奇异的粗糙又锐利的触感，令人有种心悸的感觉。

“鳞甲？”余婳放下硬块，喃喃道。

可是，什么生物会有如此巨大的鳞甲呢？

一时间，俩人都陷入沉默。

“这个你先收起来吧，或许会派上用场呢。”余婳说道。

李圣点了点头，将硬块收起。见余婳正专注地打量他，不由莞尔：“我今天是不是特别帅气？”

“自恋！”余婳扑哧一笑，“我是想到第一次见你时的情景，以为你不会说话呢，那时心里还暗暗可惜，那么好看的大哥哥怎么就不会说话了呢？”

李圣有些惊诧地看了看余婳，见她正眨巴着笑意盈盈的眼睛，顽皮地扬起嘴角，不由好笑：“你已经想起来了！这次再见你的时候，看到当年坐在我身边，一个人喋喋不休能说上老半天的话痨小丫头，变成婉约派的大姑娘，真是让人意外。”

“什么话痨，那叫活泼好吧！”余婳抿着嘴不住地笑。

是的，她想起来了。5岁那年，在经历育安水族馆的离奇事件后，她平凡琐碎的生活变得奇妙起来。她开始经常做梦，那些梦光怪陆离，比万花筒还要绚烂，一个个离谱得不得了。

一天梦里，她在退潮后礁石林立的海滩上玩，捉小螃蟹，捡鹅卵石，摘下柔润的海草缠在手腕上，蹲到积满海水和星光的石窝中寻找软软的海葵，在高大宽敞的礁石缝中钻来钻去。然后，她仰起头时，看到了盛开的月光。

画一般梦幻的少年静静地坐在高高的礁石上，纤长白皙的手指随意搭在膝上，头微微扬起，似乎在看天，又似乎在看海。他的眼眸中有星光闪烁，又似乎潋滟着生动的海波，熠熠生辉。但余婳走近时才恍然发现，有破碎的星光顺着少年玉一般的脸颊滑落，哗啦啦碎了一地。

余婳走到礁石下，跟少年打招呼，然而少年并没有理睬她。于是余婳三两下爬上礁石，来到少年身旁坐下。自此，她经常在梦中来到这里，寻找那个仿佛从月亮里走出来的少年，即使少年不搭理她，她也不气馁地坐在他的身边，跟他说话。即将跟着爸爸离开育安时，她照例坐在少年的身边，郑重地将一颗珠子放到少年的怀中，并向少年告辞，说希望少年帮自己保管珠子，因为这颗珠子告诉自己，它离不开这片土地。

这一次，少年的表情终于有了变化。他接过珠子，认真地看了看余婳，点了点头，似是答应了余婳的嘱托。余婳走时，少年突然出声，郑重地对余婳说了一声“保重”。

抬头望向海藻林的上方，深蓝的海水中，曼陀罗花般艳丽的大海蛇舒展着身体；再往上，海水澄澈有光的地方，鳐鱼像燕子一样盘旋，绚丽的热带鱼在花树般耀眼的珊瑚丛中快活地穿梭，水母仿佛一顶顶轻盈的纱伞。

虽然没有梦中聆听到的空灵如诗的神秘歌谣，但海中的每一个生物都徜徉在海洋的怀抱中。

李圣微笑着看着余婳：“我想，这里或许就是你曾经要寻找的地方吧？”

这下轮到余婳目瞪口呆：“你还记得当年我说过的话？”

“嗯。”李圣点了点头，笑的时候白牙如亮光那样一闪，“你不知道一个人年复一年地面对同样的场景，却没有人能说上一句话的寂寞。遇到你之前，我已经有太久太久没有听到除了自己以外的其他人的声音，所以，也太久太久没有说话。就在我快要忘记怎样开口说话的时候，遇到了你。”

余婳有些同情地看着李圣，突然想起了什么，故意装作气恼的样子，“对了，你当时为什么不跟我说话？还有，这次我回来，第一次在那个观鱼山的石屋里遇到你的时候，你为什么装作不认识我？”

“冤枉，我没有装作不认识你。你那会儿失忆，即使我说了咱们以前见过，你应该也不会相信我一个‘陌生人’说的话吧。”李圣有些无奈地摊开手，耐心地解释道。

余婳脸上的笑意却淡了几分，神色间流露出一丝怅然，“原来你那时就知道我失忆的事情……是你那位拥有预言的源力的朋友告诉你的吗？那个人，是……徐菲吗？”

她想起了在观鱼山森林公园里，徐菲的种种表现。她似乎明里暗里一直在提醒、帮助着自己，可是，她为什么会帮自己呢？

只听李圣点头道：“没错。我想你应该猜到了，她就是在观鱼山的深山之中，另外两间小屋里住的其中一人。另外一个人，你心里应该也已经有了答案，没错，就是周蕊蕊。她们俩是这些年陆续被孙淑华抓来的，因为拥有不错的源力，能为孙淑华所用，所以孙淑华并没有杀死她们，而是将她们关在与我相邻的另外两间小屋之中，一来便于控制她们，二来也希望她们能够与我熟络后，或者同化我，或者干掉我。但徐菲的心思并不是这样，她预见了一些事情，断断续续地拼凑出了大致的前因后果。她不愿意看到孙淑华的阴谋得逞，所以暗中告诉了我一些事情。在她和周蕊蕊被派去你的身边，意图将你带到这里交给孙淑华时，她决定不惜一切代价，阻止孙淑华的计划。”

“我终于都明白了。”余婳深吸一口气，缓缓点了点头，“徐菲她……真的死了吗？”

她像是要从黑暗中窥到哪怕一丝微弱的亮光，期冀的眼神一瞬不瞬地盯着李圣的眼睛，“她还有希望能够复活，对不对？有没有能够令人起死回生的源力？你一定知道的对吗？”

她的语气急促，像是骤降的暴雨，但说到最后，声音渐渐低沉下去，显然，连她自己都隐隐猜到了答案。

果然，李圣的眼中也闪过沉痛之色，却仍是摇了摇头，“徐菲曾给过我一枚纽扣，她说有一天纽扣裂开，那么就代表她已经彻底烟消云散。想开些，每个人在这世上都是独一无二的，即使强行将亡者唤醒，她也不再是生前的那个人。我一直不愿与你说徐菲的事情，就是怕你难过。”

余婳低头不语，良久，抬起头时，她抹去了脸上的泪水，“我不会让徐菲失望的，她的心愿，我一定会替她达成。现在想来，我在观鱼山的深林里被远古水蛭咬过的事情，帮我医治伤口的，应该是徐菲吧？那个留下追踪标记的，是……周蕊蕊吗？”

她先前一直刻意避谈周蕊蕊，显然，她不能原谅周蕊蕊在自己面前杀死徐菲的行为。

李圣说道：“应该是这样。之后追踪标记又恢复了，你有怀疑的人吗？”

“我心里有大致的猜测了。”余婳低声说着，却并没有继续说下去，反而话题一转，轻轻笑道，“对了，我5岁看到你的时候，你为什么一直没说话？”

李圣端详着余婳，片刻，说道：“说实话，有点儿被吓到吧。一个那么小的孩子，居然能够来去自由地出现在我构建的小世界之中，简直不可思议。后来你把那颗海洋之魂托付给我时，我才知道你是借助了它的力量。”

“李圣……”余婳垂眸不语，半晌，忽然出声问道，“倘若不借助海洋之魂的力量，比如现在，你还能自由穿梭时空吗？”

“似乎不能，不过我对其他空间的感应明显比之前要强了许多。”

“那……你能够透过时空，看到一些别人眼前看不到的事物吗？我的意思是，比如，那次在你的小世界的海底，突然出现的那些远古海洋猛兽。”

“当然不能。”李圣很肯定地摇头，神情有些古怪地盯着余婳，“这是你所具备的源力不是吗？我的源力你知道的，是夜晚。”

余婳缓缓点头，一颗心却蓦地缩紧。

倘若持有海洋之魂，能够令人在不同时空自由穿梭，比如5岁时意外从空棘鱼那里得到海洋之魂的自己，比如后来得到海洋之魂的李圣……那么，这些年自己并未带着海洋之魂，为什么依然拥有自由穿梭于不同时空的能力呢？不仅如此，自己还能够透过时空的隔阂，看到其他人所无法看到的事物。

究竟是为什么呢?

余婳紧紧捂住胸口，只觉得仿佛想到了什么，又仿佛什么都没有抓住。终于，她抬起头，目光中多了几分坚毅和憧憬。看向海藻林外的方向，她喃喃自语道:“是时候揭开谜题了。”

海藻林外的不远处，是一个深不见底的巨大洞窟。洞窟上方的海水中，有三四条六鳃鲨鱼在游弋，它们有着美丽的绿色眼瞳，游动的姿势优雅美妙，但奇怪的是，它们始终在洞窟上方的区域巡游，仿佛在守卫下方的洞窟。

如果这时贸然出现，往洞窟里跑，这几条美丽的六鳃鲨鱼，多半会立刻冲下来的吧。余婳托着腮凝神思索，要想出一个智取的办法。

突然，她的手指微微传来一股刺痛，低头看去，发现手指上曾经出现过的淡褐色的波纹模样的纹路再次出现，如同泛起的涟漪般波动后，不知是不是余婳的错觉，颜色隐隐深了一些。

“这是什么？”李圣看到余婳手指上突然浮现的发光的波纹，不禁吃了一惊。

余婳有些迷茫地摇了摇头:“我也不清楚。但是，这个图案我并不是第一次看到，前段时间我在育安水族馆的一条回廊里，曾看到了一幅空棘鱼的画像。当时我的手指上也曾出现过这个图案，不知怎的，我伸出手想触摸那幅画，不过有一个声音阻止了我。”

迟疑了一下，余婳问道：“那个声音是你吗？”

实际上，余婳事后回想起来，总觉得那个声音有几分熟悉。

李圣微微一怔，他略一沉吟，问道：“你是说在白天的育安水族馆里，听到了类似我的声音吗？”

见余婳点头，李圣脸上浮现出古怪的表情：“你忘了，我在白天是无法离开我的源界的。”

仿佛一道电光划过余婳的脑海，她不由怔住。

倘若不是李圣，那究竟会是谁？

不知何时，手指上的波纹转动了起来，颜色越来越深，最后竟变成了殷红色。在余婳和李圣的注视中，殷红的波纹渐渐消失，仿佛没入白皙的皮肤中一般。这时，一团白光从之前的位置冒出，缓缓流转，重新组成一个波纹的形状。

不知是不是余婳的错觉，在手指上的波纹纹路亮起白光的同时，洞窟深处似乎也有光芒一闪而过。

李圣像是突然想到了什么，忽然抬手掩住余婳发光的手指，低声说：“咱们不能继续待在这里，说不定会被发现。”

余婳已然回过神来，她点了点头。俩人正要起身，突然听到海藻林上方传来窸窸窣窣的响动，他们抬起头，发现是两只六鳃鲨鱼在海藻林上方低低地逡巡，似乎发现了林中的动静。一个个奇异得令人心灵震颤的音符从余婳的口中飘了出来，交汇成一首空灵奇妙的歌谣——《安鱼谣》。

起初，歌谣断断续续，渐渐地，歌谣越来越流畅、优美，仿佛不是这个世间的声音。余婳看见，海藻林上方的两只六鳃鲨鱼的游动慢慢缓了下来，美丽的绿色眼瞳中闪过迷惑之色，然后逐渐变得清明、祥和，它们一动不动，仿佛陷入了梦乡，回到了久远的水世界。

李圣跟余婳走出海藻林，快速朝着洞窟的方向走去。余婳边走边继续哼唱着《安鱼谣》，她抬头望去，看到上方的鱼儿们都仿佛睡着般，眼神慢慢变得柔和、平静，时空如同冰川般陷入停滞。

余婳手指上的白色光纹如旋涡般，在手指上缓缓旋转，一圈圈洁白的光晕飘向洞窟的方向，仿佛在为他们指引着方向。

余婳和李圣走到洞窟前，停下了脚步。不再是虚幻的梦境，而是真实的梦幻，一种奇妙的雀跃和期待情绪在余婳的心中闪耀。深吸一口气，她对李圣说道："咱们进去吧。"

洞窟里比想象中更加宽敞，也更加深邃，在一面生着贝类的墙壁上，有一个硕大的敞开的海蛎子壳，里面有一团环状的光晕。

余婳缓步走上前，抬起手，伸向那团光晕，光晕轻飘飘地落在她的手中。李圣看了看她手中的光晕，有些不确定地问:"这就是净世之光吗？"

余婳看了一眼手指上消失的白色光纹，点了点头。俩人的脸上流露出喜色。

“咱们走。”余婳说着，扭头去看李圣时，余光瞥见他眼底游丝般飘过一抹红雾，“等等！”

“怎么了？”李圣不解地问道。

“你不要闭眼。”余婳说话间，从储物囊中将净世之光取出，捧到李圣的眼前。白光冉冉升起，像晨曦般笼罩在李圣的面上，只见一丝极淡极淡的红色雾气，从李圣的眼中慢慢飘了出来，如絮丝般缠绕在一起，纠成一枚卵圆形的赤红色螺壳形状，“螺壳”开口很大，外唇上布满雕刻感特别强的细密唇齿。那“螺壳”没入白光之中，仿佛吃痛般整个儿颤了颤，最终还是渐渐淡去，直至消失。

这番变化李圣自然看在眼里，“这红雾……”说着，他的神情陷入恍惚，突然，他神色一震，“我想起来了！可那人为什么会有那种贝壳……”

“你是说刚才红雾凝成的梦幻宝螺模样的贝壳吗？”

“你说的梦幻宝螺应该是楞齿黑兔螺，这种贝壳极其稀有，但这个并不是楞齿黑兔螺。”李圣摇了摇头，“而是一种名为幻龙宝螺的传说中存在的海贝的气息。”

“幻龙宝螺？难道这种海贝跟幻龙有什么关联吗？”

“对。据说这种海贝生长在幻龙常出没的地方，也有人说这种海贝中凝聚着死去的幻龙的精魄。相传这种海贝能够令持有者产生幻觉，而且多是其内心恐惧的事物或者阴暗面的放大。至于其中蕴含的气息，如果不小心吸入或者飘入眼中，则会困惑人的心神，摄取记忆。”

“太可怕了。”余婳不由得心有余悸，旋即若有所思。如果说，李圣眼中的那抹红雾是幻龙宝螺中的气息，那幻龙宝螺本身在哪里呢？

“要破除幻龙宝螺的迷瘴，除非宝螺本身被损毁，或者有比之更强大的能量能震慑住它。”

“那……如果有海兽吞噬幻龙宝螺，会怎样？”余婳又问道。

“这个我还真的不太清楚。”李圣思索了一下，说道，“但能够吞噬幻龙宝螺，这样的海兽本身的力量想来不弱，或许不是坏事。”

余婳点点头，没来由地松了口气。她忽然想起另一事，心念一动，从储物囊中拿出一枚精巧的旋梯状海螺。

还没等她开口，李圣神色一动，惊讶地说道：“旋梯螺！”

“这是我从荒魔古境那个洞穴里的一个深潭中得到的。”余婳解释道。

“原来如此。”李圣点点头，他从余婳手中接过旋梯螺，神色凝重，“其实，指示我寻找这枚海螺的人，是徐菲。”

“徐菲？”

“没错。她曾告诉我，她发现了一些关于源界的事情，然而为了避免天谴，她无法透露给我，但她会将线索留给我。”

“这枚旋梯螺就是线索吗？”

“是的。徐菲预测到有朝一日我会和你一起来到一片迷雾中的森林，穿过迷雾，寻到深潭，潭中潜藏着她预言到的秘密。”

“那，现在通过这枚旋梯螺，你能猜到谜底吗？”余婳问道。旋梯螺、源界，这两件事物之间的关联，她着实联想不到。

李圣摇摇头，也有些无奈，“一时半会儿应该没什么头绪，要不先放你那里吧，等离开这里再慢慢研究。”

“嗯，也好。”余婳收起旋梯螺。看到李圣转身朝着洞窟口的方向走去，她突然出声，“等一等。”

见李圣回过头来，余婳微微一笑：“你能在这里等我一会儿吗？我想去那里看一眼。”说着，她抬手指向洞窟的深处，一眼望不到尽头。

李圣有些不确定地看着余婳，但看到她平静而笃定的笑容，他想了想，还是说道：“那好，我就在这里等你。”

余婳点了点头，转身朝着洞窟的深处走去。很快便消失在李圣的视线中。

仿佛穿过了无数个光年，又仿佛只是弹指一挥间，余婳默默地走着，来到一个洞窟口。一团黑影如旋风般猛地向她冲来，但触及余婳手中的净世之光后，突然放缓了速度，最后停滞下来，静静地伏在地上，一动不动。

“别担心，是我。”余婳微微一笑，蹲下身看着那团硕大的黑影。

漆黑的鱼头和鱼身，一双眼睛微微泛着猩红的光，只是现在，它眼中的红光似乎淡去了一些，有些迷茫又有些清明地看向余婳。它微微张了张嘴，却最终无力地合上。

余婳将手中的净世之光慢慢贴近黑色的大鱼，一层层柔和的白光从净世之光中散发出来，落在大鱼的身上。它身上的黑色以肉眼可见的速度逐渐变淡，当它的身躯变成灰色时，一些原本存在的伤口显现出来，逐渐被白光修复。

不知过了多久，大鱼身上雾霾般的灰色褪去，现出朦胧的蓝色。余婳的唇角微微弯起，露出一丝笑意，眼眸深处却流淌着一抹复杂的情绪。她的嘴角微微翕动，声音轻得像晨曦的微光中瞬间明灭的海沫，“对不起！”

最终，当大鱼全身变为宝石般璀璨，且潋滟着海水般生动的蓝色后，终于不再变色，它慢慢睁开眼，眼中已然看不到猩红色的光芒，它的眼睛如同最深邃的海水，沉静、平和而又充满智慧。

它就是被变异的海水污染，并且被孙淑华做过手脚的能量珠控制了心神的世界上最后一条空棘鱼——空。

“你现在感觉怎么样？”余婳轻声问道。

空微微点了点头：“我已经恢复得差不多了，谢谢你。”

“我和我的朋友已经找到了镇噩之门和净世之光，即使你离开这片海域，育安和周边城市也会安然无恙。你可以放心去寻找你的同类。”余婳温声道。

"谢谢你。"空望着余婳，似乎有些犹豫，"可是我现在……"

余婳微微点头，温声道："我明白你所说的，放心吧，它马上会回到你身边。"

说罢，余婳抬起双臂举向半空，两手的拇指和食指，架成一扇菱形的门。那扇门渐渐亮了起来，白光闪耀后，现出一片混沌的雾霾，雾霾渐渐散去，露出一处开阔的场地，灰白的圆形场地上，矗立着一座座形态各异的海兽造型的雕塑，当看到那尊黑色空棘鱼雕像时，雕像眉心处忽然闪现一抹隐晦的亮光，那抹亮光越来越亮，渐渐地变成一点乌光，从雕像中升腾而出，向着虚空缓缓飘浮。

那点乌光从余婳手指架成的菱形光门中慢慢浮了出来，被余婳以手掌接住，乌光之中现出一颗漆黑的珠子，余婳将它投入净世之光中。珠子的颜色以肉眼可见的速度逐渐变浅，终于恢复成湛蓝色。

余婳长舒一口气，收起净世之光，将那颗变成湛蓝色的珠子——海洋之魂交给空。

"终于可以物归原主了。"说着，她脸上露出了灿烂的笑容。

"多谢你。"空郑重地看着余婳，轻轻地点了点头，"希望我们以后还能再次相见。"

"会的，一定会的。"余婳含笑点头道。

"那个叫灰夜的人类……"

"我们已经锁定了她的身份，只是目前还没找到她。不过有了镇噩之门和净世之光，就不怕她继续兴风作浪。”余婳说着，忽然朝空狡黠地眨了眨眼睛，“说不定，还能把她引出来。”

李圣看到余婳从洞窟深处走出。

俩人站在洞窟口，余婳望了望沉睡般的鱼儿，对李圣说道：“走吧。该回去了。”

沿着空提示的另一条直通潮汐海窟的捷径，余婳和李圣踩着生满大片海蛎子的礁石，从一个洞穴中走出。

余婳站到沙地上，脚下一陷，才发现不知何时，似乎涨潮了。

踩着湿软的泥沙，余婳和李圣找了一块宽大的礁石站了上去。放眼四周，并没有看到孔雷的身影。

“孔雷——”

“孔雷，你在吗？”

余婳环顾四周，呼唤着孔雷的名字。

“扑棱——”

俩人所在的礁石附近，突然传来声响，他们扭头看去，果然看到孔雷有些狼狈地从泥沙上爬起身，半边身子都被海水打湿了。

“刚才不知不觉，竟睡过去了。”孔雷有些羞恼地掸了掸身上的泥沙，朝着二人走近，他一抬头看到李圣，眼中流露出喜色，“李圣！太好了，你没事就好！对了，你们俩怎么会碰到一起的？”

“说来话长。”余婳含笑道。

“你们……莫非已经找到净世之光了？”孔雷语气有些不确定地问道，眼底却隐隐含着几分期待。

“嗯。”余婳点点头，在孔雷期待的目光中抬起手，一块朱红色的小巧木板和一团白色的光环出现在她手中。

“太好了，咱们居然成功了！”孔雷脸上流露出喜悦之色。

“这里为什么会涨潮呢？”李圣盯着脚下已然没过孔雷鞋带的海水，喃喃道。

“啊，涨潮了！”孔雷这才留意到，忙抬起脚拣了一块高一些的礁石站住，却发现还是不妥，他艰难地朝着李圣和余婳所在的礁石靠近，爬了上去，这才松了一口气。

“咱们回去吧，沿着我和孔雷来时的那个长廊就能……”余婳边说边指向来时长廊所在的方向，声音戛然而止，因为她发现，原本长廊所在的方向，只有一片沙滩。

就仿佛，从未出现过那个长廊一般。

孔雷也留意到了不对劲儿，他有些惶恐，“啊，那个长廊怎么不见了？！”

听了他们的述说，李圣想了想，说道：“事到如今，只能想想其他的路了。总归会有其他方法离开这里。”

“可是，时间来得及吗？”余婳忽然蹲下身，看向孔雷原先站的地方，那里已被海水没过，她扭头看向李圣和孔雷，“你们不觉得，这潮水，涨得太快了吗？”

确实如此。如果按照这种涨速，很快，他们所在的这块较高的礁石，也终将被海水漫过。

“这有什么关系，育安的源力拥有者，不都能够畅游海中吗？”孔雷突然想到这一点，脸上的神情缓和下来，兀自松了一口气。

然而，余婳却总觉得，不会那么简单。

李圣这时说道：“我去看一看，这里有没有其他的路，你们在这里等我。”

见二人点头，他转身离开。

余婳蹲坐在礁石上，看着逐渐上涨的潮水，心中怪异的感觉不但没有减少，反而越发浓郁。

孔雷走过来坐到一旁，说道：“你们之前都顺利吗？我真遗憾没能一起去帮上忙。”

“没事。之前还算顺利，只是……”犹豫了一下，余婳望着水面，说道，“我在海中看到了一些奇怪的生物，很像是一些已经灭绝了的远古海洋猛兽。”

“居然会有这样的事，那你们回来的时候，没有碰到那些猛兽吧？”

“没有。我们换了一条路，恰好避开了那片海域。”余婳说道。

“那太好了。”孔雷似乎很为他们庆幸。随着海水的起伏，他的声音听起来轻柔得像海螺壳中蕴蓄的风，温柔地呢喃着，

“我能再看一眼镇噩之门和净世之光吗？”

余婳目光有些愣怔地望着下方渐渐上涨的潮水，手却有些机械地动作着，她摊开手掌，镇噩之门和净世之光再次出现在她的手中。

“太好了！”孔雷伸出手，白皙优美的手指如触手般，灵巧地缠住镇噩之门和净世之光，“太好了，育安有救了！”

孔雷有些动情地望着手中的东西，他的声音依然柔和悦耳，眼底深处却闪过压抑不住的狂喜，“咦，那不是李圣吗？他怎么会在那里？”

沿着孔雷所指的方向，余婳转身朝那里看去，却没有留意到，一只玉一般的手掌微微弯曲，逐渐向她的背部贴近。

第十九章　恶意

“扑通——”

余婳坠入水中，她的背部有一个黑色的掌印，滋滋冒着黑烟。她头朝下栽在水中，看不清脸庞。

孔雷低下头默默地望着下方，胸口微微起伏着。半晌，他似乎醒过神来，小心翼翼地捧着镇噩之门和净世之光，神情逐渐由迷茫变得兴奋起来。当听到脚步声时，他猛地扭过头来，直勾勾地盯着来人的脸。

看清来人是谁后，孔雷忽然扬起嘴唇，笑了，雪白的牙齿一闪。他的五官原本精致秀气却带了几分怯懦，此时却仿佛盛放的杜鹃花，摇曳着几近妖异的艳丽。见李圣望着他，他淡然地迎视，“看起来你已经发现了，只可惜太晚了，东西已经落到我的手上。”

“枉我们一直信任你，你为什么要这么做？”李圣平静地看着孔雷，眼中看不清情绪。

“信任？”孔雷似乎听到了什么天大的笑话，眼中闪过一抹轻蔑的神色，“要说那个小丫头，倒还算老实。而你，打从一开始，你就一直防着我吧？”

“你对我又何尝不是？”李圣不疾不徐地说道，“你明知道余婳对你的信任，却出手害她，你不会觉得良心有愧吗？”

“良心？”孔雷摸了摸鼻子，眼神中似乎有失落，有惋惜，有伤感，但转瞬间，都被狰狞的笑意取代，“像我这样不死不活，连鬼都不如的废人，要良心有什么用？”

一声轻微的叹息声，从李圣身后飘来。

孔雷突然浑身一震，不可置信地看向李圣身后的方向。余婳眼眸微垂，缓步走了出来，站到李圣身旁。

“你……你是鬼？”孔雷指着余婳，忽然，他看了一眼神情淡然的李圣，突然神色一顿，“这是你们俩给我下的套是吧？”他一咬牙，下意识地低头看向手中的镇噩之门和净世之光，却见它们化为点点白芒，最后消失在空气中。

“真是好算计。”孔雷咬牙握紧拳头，怒极反笑，他挑眉看着余婳，“小丫头，你是什么时候开始怀疑我的？”

余婳看着孔雷，眼神中有失落，有惋惜，也有伤感，她徐徐说道：“在荒魇古境，我扶着你下山的时候，口袋里的化石莫名其妙滚落到路边的石洞里，而且落入石洞的最深处，一切都太过凑巧。”

孔雷的目光闪烁一下，但稍纵即逝。

“但那时，我只是怀疑。要说肯定，则是我在刘安蓉那间密室中的发现。遇到你时，你几次三番暗示我要在月圆之夜去刘安蓉的密室里查探。待知道我没有听你的话，未等到月圆之夜就贸然行动，你忍不住动了气。当时我并未想太多，直到后来，我发现了刘安蓉密室中墙壁上的那些画，以及最后它们突然从墙上消失的事。我就有了一个猜想：你们不知用什么方法，在密室内引来潮水——想必是密室里的几个水池吧。每逢月圆之夜，密室内潮水上涨，但凡潮水涨到的地方，墙壁上描绘的远古海洋猛兽图就会变成活物。若是遇到满潮，整间密室内被没过，说不定墙壁上所有的猛兽都会变成活物。”

见孔雷在专心倾听自己的话，余婳微微苦笑，继续说道：“所以我想到，你引我月圆之夜去那里，是想我置身密室时，被墙壁上突然变成活物的远古海洋猛兽吃掉。”

“算你命大。”孔雷的笑意冰冷。

余婳别开眼睛，继续说道：“你一计不成，在之后夜探观鱼山的时候，以及在荒魔古境的那个洞穴的潭底，你都曾想暗中对我出手，不是吗？”

孔雷冷哼一声，却没有说话。

“还有我早先在观鱼山中被远古水蛭咬伤，被周蕊蕊暗中做了追踪标记，后来将标记恢复的人，就是你吧。”余婳继续说道，“你一直在误导我们，想让我们以为刘安蓉就是幕后的操纵者，见我们没有上钩，你又继续阻挠，希望我们以为刘安蓉是为幕后黑手画图，并在观鱼山的废弃游乐场里设置鬼屋，骗来小孩子的帮凶。”

孔雷淡漠冷静的表情终于出现了一丝裂纹，他看着余婳：“这话倒是有意思。刘安蓉密室里的那些画，以及鬼屋里的经历，都是咱们几个一起亲眼看见的，难道还会有假？不是刘安蓉，难道是鬼吗？”

“或许真的是鬼吧。”余婳微微一笑，看着孔雷。

“笑话。你以为是在看聊斋故事吗？”

“那个背后搞鬼的人，就是你。”余婳突然抬手，直直地指向孔雷，“你就是一直以来假扮刘安蓉的人。”

“哦？”孔雷神色淡淡地看着余婳，一副“愿闻其详”的表情。

“或许从一开始，你就一直在布局。你故意引导我去女公厕那边的小屋里查线索，至于桌上的那个速写本和墙上挂的画，应该也是你的刻意安排吧。你做这些的目的，是想让我发现那个密室，至于密室里的画，甚至小屋里的画，事实上应该都是你画的吧？”

孔雷忽然轻笑，“就因为我在那个长廊里看画时多点评了几句，你就做出这样不靠谱的假想，这未免太牵强了吧。”

“我说这些并非是无端的猜想。刘安蓉擅长的是雕塑，而且她雕塑的风格与密室里的那些画迥然不同，前者质朴大气，后者阴郁晦涩。”余婳想到在那个“白色的雕塑宫殿”里看到的刘安蓉的作品，不由心生感慨，“你一直想误导我，让我以为是刘安蓉画了那些画，甚至为了让我相信，还故意捏造了刘安蓉夜里杀猫弃尸的故事，想让我先入为主地认为，刘安蓉是个性情阴郁、心思叵测的危险人物。”

“就凭这些揣测，就能说明我假扮刘安蓉，还画了那些画？”孔雷盯着余婳，漫不经心地吐出一口气，“至于画风，难道你不知道画家的画风是可以多变的吗？”

“我曾经在观鱼山上那个废弃的游乐场里看到过几幅画，是一个被称为‘鬼怪画家’，经历过丧子之痛的女画家杨云斐画的。那些画的风格与我们在密室里发现的画很相似。而且，我曾在网上搜过杨云斐的一幅获奖之作，就是那幅《爱子之殇》，画里的人长得跟你很像，那幅画上……”

“够了！”孔雷脸上的恼人笑意终于完全敛去，他浑身猛地颤了颤，“我没有那样的母亲！”

李圣轻轻地叹了口气，“如果刘安蓉果真是孔雷假扮的，那他们曾经同时现身又是怎么一回事？”

“没错，我在大杂院的二楼第一次见到孔雷时，曾和他一起躲在楼上，看到了刘安蓉；后来，咱们三个在荒魔古境里看到刘安蓉，她和孔雷也曾同时出现过。其实很简单，当时的孔雷的确是他本人，而当时的刘安蓉，如果我没猜错，应该是孙淑华假扮的吧。”

孔雷再也无法维持脸上的平静，他抬起头，定定地凝视着余婳。

“当我发现这种可能性后，突然想到第一次见到你时的情景。那些晚上在大杂院二楼玩捉迷藏的孩子的失踪，是否跟你有关联？那些孩子，他们还活着吗？”余婳心中苦笑，她先前虽对孔雷起疑，但对于孔雷的目的，却一直摸不清——他为何甘当孙淑华的爪牙，助纣为虐？然而现在，想到孔雷在长廊中说的一番话，她突然有些清楚了。

李圣似乎想到了什么，问道：“那之前在荒魇古境里，咱们看到的阿玄吞噬的‘刘安蓉’的噩梦又是怎么一回事？难道那个小女孩不是刘安蓉而是孙淑华？不对，难道说……”

看到李圣投来的惊愕目光，余婳点了点头，似是肯定了他的猜测，“没错，那个辨不清模样、抱走刘安蓉的玩伴的神秘黑袍人应该就是孙淑华。”

不过说实话，余婳也不太明白，出现在刘安蓉的童年阴影里、几乎是梦魇般存在的孙淑华，为什么反而觉得这是自己的最大梦魇。

“你从头到尾，都是在骗我们、想置我们于死地的吧？在荒魇古境，你随我进了洞穴，跟在我身后潜入潭底，这并非是幻觉对吧？至于李圣当时为什么会附和你的说法，是因为幻龙宝螺的缘故，没错吧？”余婳看着孔雷，“你送我的根本不是梦幻宝螺，而是幻龙宝螺。”

若不是阿玄及时出现，损毁了幻龙宝螺，恐怕自己会陷入幻龙宝螺精心编织的梦境之中吧。只是不知阿玄什么时候会醒来。

孔雷轻笑一声，“现在知道也不晚。只可惜那么珍贵的宝贝给了你却没有物尽其用，你真应该天天带在身上。”

“到了这个时候，你还没有一点儿悔悟吗？”李圣沉声道。

“笑话！该悔悟的是你们吧。”

“算了，跟他说什么都没有用。”余婳对李圣摇了摇头，重又看向孔雷，“你十年前根本不是住在大杂院里，而是五六年前在鬼屋被孙淑华控制后，才来到大杂院之中。原本孙淑华强迫着刘安蓉画那些远古海洋猛兽，但刘安蓉多少猜到了几分孙淑华的意图，并不愿意配合她。而自小跟着母亲学画，画技精湛，而且肯配合孙淑华的意图行事的你出现后，不听话的刘安蓉就没了用武之地……”

说到这儿，余婳再也说不下去了。刘安蓉的皮囊下包裹着孔雷邪恶的灵魂，那么刘安蓉……想到那个愁眉不展却性情善良的女人，余婳的眼眶微微有些发红。

突然，孔雷脸上露出了狡黠的微笑，他说：“就算你都猜到了，又能怎样？你们已经逃不了了。”

岩礁下方，水越涨越高。

孔雷的目光从余婳和李圣的脸上扫过，突然，他转过身，纵身跳了下去。

“扑通——”

一片雪灰的浪花翻溅后，水面重归寂静。放眼望去，苍茫茫一片微澜之中，哪里还能看到孔雷的踪影。

余婳和李圣静静地站在岩礁上，半晌无语。远处，隐隐听到雷声滚滚，李圣转头看了一眼远处的海面，不由惊呼："你看那边！"

余婳扭头看去，只见远处的海面上，一层层堆叠的浪花剧烈地翻涌，凶猛的浪脊卷扬飞腾，溅起灰茫茫的一片恶浪，猛地蹿起，又重重落下。此起彼伏的长浪发出剧烈的轰鸣，黑乎乎的浪花中，仔细看去，有灰蓝、黑褐、灰白、棕灰……如同打翻的调色盘。

李圣不由微微皱眉。

炫目的浪涛就像赛马似的激烈动荡着，逐渐现出一个灰蒙蒙的漩涡，越来越大。余婳看到一个年轻的长发女子从漩涡深处慢慢现身，赤脚踩在一块嶙峋的灰褐色巨礁上。

待巨礁完全浮出海面，一动不动，余婳发现它大得简直像个漂浮的小岛。这时，凸起的石块上突然绽开两轮硕大的圆盘，闪烁着黄褐色的晦暗的光。

李圣忍不住失声惊呼道："帝鳄……"

余婳却凝视着那越发逼近、面容逐渐清晰的长发女子，喃喃道："孙淑华，你终于现身了。"

白裙飞扬的年轻女子赤脚踩在帝鳄的背上，乌黑的发丝如江南的烟雨般，笼着一层柔和的青光。她抬手轻轻将几乎遮蔽住半张脸的发丝拢到脑后，露出半张疤痕嶙峋的脸，在另外半张白玉般的脸庞的对比下，显得分外狰狞。

白裙女子，也就是孙淑华，含笑看着李圣和余婳，有些惋惜地轻叹道："小孩子的好奇心太强，可不是好事。"

"你为什么要这么做？"余婳紧紧咬住嘴唇，竭力让自己的语气平静下来，"你在大杂院、鬼屋里抓到的那些孩子，现在在哪里？"

"看你的样子，似乎已经猜到了，我就不必解答了吧。"似乎听到了有趣的问题，孙淑华"扑哧"一笑，美目饶有兴趣地打量着余婳，仿佛要看穿她的灵魂。她的笑声十分温柔甜美，甚至带着几分空灵，然而余婳却觉得比指甲划过黑板的声音还要刺耳。

"她杀了那些孩子，她杀了那些孩子……"

心底仅存的一丝侥幸破灭，余婳脚下一个踉跄，被李圣一把扶住。余婳定了定神，心中抑制不住地升腾起一股愤怒和憎恶，她盯着孙淑华，缓缓说道："你强迫刘安蓉为你画那些早已灭绝的远古海洋猛兽，但她似乎并没有配合你，你让孔雷去跟她学画画，等学会后，你……杀掉了刘安蓉，让孔雷假扮成她的样子。所以，至少在我回到育安后，看到的刘安蓉，一直是孔雷假扮的。"

孙淑华不置可否地看着余婳。

"如果我没有猜错，你拥有的源力是'造物'。你将孔雷画的那些远古海洋猛兽的画变成活物，然而，这样的活物虽然具备那些猛兽的外形，但浑浑噩噩，无法听从你的指令，徒具皮囊。因此，你白天让孔雷待在观鱼山的鬼屋中，吸引逃课的孩子进去玩儿；晚上，在大杂院二楼，孔雷将玩捉迷藏时落单的小孩抓走。”余婳顿了顿，继续说道，“你把那些孩子的灵魂抽走，放入那些远古海洋猛兽的皮囊中。那些被‘复活’的远古海洋猛兽，拥有了人类的智慧，你控制着它们潜入海中，污染海水能量。”

也正是因为如此，李圣完全感应不到这些“远古海洋猛兽”的内心波动。

“你是怎么认定，那些远古海洋猛兽的皮囊里有那些失踪的小孩的灵魂的？”李圣问道。

“是眼神。”余婳平静地说道。

“眼神？”李圣不由得有些诧异。孙淑华也看着余婳，似乎也在等待她的回答。

“你知道我能穿梭到不同的时空，我有一次偶然穿梭到遥远的鱼龙和海龙生活的时代，在海中，我看到了它们的眼神。它们的眼中满满的是对水世界的热爱和依恋，而咱们遇到的那些远古海洋猛兽，它们的眼神，你不觉得充满了算计和狡黠吗？”

“我明白了。”李圣点头道。

何止是算计和狡黠，那些被禁锢在远古海洋猛兽皮囊中的人类灵魂，因为饱受折磨，已然趋近疯狂——阴狠、凶残、嗜血、狡猾。

“不但如此，你这些年来，陆陆续续在育安市区的许多建筑的外墙上以某种颜料秘密画上了远古海洋猛兽和一些史前植物，以备日后之需。但某次台风过境，暴涨的海水漫过了临海的房屋，令这些房屋外墙上的远古海洋猛兽和史前植物‘复活’，引起市里相关部门的重视和调查，你才不得不将关注的重点放在了市中心那些远离海域的建筑群上。”

“你比我想象中的还要聪明。”孙淑华赞赏地看着余婳，“不过有一点你说得不全对，那些小孩子的灵魂我并没有全都抽走哦，有些懂事能干，刚好能为我所用的孩子，我可是把他们的灵魂好端端地留着，甚至，还精心为他们挑选了更好的皮囊。”

满意地看了一眼脸色惨淡的余婳，孙淑华忽然弯起嘴唇，露出一抹神秘的笑意：“毕竟有些没法在水里执行的事儿，需要他们顶着人的壳子来办啊。对了，有一件事我挺好奇，你是怎么发现荒魇古境中的刘安蓉是我假扮的呢？”

“是因为那块玫瑰牌手表。”余婳平静地说道，“我曾经利用时光倒流，在孙淑华的家里看到过这块玫瑰手表，这是她的外公送她的生日礼物，没理由会出现在跟她几乎没有交集的刘安蓉的手上。”

“手表？”孙淑华一怔，然后大笑起来，“想不到……你真的很聪明。”她抬手轻轻地摩挲着手腕上的一块表带有些褪色的古旧手表，眼神柔和下来。

“好了，侦探你们也当过了，现在不如由我来讲一讲我的故事。”孙淑华抬起头，笑吟吟地看了一眼余婳和李圣，“虽然你们可能已经知道了不少，不过还是由我来把整个故事串一遍吧。”

第二十章 怨念

孙淑华的目光透过余婳和李圣，望向他们的身后，却似乎并没有落在某一个点上，而是像羽毛般浮在虚无的空气中。

“我今年74岁，来自孤儿院。不过小的时候，我是有家的。我父母都是普通工人，收入不高，一家三口过着平淡又普通的日子。我妈妈在工厂操作机器时，手受了重伤，从此只能在家里，一边带着我，一边摆摊做点儿小生意。我爸爸拼了命想赚钱，想得发疯，他一开始是疯狂地买彩票，每次总要买几百甚至上千块钱的，任凭我妈妈如何劝阻，都无济于事。到后来，他开始抽烟赌博，想着在赌场上赚一大笔，然而越赔越多，家里的那点儿积蓄连同妈妈工伤得来的补偿金，都搭了进去。他们的分歧越来越大，吵得越来越凶，最后免不了动起手来。”

目光从余婳和李圣的脸上扫过，孙淑华仰脸凄切而轻蔑地笑笑，接着说道：

“我3岁那年的冬天，他们又因为一些事情吵了起来，我那个好爸爸一不小心，把我推到了煤炉上，我的半张脸被严重灼伤。家里自然没有钱给我做整容手术，加上我那个迷信的奶奶的‘祖传偏方’，我的半张脸就这么彻底毁了。我父母的婚姻，也在那个冬天彻底画上句号，他们很干脆地抬腿走人，然而谁也没想过带上我。是我的外公看不下去，将我接到了育安。”

提到“外公”时，孙淑华的语气分外柔和，仿佛卸去了周身的气场：

“我外公当时是育安水族馆的展品管理员。他年轻时念过几年书，每天不管多忙，总会给我读故事。展品管理员的岗位是三班倒，但为了攒钱治好我脸上的疤痕，外公主动和人换班，经常一个人把早班中班，甚至夜班都一起上完。

“本以为我能和外公一直这么相依为命，没想到有一天，外公突然中午就回了家，还抱着一个纸箱。我本以为是外公给我买的礼物，欣喜地凑上去扒着纸箱一看，才发现里面是外公放在单位的水杯、牙刷、毛巾等物品。”

说到这儿，她垂下眼眸，望着翻滚的海面，继续说道：“后来我才知道，原来外公被那个该死的水族馆辞退了，原因是外公‘玩忽职守’，导致重要的展品遗失。”说到“玩忽职守”四字时，她刻意拉长了声调，胸膛似是因为激动而微微起伏。

“我外公被辞退后，经常心神恍惚，他年纪大了，找工作十分不顺，后来好不容易找了份搬运货物的工作，却被一辆大货车撞得当场身亡。那个肇事司机逃了，后来虽然抓到了人，也判了那么几年刑，可是又有什么用？不过一个帝鳄标本的牙齿化石，竟然害得我家破人亡。不过是远古畜生的一具冷冰冰的骨架，能抵得上我外公活生生的一条人命吗？既然这么稀罕这些远古的畜生，别说是帝鳄，我还要把所有灭绝的海里的狠角色都复活，回馈育安！”

孙淑华说到最后几个字时，声音里渗出的深深恶意令人不寒而栗。余婳脑中反复盘旋着“帝鳄……牙齿……”，似乎有什么重要的事情，却一时想不起。

“你既然知道生命的宝贵，为什么要害死那么多孩子？”李圣沉声道。

孙淑华忽然笑了，眼中闪烁着邪恶的笑意：“那些小孩子一个个装得天真无邪，实际上满肚子肮脏龌龊，在家里骗了父母的钱去网吧打游戏，跟老师家长撒谎逃课出去玩儿，甚至偷抢东西……留着这样的东西在世上，不过是添了些祸害而已。我这也算是替天行道吧。

“凭什么那些披着天使的皮囊的小恶魔，就可以以年幼无知为借口，毁了别人的一生！我当年明明看到，是那个眼神贼溜溜的黄毛小鬼趁着没人留意，从帝鳄标本上拔下一颗牙齿藏到衣兜里，然后没事儿人似的，笑得一脸天真，跟着家人走了。而我外公，却因为这件事被打入地狱，被单位辞退，被邻居指指点点，最后还被黑心的司机撞死。等我在这边的事情了结，我自然会天涯海角找到那个小鬼，哦，如果他还有命活着的话。”

育安水族馆、帝鳄、龙牙、外国小孩……

余婳一下子闭上了眼睛。电光石火间，她忽然想到一个人——艾伦爷爷。

如果她没有猜错，当年那个偷走帝鳄标本的牙齿的外国孩子，正是表姐王晓琪在国外的邻居——艾伦老先生。

“好了，你们的好奇心我可都满足了，现在你们可以乖乖地睡一觉了。”孙淑华眼中噙着笑意，“我会帮你们换一个有趣的壳子，保证你们大吃一惊。”

“先别急，我还想知道更多关于荒魇古境的事情。”余婳说道，“那里，应该不仅仅是你的源界那么简单吧。”

“拖延时间吗？”孙淑华眼睛微眯，似笑非笑地看着她，“我从小就发现，自己拥有某种极强的精神力，被我碾死的蚂蚁或者蜻蜓，只要我心念一动，就会一下子活过来。后来我十几岁时，无意间发现了观鱼山上有一处奇异的地方，在那里，我可以凭借自己的意志力造物，只不过这种造物只适用于那些智力低下的生物。我将那里命名为荒魇古境。”

“你在那里创造了大量的怪兽，甚至为了吸引更多的试验品来到荒魇古境，你还在那个荒凉的公园深处设了鬼屋。如果我没有猜错，那个荒魇古境，应该也是通往源界的一处秘密入口，或者换句话说，那里也是自由国度吧。你费尽心思在那里大批量地制造怪物，大量攫取海洋能量，其中一个目的就是要复活你的外公。”

孙淑华不置可否，只淡淡地看着余婳。

“你在大杂院的废弃女公厕的密室中，让孔雷画了很多远古海洋猛兽的壁画，还凿了几处水池，每到月圆之夜，涨潮时引来海水淹没密室，海兽壁画就会变成活物。你让人在育安的很多楼房的外墙上画上远古海洋猛兽和藤蔓的图案，我想，倘若被海水没过，它们也是会变成活物的吧。证据就是，几年前海水轻微倒灌时，一些靠海的房屋的外墙上出现了广翅鲎这样的史前海洋生物。自那次意外曝光后，你便只在市中心的一些远离海域的高楼大厦的外墙上精心布置。等到你的计划得逞，海洋能量失控，淹没整个育安市，育安以及周边城市就会遭遇灭顶之灾。你做这一切，最终目的是毁灭育安，甚至毁灭一切。”

“是啊，毁灭掉这个肮脏罪恶的城市——海水淹没过度工业化的土地，远古凶猛海兽吃掉内心龌龊冷血的人类，只有这样，才能重建家园。”

“你的‘造物’源力究竟跟黑死禁术有什么关联？”余婳突然问道。她紧紧盯着孙淑华，似乎要将她瞬间的反应捕捉下来。

然而，孙淑华的反应却有些奇怪，她仿佛对这个问题并不感到意外，甚至暗暗松了一口气，不过她并没有回答余婳的问题，“好了，故事时间结束，你们可以入睡了。倘若你们乖乖地过来，我保证会把你们这身漂亮的躯壳好好地保管起来，要是不听话的话——”

说着，她回眸看了一眼身后，那里隐约能看到鱼龙、海王龙等远古海洋猛兽的身影，“那我就没法保证了。”

“你说了这么多，无非都是你曾经受到的伤害和忍受的痛苦，那你有没有想过，你害死了那么多孩子，给多少家庭带来难以磨灭的伤痛。你说那些小孩死有余辜，你说你要毁灭育安重建家园，这些难道不是出于你的私欲吗？你只看到了事物丑恶的一面，自动忽略了它美好的一面。育安这座城市寄予了育安人太多的爱和梦想，这里虽不是你的家乡，却也是你曾经生活了那么多年的地方，你怎么能够忍心毁灭那么多人的家园和梦想！”

“事到如今，你们说什么都无法改变我的决心。”孙淑华不耐烦地一挥手，登时，她身后的海浪中浮现出一个个硕大的身影，向着余婳和李圣逼近。

情势紧急，余婳抬头看了一眼上方的天空，栈桥和回澜阁模样的影像越发清晰。她心知，他们必须要在栈桥和回澜阁的影像完全凝实前离开这里，并且将镇噩之门贴在回澜阁中的无字石碑的凹槽上，这样空才可以安然离开，育安也不会发生海啸、地震等动荡。

鱼龙、海王龙等远古海洋猛兽逐渐逼近，它们的眼睛盯着余婳和李圣，浑浊的目光中泛着猩红色。余婳叹了一口气，她抬起手，一团柔和美丽的白色光环出现在她的手中，她缓缓张开嘴，一个个奇妙得不可思议，仿佛能够融入灵魂深处的音符从她口中悠然飘出，随着光芒逐渐灿烂的白色光环，飘洒在附近的海面上。

那些鱼龙、海王龙的眼神中闪过一丝恍惚，前进的动作登时慢了下来。

“可恶！”孙淑华一跺脚，将伏在她脚边的一块礁石模样的东西猛地踢到水中，“废物！”

那块“礁石”落到水中却并没有下沉，而是浮在水面，四肢、头和尾巴，从礁石中冒了出来，竟是一只模样奇特的乌龟。

“楯齿龙——”余婳认出了这就是在海底深渊中攻击自己的那只古怪的“乌龟”。她稍一迟疑，奇异的歌谣声断断续续，那些鱼龙、海王龙如同突然醒来一般，继续朝着他们逼近。余婳只得继续唱起《安鱼谣》。

她的歌声越发柔和空灵，几乎与净世之光的白光融为一体，绽放出动人的光辉。那些远古海洋猛兽渐渐停了下来，最后缓缓合上眼睛。白色的光晕洒在它们的身上，一些干涸的伤口和缺损的鳞片，以肉眼可见的速度在恢复。

就连距离较远的那只载着孙淑华的帝鳄也感受到了这份力量，庞大的身躯开始不住颤动，嗜血的眼瞳中流露出茫然和痛苦。

“连你这杂碎都想造反！”孙淑华冷哼一声，手心闪现出一道黑光，恶狠狠地抽向脚下的帝鳄，黑光所过之处，露出一道道红色的血痕。她又继续朝着远处的鱼龙、海王龙抬手抽去，一道道黑光犹如鞭子，重重地抽打在它们的身上。“你们这些肮脏丑陋的东西，居然敢违背我的命令！”

一时间，海面上哀号阵阵，泛起一层殷红。浓重的血腥气，令余婳和李圣忍不住皱眉。

突然，一只距离孙淑华最近的海王龙猛地睁开眼睛，纵身朝着孙淑华的方向跃起，它咧起嘴，露出钢刀般锋利的牙齿，一口咬在孙淑华的腿上。孙淑华猝不及防被偷袭，待看清楚，登时怒不可遏，手中一道道黑光恶狠狠地抽向海王龙，海王龙连连惨叫，跌入水中。但在余婳《安鱼谣》的治愈下，它身上的伤口缓缓愈合。

眼见越来越多的远古海洋猛兽扭头倒戈，朝着自己逼近，孙淑华不由倒退几步。但她突然镇定下来，朝着余婳和李圣露出一个奇异的微笑：“是你们逼我的，那可怪不了我。”

说着，她抬起手在身前的半空中画了一个黑色的圈，黑圈中有浓郁的黑色雾气弥漫出来，她伸手朝着黑雾中一抓，一把浓郁得犹如实质的黑色雾气出现在她手中，她朝着手中轻轻一吹，登时，一缕缕黑雾如同游丝般飘向海中的远古海洋猛兽。如果余婳能看到它们的表情的话，一定会看到此时它们眼中的绝望和恐惧。

一些黑雾渗入海水中，平静的海面开始微妙地动荡起来。

“这是什么？”余婳和李圣惊疑不定地望着海中的情景，隐约有一种不祥的预感。

那一缕缕黑雾钻入一只只远古海洋猛兽的眼瞳之中，它们面上的表情痛苦至极，眼神逐渐黯淡下去，似乎陷入了沉睡。

孙淑华的面上露出狰狞的笑意，她看向余婳和李圣的方向：“等它们醒来，就是你们的死期。”

就在这时，孙淑华所在的海面突然猛烈地动荡起来，她一个不留神，竟跌落到水中。孙淑华冷不防呛了几口水，她抹了把脸上的水，看到近在眼前的帝鳄的头颅，不由怒火中烧：“连你也想造反！你难道忘了……”

话音未落，她惊恐地看到帝鳄突然张开嘴巴，朝着自己猛扑过来。

不远处的岩礁上，看到这一连串变故的余婳和李圣也惊讶得瞪大眼睛。余婳看到孙淑华原先所在的地方，有殷红的血雾漫延开，帝鳄的口中露出孙淑华的半边身子，她双眼紧闭，苍白得几近透明的脸庞上凝着前一刻的惊惶，大片大片猩红的血如同盛放的杜鹃花，簇拥着她，只见她整个人一动不动，仿佛已经去了另一个世界。这般炫目的浓烈色彩中，孙淑华的脸庞、脖颈、手臂，甚至轮廓竟都给人一种不真实的虚幻感，就仿佛她是置身在晨曦中的最后一抹星光，下一秒就要化去。

帝鳄忽然扭头，似是朝着余婳和李圣的方向看了一眼，浑浊的眼瞳深处有光芒汹涌不定，像是在思索着什么。余婳仿佛从它的眼神中读出了一丝悲悯，可是，它为什么会悲悯？余婳有些不确定地看着帝鳄，它亦默默地望向她。

总觉得，这样的眼神似曾相识。

好像有什么念头快要与心底匪夷所思的揣测叠合，余婳不由得心中一凛。就在这时，帝鳄口中的孙淑华忽然眼皮颤了颤，她赶忙收回心思，眼睛一瞬不瞬地盯着孙淑华。然而，不过瞬息的工夫，帝鳄已然再次张开巨口，重重地合上。

天地间，再也寻觅不到那抹一意孤行的白色身影。

“她真的……死了吗？”余婳喃喃低声道。

李圣与她并肩站在岩石上，似乎轻微地点了点头，又似乎心绪随着远风飘散。

那个害了那么多无辜孩子的性命，那个差点儿就毁灭了育安，那个心心念念要复活唯一的亲人的女人，真的死了吗？

没有人能给余婳答案。

好奇怪，没有意想中的快意、欢欣，甚至连如释重负的轻松感都没有。心里面，是一片茫然。

其实在帝鳄合嘴的前一刻，她仿佛看到孙淑华睁开了眼睛，眼中流淌着平和、从容，她嘴角翕动，余婳在那一瞬间读懂了她的意思。

“你说得不对，复活外公才是我的最终目的。”

那一刻，余婳突然有些明白，孙淑华心底的最大噩梦为何会是自己抱走大杂院捉迷藏的孩子的画面——她的内心深处，或许也是抵触甚至畏惧着这样的杀戮的吧。

她真的死了吗？还是化成点点星光，在晨曦中得到了新生呢?

这时，只听一旁的李圣轻叹一声，说道:“拥有造物力的源力之主一旦死亡，她所创造的生物也将一并消亡。”

海面上的那些远古海洋猛兽如同知晓自己的宿命般，有的朝着余婳和李圣点点头，然后平静地闭上眼睛，余婳甚至看到一只鱼龙的眼中闪过泪光。它们周身的颜色逐渐稀淡，最后竟化为雾气，消散在海风中。

余婳轻叹一声，她举起手中的净世之光，让点点白光洒在海面上。殷红、黑浊的海水逐渐变淡，最终重新变成湛蓝。

大海，异常的平静温和。很远很远的海面上，似乎飘来一阵悠长而悲凉的歌。

“你看那里！”李圣突然指着水面的一个方向。

余婳顺着他所指的方向看去，不由一怔。

洁白的衬衫、海蓝的长裤如同微风中泛起的涟漪，涟漪之中，那少年双眸微合，黑而密的长长睫毛在微熏的海风中轻轻颤动，仿佛随时都会醒来。两只骨节分明的纤长手掌在胸前交叠，脸上神情平和，两片紧闭的嘴唇似弯非弯，似乎挂着一抹隐晦的欣慰。

微澜的海水在少年的周围化为温柔的水波，载着他静静地漂浮着，向着海的深处漂浮着。

“孔雷——”余婳的喉头耸动，喃喃地凝视着他远去的方向。她忽然想起了那一夜在大杂院的二楼，孔雷曾说过的一句话，“没有任何夜晚能使我沉睡，没有任何黎明能使我醒来。”

现在，或许他可以安心地陷入沉睡了。

李圣站在余婳身旁，也沉默了许久。

第二十一章 秘密

不知过了多久，李圣首先回过神来，他看了一眼余婳手中握着的罗盘，又抬头看了看天上，突然神色大变："不好，咱们在自由国度待的时间太久，天应该马上就要亮了。"

余婳举起手中的罗盘，只见正中的圆形镜面已然亮起了微弱的光明，一道模糊的光柱腾空而起，直通天际。

一旦天亮，这里的海水、时间、植被、天气都会陷入狂乱状态，余婳无法想象会是怎样的情景。她和李圣必须尽快离开这里。

李圣伸手朝着周围的礁石一招，一片片洁白的海蛎子壳如雪花般浮在半空的光柱所指的方向，形成梯子的形状。"走！"他边说着，边拉起余婳，纵身朝着海蛎子壳汇成的梯子上飞去。

"你先上，我在你身后，不要怕。"李圣扶着余婳在梯子上站稳，自己跟在她的身后，俩人朝着梯子的上方爬去。

耳畔不时有风声呼啸而过，吹得余婳瑟瑟发抖。听到下方海浪的翻涌声越发激荡，她没来由地有些紧张，忍不住想回头朝下看一眼。

“不要看下面！”李圣出声提醒道，“抓牢一些，注意脚下。”

“嗯。”余婳点头，她抬起头，看到了越来越近的回澜阁，心中信心大增。

就在离回澜阁越来越近，几乎跳起脚就能触碰到的时候，余婳发现上面已经摸不到海蛎子壳梯子了。身后，似乎有汹涌的潮水声，剧烈地翻滚着，余婳感觉脚上一湿，似乎溅到了水花。

“上面已经没有梯子了，怎么办？”余婳小声问道。

身后有片刻的静默，“你再试一试。”李圣的声音在越发轰鸣的浪潮声中，显得有些发虚。

余婳点头，再抬手去摸时，果然摸到了一片微微沁着清凉的横杆，她迈上两级后，终于够到了回澜阁的石碑，她一屁股坐在石碑旁，总算松了一口气。这时，她朝着下方看去，却发现来时的最后两级台阶消失了，李圣的整个身体靠在下方的海蛎子壳梯子上，面色惨白如纸，周身泛着奇异的白光。他抬头看向余婳，微微笑道：“我身上的源力已经耗尽，可能没法陪你一起上去了。剩下的就拜托你了。”

余婳大惊失色，忙俯下身朝他伸出手，喊道：“快抓住我的手，我拉你上来。”

然而，她的手始终无法触碰到李圣的手。

李圣摇了摇头。每说一句话，他面上的神色就黯淡几分，余婳已然能看到他身下汹涌呼啸的风浪。他显然也意识到了这一点，“不能再耽搁了，快切断罗盘中的源力！”

余婳忙点头照做，再低下头看去，却茫茫然只看到隆隆的巨浪。她心里突然生出一种不妙的预感，忙扭头趴下身，哪里还看得到李圣的身影。

余婳怔怔地僵在那里，海潮裹卷的风声中，似乎飘来“再见了！”的声音，但又觉得，也许自己听到的只是风声。

突然，一串天蓝色的珠串落到她脚边，她捡起珠串，发现是一串海纹石手串。抚摸着光滑剔透的海纹石，脚下，地面已然逐渐凝实，再看不到自由国度。余婳难受极了，只觉得心里堵得慌。她扶着石碑站起，将镇噩之门放入石碑的凹槽上，然后缓步走出回澜阁。

朦胧的大地上一片沉寂，到处都是梦一般的平静。

向天空望去，星星像百合般美丽而洁白，透过淡淡的雾霭在闪烁，东方已经绽出一抹红晕，相信很快将照亮整个大地。余婳心中的无限感慨，都化为一声轻叹。她抬起手，星星点点的白光如同萤火般飞舞起来。

她微笑着，静静地凝望着点点白芒消失在茫茫无际的天空、海洋中。

湛蓝的大海，缓缓地起伏，透着呼吸。

忽然，她仿佛是感应到了什么，几步走到护栏前，纵身跳入海中。

每个人的心底，都藏着一个幽蓝的梦。而余婳心底的那汪幽蓝，纯粹、浩瀚，写满诗意的梦幻。

无限深蓝，鱼儿和水的梦幻森林……仍旧同往常那般，余婳独自在蔚蓝的世界游荡着，仰望上方，能看到海天交接处笼着一片白莹莹的亮光，那亮光圣洁而缥缈，如梦幻般浮在一汪蓝得没有半分瑕疵的无垠之中，那儿有五彩斑斓的热带鱼群、美丽而脆弱的叶状海龙、色彩缤纷的珊瑚礁，她也能清晰地看到，巨大而优雅的鳐鱼在微光闪烁的湛蓝中翩跹漂游，蛋白色的水母轻盈如梦中的昙花，美丽却又危险。

海水的颜色有层次地增深，直至混沌。如同失掉了所有星光的夜空，却又比之存在更多变数和复杂。

她看到了如迁徙的雁群般浩荡的鱼群，在头顶盘旋；她看到鲸鲨如独行剑客般，孤独地徜徉在它的国；她看到沉船的残骸中敏捷而矫健地穿梭的鲨鱼。对于它们来说，海洋里的一切都是有灵魂的。

在海的最深处，空在呼唤着她。那声音仿佛很远，远得好像来自另一个未知的世界；又仿佛很近，好像只要闭上眼睛侧耳倾听，就能感知到。除此之外，她还感受到了另一个隐秘的声音，在召唤着她。

闭上眼睛，整个心神都沉浸在海中，仿佛自己也变成一颗沙砾，一片贝壳，一缕海藻。慢下来，沉静下来，她终于听到了，她听到了每滴海水中动荡着的声音，诉说着海的过去、现在和未来；她看到从身边游过的鱼儿，从它们撩拨过的波纹的愉悦震颤中，从它们或酣畅或优雅的游姿中，感受到了它们对浩瀚的水世界的无限热爱。

那么人类呢？是不是也出生在深深的蓝宝石铺成的海洋中，由浪花的银白色光芒簇拥，然后静静地舒展着幽蓝的羽翼，像一个迷了路的漫游的狂欢者，在柔润曼妙的海浪中徜徉？

或许，自己正是带着这个梦幻，追寻着那个神圣的地方。

海的最深处，一片漆黑，有一团氤氲的蓝光在上浮，越来越璀璨，穿越云雾般缭绕的海藻森林，缓慢而优雅地向上浮着，浮着。

那是一条蓝色的大鱼，它的背脊泛着深邃的光，仿佛将星空披在身上。它曾在寂静中漫游四亿年，而今后，它将开始崭新的旅程。

蓝色大鱼，也就是空，朝着余婳游近。

“谢谢你，孩子。”空感激地看着余婳，“你怎么哭了？”

“李圣不见了，他掉入自由国度里了。”余婳哽咽道，“您能救他吗？”

“我尽力而为。那是个聪明勇敢的孩子，我相信他会平安无事的。”

“谢谢您，希望如此。”余婳静默了片刻，突然问道，“先前我和李圣被困在自由国度的楼梯迷宫之中，是您出手救的李圣吗？”

“不是，那时我尚未恢复元气，没有力量离开海底。”空摇了摇头。

余婳缓缓点了点头，若有所思地低下头，“您这就要离开这里了吗？”

“是的，我已经待在这里太久，是时候离开，去寻找我的同伴了。我感应到它们的气息，似乎仍然存在于地球的某个角落，无论如何，我要找到它们。不过在临走前，我有一件小小的礼物要送给你，是我几百年前在一片海域发现的，相信以后对你会有些用处。”

说完，空张开嘴巴，它口中浮出一小团蓝色光晕，一点点的像是萤火，却比星光还要璀璨。

那团光晕径直飘向余婳，没入她的体内。余婳摸了摸胸口和手臂，并没有感觉到任何异样。她看向空，空轻轻地朝她点了点头，说道：“日后你慢慢会知道的。”

余婳并没有注意到，她手指上突然浮现出一抹纤细的波纹般的纹路，纹路上同时亮起了一点蓝光，以及一点微弱的白光。

“再会了，我亲爱的朋友，希望我们还有再见面的一天。”

“一定会的。”

空将要转身时，似乎是犹豫了一下，但还是开口说道：“你脑海深处那段被封印的记忆，需要我帮忙解开封印吗？”

回到栈桥上，天色逐渐亮起来。在海上看完日出，余婳朝着家的方向走去。天才蒙蒙亮，海边已有辛勤的清洁工人，开始了一日的工作。

时间太早，没有公交车可坐，幸好栈桥离家并不远。清晨的育安格外静谧，沿着绿化带往家的方向走，露水盈盈的深碧叶片中，洋红、深紫的绣球花蠕颤着花瓣，仿佛在轻柔地诉说。

余婳边走边在心里盘算，该怎么跟妈妈解释本该在卧室睡觉的自己，却突然出现在家门口。她想了一个理由，不一会儿又推翻重来，不知不觉走到了大杂院。

仿佛是第一次看到大杂院一般，余婳仰起头，朝四周望去，仿佛要将这里的一砖一瓦、一草一木都刻进眼底。

孙淑华凭借“造物”的源力，可以将精心绘制出的远古海洋猛兽的图画变为皮囊，然后裹入人类的灵魂；不仅如此，她还将人类的皮囊收为己用，驱策着自己控制的灵魂披上“画皮”，为自己奔走。

孙淑华，真想不到这样可怕的人居然曾经生活在我们身边。白天看到的他们，或许模样寻常，匆匆擦肩而过也不会引人注意，但他们在自己构建的一方小世界中，竟然拥有毁天灭地的能力，令人惊奇。

虽然李圣说过，拥有“造物”源力的人一旦死亡，她所创造的生物也将一并消亡。然而——

余婳望着睡梦中的大杂院，又转身看了看身后寂寥空旷的街道和小巷。在育安抑或是其他城市，是否还会有像孙淑华一样拥有“造物”源力的人，隐藏在暗处，嘴角噙着笑意，沉浸在自己构筑的一方小世界中，创造出一个又一个听命于自己的“画皮”？然后，这些“画皮”，甚至他们背后的主人，像正常人一样，居住在大街小巷，穿梭于商场和办公楼，跟同学、同事或者家人谈笑风生，只是到了夜深无人时，才露出诡异的微笑。

所谓荒魇古境，真的只有一处吗？

想到种种可能，余婳不由悚然。

大杂院里十分安静，但能听到远远传来的广播声。余婳忐忑地站在家门口，盘算着怎么跟妈妈解释，突然发现，家里的门是虚掩的。莫非，妈妈已经起来，发现自己没在家里？

余婳垂下肩膀，有些认命地推门走进家中，“妈妈——”

“妈妈，我回来了——”

没有人回应她。

“莫非，妈妈去晨练了？”余婳暗暗想道。要不要趁妈妈还没回来，飞快地钻进被窝装睡呢？

余婳轻轻推开妈妈的卧室，没有人。她犹豫了一下，走到妈妈的床前。被子叠得十分整齐，床单也十分平整，余婳摸了摸床单和被子，触手冰凉。

想到昨夜妈妈突然出门，余婳脑中突然冒出一个奇怪的念头：妈妈不会一直没回来吧？

虽然不知道妈妈为什么不打招呼就出了门，但想到至少没被妈妈发现自己的异况，余婳心中多少松了口气。但不知为何，总有一种不踏实的感觉。

魂不守舍地坐在客厅的沙发上，余婳强迫自己冷静下来，把从回到育安后经历的事情仔仔细细地梳理了一遍。

玄奇、不可思议。然而，有时候事情发生了，想太多也无济于事，不如坦然去面对，不是吗?

不知想到了什么，她忽然像是触了电一般，霍然站起身，在空荡荡的屋子里走来走去。没来由地，她突然想起邱老头曾说过的一句话，“有的时候，隐瞒是为了保护。”

“隐瞒是为了保护……”她口中喃喃地重复着这句话，似乎在回忆着什么，又似乎在说服自己。当她走到客厅，余光落在书架上时，无意间看到蜡制水果的果盘下，压着一张字条。似乎有某种预感，她的心咚咚直跳。她慢慢走上前，拿起纸条。

亲爱的女儿：

当你看到这张纸条时，我应该已经离开了育安。我想你已经知道了源界，知道了幽蓝境和守护一族。我是幽蓝境守护一族的族长，能够自由穿梭于源界与人世间。大约一百二十年前，我跟几位守护一族的朋友在外办事时，遇到一些麻烦，无意间来到育安。

我看着栈桥上增建了防波堤和回澜阁；我看着紧邻海边的八大关，碧桃、紫薇、海棠，从春初到秋末花开不断；我沿着海滨漫步，看到一座座红瓦灰墙，古色古香又带着童话气息的里院建起来，人们欢欢喜喜地住进去，将平淡细琐的日子过成诗。

我被这里古色古香、淳朴优美的氛围吸引，渐渐爱上了这里，不愿离开。如果可以，我真希望永远守护着这里，不让任何人破坏这里的纯粹和美好。我也择了一处里院住了下来，再后来，我爱上了一个从其他城市来到这里的男子，嫁给了他，还有了一个可爱的女儿。

咱们所在的大杂院，至今已有一百多年的历史，我在这里住了许久许久，这里的一草一木、一砖一瓦，都深深地牵动着我的心。然而这些年，这里因为我，变得越来越不平静。我感觉到那股力量越来越强大，避无可避。尤其是九年前，你无意间掉落水池之中，穿梭到那条空棘鱼所在的空间，自那以后，你每天晚上都不受控制地穿梭在育安的各个角落，甚至跑到了源界，令我担心不已。我担心你哪一天会穿梭到连我也无法控制的地方，遭遇危险，只好忍痛让你父亲带你离开育安。离开了这里，起码不会有那股力量的威胁。

我很想和你们在一起，然而这股力量的隐患一天不除，我始终无法心安。现在是时候返回源界，正面同那些人做个了结了。或许等我回来的那天，我们能够一家团聚。

永远爱你的妈妈

余婳放下手中的字条，脑子突然一片空白，整个人愣在那儿，一动也不动。

每到夜晚，如鬼魅般出现在大杂院中，除了孙淑华以外的那些神秘黑衣人的来历；

自己在观鱼山森林公园的深山中被远古水蛭咬噬，被人借机留下的追踪标记，是谁不知不觉帮着抹去的？

第一次在大杂院的二楼夜半出现，遇到潜伏在那里为孙淑华物色猎物的孔雷时，他为何没有对自己下手？

这次自由国度之行，最后时刻将眼看要被从楼底深处爬上来的帝鳄困住的李圣救出的神秘力量，究竟是谁呢？

还有，曾以为是梦境的深海之中，是谁悠然唱起《安鱼谣》，令诸多海中猛兽沉沉睡去？

原来，是妈妈！是妈妈一直在暗中保护着自己。

余婳记忆深处最后的一抹尘埃已然被拂开。事实上，在此之前，她心里已隐隐有了几分猜测，只是不愿去相信。

近百年前，在育安发生大地震和海啸之后，施展法术封印了育安的海域，并且在海滨循环广播中播放《安鱼谣》的，极可能是妈妈。余婳知道，妈妈爱着育安，就像爱着自己一般深深地爱着这片美丽可爱的土地，她是在以自己的方式，尽力保护着这片土地，保护着每一个生活在这片土地上的人。

她想起，当年她跌落在海中，被因能量消耗和海水污染搞得神志不清的空发现后，关键时刻，是妈妈伊秀珍突然出现在海中，救下了她。妈妈还施展法术，令空恢复了部分神智。

将昏迷不醒的爱女送到医院后，伊秀珍施法封印了她这部分记忆。然而无意间从空那里获得了海洋之魂的余婳，自此却神奇地拥有了自由穿梭于源界的异能，经常不受控制地随心所动，出现在一切奇怪甚至危险的地方。比如那里，余婳转头看了一眼客厅，那里的正中摆放着半旧的茶几。

现在想来，妈妈执意要跟爸爸离婚，让爸爸带自己远离育安，这次爸爸去国外出差一年，想让自己转学到育安由妈妈照顾，妈妈一开始极力反对，都是为了保护自己。

邱老头送来的烤地瓜上，包裹地瓜的黄纸背面的提醒——不要轻易相信身边的任何人，应该是妈妈写的吧。余婳想不通她为何不愿亲口告诉自己，而是通过如此迂回的暗示方式。或许，她是不愿意自己知晓太多关于源界的事情，远离一切可能存在的危险吧。而且，直觉告诉她，邱老头似乎知道妈妈的秘密！

想到这儿，余婳眼中一亮，或许待会儿去找邱老头，就能知道更多关于妈妈的事情，关于源界的隐秘。

但妈妈信里提到的大杂院中的那股越来越强大的力量，究竟是什么呢？应该不会与孙淑华有关吧？

想到孙淑华，余婳的情绪不由有些复杂。不过，孙淑华已经威胁不到大杂院了，那么，究竟是什么力量，强悍到令妈妈这个幽蓝境守护一族的族长都心存忌惮呢？

其实余婳心里还有许多疑团，比如午夜出现在大杂院一楼的那些如魅影般的神秘黑袍人，班里知道许菲的存在、莫名其妙转学搬家的罗钰……桩桩件件，似乎都与孙淑华有某种关联。但是，余婳心底隐隐有种感觉，孙淑华的背后，似乎笼罩着一团更大的谜云。

余婳瞥了一眼桌上的字条，突然发现反面似乎有模糊的字迹，她拿起来，只见上面似乎用铅笔匆匆写了几行小字，但又被抹去，只能隐约辨认出开头的几个字：

“最后还有一件事情要告诉你……”

妈妈想要告诉自己，却又抹掉不提的，究竟是什么事情呢？余婳一时理不出头绪，只得把字条收好。

距离妈妈尹秀珍离家已经过去了一个月，在这段时间，余婳暂时住到了王晓琪家中。妈妈临走之前，曾经跟王晓琪家交代有急事要外出一趟，让余婳过去暂住一段时间。

余婳仍旧重复着以往的生活，上学，放学，吃饭，睡觉，周末，日子过得波澜不惊。但每到周末，她总是会回到大杂院，一个人静静地在院子里转一转，或者去张奶奶那里坐一坐。她有时候希望，从家门前路过时，能看到妈妈推开门，从屋里走出来。然而，幻想却一次次破灭。她再也没有在梦境中去过空曾经待过的深海洞窟，然而沉沉睡去时耳畔依然会响起的海浪声，时时提醒着她往昔的一切并不是梦。

不但妈妈没有丝毫音信，就连邱老头也不见了踪影。那天从自由国度回来之后，她去邱老头家敲门，却没有回应，一直到现在，也没有再看到他。余婳心中越发迷惑起来。

跟爸爸通电话时，余婳略去一些细节，告诉了他妈妈的事情。爸爸仿佛已经预料到了什么，在电话那头长久地沉默。终于，他告诉余婳，等下个月忙完紧要的事情后，他会回到育安，和余婳一起寻找妈妈。

可是，要去哪里找妈妈呢？

这段时间，余婳曾经多次尝试像上次那样，推开茶几，找到那条连通下方那个奇异空间的地下通道，然而再也没能成功。

妈妈现在会在那里吗？那条流淌着最清澈也最深邃、最纯粹又最奇幻的海流，通往未知国度的地下世界。

余婳已然想起，她曾在午夜，悄悄跟在妈妈的身后，见到了那个瑰丽梦幻的奇妙世界，她惊愕地看到妈妈坐到一只漂浮的透明长匣子中，躺了下去。那只匣子随着水流，缓缓地向透着微光的海流深处漂去，任凭她如何发足狂奔、大声呼喊，却只能目送着那只匣子越漂越远……

现在想来，妈妈当时是不是每天晚上都会到地下世界，坐到水晶船般的透明长匣子里，静静地闭上眼睛，任凭海流载着她在海上漂浮呢？可是，为什么呢？

是澄澈的海流中能够使人睡得心安，缓和身上的伤势；还是在这神秘的地下世界，能够避开午夜时出现在大杂院寻觅着母亲踪影的黑袍人？

不得而知。她甚至猜不到，妈妈现在会不会在那里。

如果妈妈不在那里，那么，会是在源界吗？

想到源界，余婳的脑海里飞快地闪过一个个名字——幽蓝境、蜃楼、影师傅……

那个影师傅究竟是什么人？她教自己古源语，将法宝鱼龙舞送给自己，帮自己摆脱困境；她看似无意地给自己讲述荆棘指环、守护一族甚至古源界、黑死禁术的事情。还有，她引诱自己在世界珠上滴血并吟唱歌谣，却又突然改变了想法……

真是一个谜一样的人。

余婳有一种预感，自己很快会再次前往源界的幽蓝境，甚至其他更多的地方。在那里，会遇到李圣吗？

想到李圣，余婳从储物囊中拿出旋梯螺，放在手掌上静静地端详着，端详着。

突然，一个不可思议的设想从她的脑海深处冒了出来，她不可置信地睁大眼睛，眼神却亮得出奇。

暑假到了，看到余婳始终悻悻的，王晓琪终于看不下去了。这天，她强拉着余婳一起去海岛度假。原本不太情愿出门的余婳下了渡轮，看到眼前的风景后，精神不由为之一振。

“太美了！”

“怎么样，我的眼光还能有错！”王晓琪得意地嘻嘻一笑，忽然像是想起了什么，说道，“哎呀，我差点儿忘了，我妈同事家的孩子这阵子也在这岛上考察，那家的阿姨托我给她儿子捎去这个。”

说着，她拎了拎手里的一个黑色布包，看着沉甸甸的。

“这是什么？”余婳不由好奇。

“说是单反相机。”王晓琪说，“不过这也不错，说不定咱们玩儿的时候，还能让他帮我们拍照呢。”

“人家家里让你帮忙捎东西，你就使唤人家帮你拍照，果然是半点儿亏都不吃。”余婳笑了起来。

“少贫嘴，就你那照相技术，我可不相信。”

下了码头后，俩人走过一段两旁都是绿树的马路，地势开始下降。错落的房屋映入眼帘，大块的天然石块垒起的外墙上雕琢着木叶或元宝纹饰，屋脊高高隆起，屋脊上面是质感蓬松的苫着一层层厚草的屋顶，浅褐色中带着灰白色调。半敞的大门上贴着红色的对联，朝里瞥去，能看到铺在地上晾晒的金灿灿的玉米。

王晓琪指着屋顶上厚重而高耸的草垛，说道：“那是一种产于浅海的海草，这里的人用它做屋顶，据说能够隔热防寒，冬暖夏凉。而且海草含盐量大，所以这种屋顶还能防虫蛀、防霉烂呢。这种房子呢，被当地的渔民叫作‘海草房’。”

余婳抬起头，看着古朴中透着深沉气息的海草屋顶。石头墙的硬朗，海草的柔软，配上一根烟囱，不经意地就让久居城市的人动了归隐之心。“那个草顶上怎么套着张渔网？”

王晓琪看了一眼，想了想，说道：“大概是为了防风吧。”

俩人边笑闹着边朝着海滩方向走去，那位阿姨的儿子据说现在在海岛的沙滩上，先把相机交给他，然后正好去海滩边的旅馆办理入住手续。

“你刚才说姑姑同事的那个孩子在这个岛上考察，他已经工作了吗？在做什么考察？”

“没那么老，今年才上高一呢，据说是在平荣中学。”王晓琪说道，“说是在这里做一个生物考察，具体就不清楚了。”

不知想到什么，王晓琪突然笑了起来：“那个阿姨说，他家孩子最是古怪，一到寒暑假，就爱跑到海岛上，一待就是三五天，说什么可以‘白天听风观浪，晚上眺望星辰’。阿姨说倘若看到有个傻小子蹲在礁石堆上埋头敲敲打打，或者拿着放大镜看得入神，那八成是她家孩子了。”

余婳也忍不住笑了起来，她朝着不远处的礁石堆看去，目光逡巡着，最后落在一个穿着短袖浅色T恤衫、深蓝色的牛仔裤的瘦高身影上，似乎是个少年，正蹲着身子仔细地扒拉着石块，他的半个脑袋都被一顶硕大的草帽遮住，看着有些滑稽。

“不会是那个人吧？”余婳抬手朝那个少年指了指。

“看着倒是像。”王晓琪上下打量了一番，摸摸下巴，点头道。

就在余婳和王晓琪说话间，那个少年似乎听到了动静，他扭头看向两人所在的方向，摘下草帽站起身，朝她们走来。

少年的皮肤被晒得微微有些发黑，但无损俊美的五官轮廓，金色的阳光洒在他的脸上，平添了几分夺人的神采，他笑的时候，露出整齐光洁的白牙，登时连阳光都炙热了几分。

“是他……真的是他！”余婳喃喃，脸上突然绽放了笑容。

不远处的阳光下，神采奕奕的少年正踩着被金光镀染的礁石，含笑走来。